本书由：

　　大姚县人民政府

　　金碧镇人民政府

　　金碧建业有限公司

　　大姚金沙林牧产业发展有限公司

　　　　　资助出版

金马碧鸡

起云金　著

云南人民出版社

图书在版编目（CIP）数据

金马碧鸡 / 起云金著 . -- 昆明 : 云南人民出版社，
2024. 12. -- ISBN 978-7-222-22959-4

Ⅰ . I247.5

中国国家版本馆 CIP 数据核字第 20253SQ522 号

责任编辑：陈艳芳
责任校对：解彩群
封面题字：赵翼荣
责任印制：代隆参

金马碧鸡

起云金　著

出版	云南人民出版社
发行	云南人民出版社
社址	昆明市环城西路609号
邮编	650034
网址	www.ynpph.com.cn
E-mail	ynrms@sina.com
开本	889mm × 1194mm　1/32
印张	8.375
字数	210千
版次	2024年12月第1版第1次印刷
印刷	云南天彩印务包装有限公司
书号	ISBN 978-7-222-22959-4
定价	36.00元

如需购买图书、反馈意见，请与我社联系

总编室：0871-64109126　发行部：0871-64107659
审校部：0871-64164626　印制部：0871-64191534

云南人民出版社微信公众号

目录

金马碧鸡　流光溢彩

昂自明

一

起云金创作的长篇小说《金马碧鸡》是一个美轮美奂的故事，是一个永恒的美丽的谜一样的故事，它源于一个美好的神话传说，寓意人世间的希望，是从远古至今大姚、云南乃至中华大地上的人们追求美好幸福生活的一个美丽憧憬。

金马碧鸡是人们心目中的祥瑞之物，是大姚、云南人挥之不去的一个情结。昆明、大姚、成都、西安都建有巍峨壮丽，气势雄浑、雕檐彩绘、金碧辉煌的金马、碧鸡二坊。

金马碧鸡的传说源远流长，最早出现于蜻蛉（今大姚，史书上多记之为青蛉）。

西汉元鼎六年（公元前 111 年），汉王朝于邛都（今四川西昌）置越巂郡，在金沙江南今大姚、永仁、元谋一带置青蛉县以属之。青蛉县名以境内有青蛉河而得名。青蛉河发源于姚安县的三峰山南麓和白土坡北麓，横贯姚安坝子，由南部入大姚境，再经永仁入元谋汇入龙川江，属金沙江二级支流。

《汉书·郊祀志》说：或言益州有金马碧鸡之神，可醮祭而致，于是遣谏大夫王褒使持节而求之。同书《王褒传》也说：后方士言益州有金马碧鸡之宝，可祭祀致也，宣帝使褒往祀焉。褒于道病死，上闵惜之。《汉书·地理志》说，越巂郡青蛉县"禺同山，有金马、碧鸡"。如淳注曰：金形似马，碧形似鸡。《后汉书·西南夷列传》云：青蛉县禺同山，有碧鸡金马，光景时时出现。《续后汉书·郡国志》亦云：青蛉有禺同山，俗谓金马碧鸡。北魏郦道元《水经注·淹水》：（青蛉）有禺同山，其山神有金马碧鸡，光景倏忽，民多见之。《太平寰宇记·剑南西道姚州下》：青蛉即云南废邑，有禹穴，穴内有金马碧鸡，其光倏耳，人皆见之……禺同山，山有金马碧鸡之祠。

晋人常璩《华阳国志·南中志》青蛉县说：山有碧鸡金马，光彩倏忽，民多见之。有山神。《续汉书·郡国志》亦载：青蛉，有禺同山，俗谓有金马碧鸡。

《汉书》《后汉书》《续后汉书》《太平寰宇记》《水经注》等典籍将青蛉作为金马碧鸡的产地，应是准确无误的。至今，大姚县人民政府驻地叫金碧镇，即源于金马碧鸡的崇拜与传说。汪宁生先生在《金马碧鸡之谜》一文中也说：直至20世纪70年代，元谋县（汉时属青蛉县）当地居民仍盛传江边公社（元谋县北境）常有"金鸭子"出现，附近山有"大白马"，为银子化身；又苴林公社（元谋县西境）亦有类似传说，夜晚有物发光，云云。所谓"发光"者实由于月光照射水面，水面反光于山上之故。此即金马碧鸡故事之由来。虽然，金马已变为银马，缥碧之鸡已变为"金鸭子"，而故事之情节仍基本如是。又元谋为古青蛉地区之一部分。出现反光之自然现象，古人不能解释，目为金银之化身，幻想其为马为鸡。

李坤先生的《金马碧鸡考》一文则从水系、音韵等角度考证青蛉即大姚，出金马碧鸡的禺同山即龙山一带：……则班、范所志，章怀所注，皆以大姚为青蛉。又齐召南《水道提纲》，金沙江即古淹水，雅砻江即古若水，大姚河即古青蛉水，大姚河汇入龙川江入金沙江。则由委考源，青蛉所出之地，非大姚而何。夫既因考水而得青蛉县之地，即可因考水而得禺同山之地。《云南通志》引《大姚县志》曰："龙山在县西三十里，为县境诸山之冠，百里外即见之，山下有龙马泉。"又引《旧县志》，青蛉河源出龙山，自北而南流，绕县合大姚河。又《通志》，大姚河会蛟龙水，东北流至苴却巡检司，东南入金沙江。《水经注》，青蛉水出青蛉县西，东径其县下，东注入滇水语合。又《汉书·地理志》，青蛉县下云："禺同山有金马，碧鸡。"盖谓水出山之西，非第谓出县之西也。又《集韵》，禺，鱼容切，读若从禺从页之字。从禺从页之字，与"同""龙"皆叠韵。则龙山为禺同无疑。夫金形似马，碧形似鸡，古人原来未指为二山。《蜀都赋》金马骋光而绝景，碧鸡倏忽而曜仪，亦不过就金碧光景而神游意拟之。

二

　　晋人常璩的《华阳国志·南中志》最早将金马碧鸡与滇池（昆明）联系起来：长老传言（滇）池中有神马，或交焉，即生骏驹，俗称之曰"滇池驹"，日行五百里。神马四匹，出滇池河中。

　　唐代，随着南诏势力向东发展，金马碧鸡的传说越发在滇池地区流行。唐人樊绰《蛮书》卷二云：金马山，在拓东城螺山南二十余里，高百余丈，与碧鸡山东南西北相对。土俗传云：昔有金马，往往出现。山上亦有神祠……碧鸡山在昆池西岸上，与拓东城隔水相对。从东来者冈头数十里已见此山。山势特秀，池水清淡。水中有碧鸡山石，山有洞庭树，年月久远，空有余本。从中提到金马碧鸡二山东西隔水对立，山下还有祠。但这祠是土俗之庙，还是佛寺，未予说明。至宋末元初，云南人张道宗在《纪

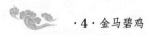

古滇说集》中记载了这样一个故事：印度的阿育王有一匹通身金赤、能纵身飞驰的神骥，他的三个儿子争相夺之。阿育王为考察三个儿子本领的高下，将神驹放纵而去，说谁追到归谁。长子追至昆明东山得马，而次子追至昆明西山时，遇碧凤呈祥，遂"各主其山"。显然，这将传统的金马碧鸡神格，置换成了阿育王的太子、次子，就是想把民间的金马、碧鸡崇拜，导入佛教的崇拜体系中。其借民间传说以宣扬佛教的用心，一目了然。

明代倪辂《南诏野史》的记载，与《纪古滇说集》差不多：滇民董聪见池中黑白二马出入。故老言，神马出，与马交，生滇池驹，日行五百里。金马碧鸡。周时天竺国阿育王三子，长富邦，次弘德，次至德。王有一神马，三子争之。王令放马，得者与之。三子追至东山得马，即今之金马山。长子继。至闻得马屯西山，时碧凤在山，土人呼为碧鸡。至蒙氏，封二神。南诏曾封禅点苍山、巍宝山、乌蒙山等五岳为佑国神山，南诏凤伽异于昆川（昆明）置拓东城为东都后，将金马、碧鸡二山封禅为护城神山也是理所当然的。

将金马碧鸡与阿育王联在一起，与将蒙氏的发迹和观音赐福联在一起，如出一辙。其目的都是为了说明，蒙氏称王乃佛的旨意。这是一种统治的伎俩。

金马碧鸡在古人心目中是集兆祥瑞、佑平安、保财富为一体的神明。《太平寰宇记·剑南西道姚州下》所说的"禺同山，山有金马碧鸡之祠"，唐代开始出现于昆明的金马寺、碧鸡祠，具有了祀事的性质，人们把万般祈愿诉诸金马碧鸡。

自元代，云南的政治文化中心从大理迁到了昆明，元统治者更重视金马山的战略地位，修建了金马关城。《元混一方舆胜览》载：碧鸡山、金马山：俗传昔有金马、碧鸡隐现于山，宣帝令王褒祭金马、碧鸡，故二山皆有祠。《读史方舆纪要》卷一一四载：

金马关，在府东七里金马山下，旧有关城，元筑，今废。明嘉靖二十五年（1546年）杨慎将王褒《移金马碧鸡颂》刻于西山三清阁下千步崖石壁。民国年间袁丕佑又在其旁增刻《碧鸡颂考》。《寰宇通志》卷一一一载：碧鸡山神庙，在碧鸡山。金马山神庙，在金马山。今土人移其庙于城中。《明一统志》卷八六载：碧鸡神庙，在碧鸡山东。金马神庙，在金马山西，今移庙城中。两千多年来，金马、碧鸡一直在云岭大地上传颂。

三

　　第一个将金马碧鸡这一题材纳入创作的，是受宣帝差遣持节前往云南求金马碧鸡的谏大夫王褒。王褒是蜀人，与云南近邻，所以汉宣帝派他的差是情理之中的事。但是，天不酬勤，王褒从西安出发走到蜀地时，身染重疾，一命归天。重病中的他，自知无法完成王命，写下了一篇名为《移金马碧鸡颂》的赋："持节使王褒谨拜南崖，敬移金精神马，缥碧之鸡。处南之荒，深溪回谷，非士之乡。归来归来，汉德无疆，广乎唐虞，泽配三皇。"让随从回长安复命。

　　与司马相如齐名的汉代蜀人辞赋家扬雄，其《蜀都赋》中也提到了金马碧鸡："南则有犍牂潜夷，昆明峨眉，绝限崀嵝，堪岩亶翔……于近则有瑕英菌芝、玉石江珠，于远则有银、铅、锡、碧、马、犀、象、僰。西有盐泉铁冶、橘林铜陵，邛连卢池，淡漫波沦；其旁则有期牛兕旄、金马碧鸡。"扬雄是把金马碧鸡作为蜀郡四围之奇异特产罗列出来的，缺乏灵动的描写，不免让人遗憾。

　　在我国的文学掌故中，"洛阳纸贵"可谓童叟皆知，而它又

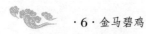

与金马碧鸡有着关联。西晋时的文学家左思，从小刻苦用功，博览群书，写得一手好文章。花了整整十年功夫，终于写出描写三国时期魏、蜀、吴都城繁荣景象的《三都赋》。著名文学家皇甫谧读到左思的《三都赋》，拍案叫绝，连连夸赞，并为之写了序言。另一位文学家张载也亲自向周围的文人推荐《三都赋》，称赞结构精巧，文笔优美。此事轰动了都城洛阳，大家纷纷跑到纸店买纸传抄，几乎快把纸店的纸抢光了。商人们见有利可图，趁机抬高纸价，一时间造成"洛阳纸贵"的局面。

《三都赋》之一的《蜀都赋》融进了金马碧鸡的传说，有"金马骋光而绝影，碧鸡倏忽而曜仪"之名句。

宋代诗人黄庭坚在《戊午夜宿宝石寺视宝石戏题》中写道："金马与碧鸡，光景动照临。"宋代诗人孙应时在《永康虎头山》中写道："眼中金马碧鸡路，坐上铜梁玉垒关，丈夫万事付前定，长啸往来天地间。"宋代诗人杨万里也在《送丘宗卿帅蜀》中写道："碧鸡金马端谁见，酒肆碧台访昔游，收入西征诗集里，忆侬还邂寄侬不。"

元明清三朝，吟咏金马碧鸡的诗作如屡不绝，元人郭进诚的《碧鸡山诗》："碧凤一飞去，空遗碧鸡名。寥寥千载下，徒仰山仪形。夕霞丽冠羽，朝阳纷彩翎。流响不复作，松泉自韶脂。"又如明人金秉清的《龙马蹄石》："神驹从此骋驰驱，印出分明掣电蹄。一勒嘶风云外去，淡烟芳草落花溪。"明代戏曲家郭蔚文的《昆明竹枝词》也写得情浓意绵："金马比郎妾碧鸡，不须芳草怨萋萋。愿郎驰驱万里去，妾自守更抱晓啼……金马何曾半步行，碧鸡哪解五更鸣。侬家夫婿久离别，恰似两山空得名。"明杨慎有诗："碧鸡金马古梁州，铜柱铁桥天际头，试问平滇功第一，逢人惟说颍川侯。"

近代李鸿章《入都》诗："诗酒未除名士习，公卿须趁少年时，碧鸡金马寻常事，总要生来福命宜。"清名士赵士麟《碧鸡诗》："彩云一片舞天鸡，五色光中望欲迷，化作青山千载碧，王褒空自渡巴西。"孙髯翁的《大观楼长联》中也有"东骧神骏，西翥灵仪"诗句。

兰茂的《金马秋风》，鲁大宗的《集滇会街坊山水楼阁寺庙名》，杜先福的《圣茶祖师王褒传》等将金马碧鸡作为物象入诗、入书，使诗书增了色、生了辉。

如今太平盛世，起云金满怀金马碧鸡之情，打开文学的翅膀，挥动智慧高雅的笔，书写出了一部美轮美奂的《金马碧鸡》的故事，书写出了人类一个美丽的憧憬。这是金马碧鸡的再次流光溢彩，精彩可期！

（本文作者系中国民间文艺家协会会员、云南省民间文艺家协会第六届副主席、云南民族大学教授）

人物表

刘洵	汉宣帝
刘奭	太子
张骞	汉武帝时中郎将
司马相如	汉武帝时中郎将
司马迁	汉武帝时中郎将
黄霸	汉宣帝时丞相兼太尉
杜延年	汉宣帝时御史大夫
王褒	汉宣帝时谏大夫
李波	汉宣帝时大鸿胪
王襄	益州刺史
杨鸿	益州别驾
骆武	越巂郡太守
付生	越巂郡郡尉
陈刚	越巂郡主记官
罗山	越巂大帅
郭飞	蜀郡郡尉
胡平	蜻蛉县县令
白晓	蜻蛉县县尉
杨进	蜻蛉县县丞
谢笔	蜻蛉县主记笔
张龙	蜻蛉县廷掾

邹天	蜻蛉县掾史
刘金	广元县县令
王方	绵竹县县令
李涛	资阳县县令
李杰	青衣县县令
张洪	严道县县令
马秋	旄牛县县令
王云	灵关县县令
彭云	武阳县县令
金叶	筰秦县县令
武云	僰道县县令
赵理	禺同乡三老
凡明	白井乡三老
扬云	苴却乡三老
梅春	禾春乡三老
彭富	天池乡三老
董云	三潭乡三老
罗彩	天池乡啬夫
黑叶	天池乡游徼
高红	邛海学堂先生
刘志	蜻蛉学堂先生
关峰	长安城商人
孙云	长安城马帮头
白江	蜻蛉学堂学子
胡仁	蜻蛉学堂学子
陆林	麻街亭猎人
张玉	越嶲郡医师

李安	会无县邛竹乡三老
水金	禺同乡水龙族族长
水芝	族长水金的女儿
黑山	族长黑华的儿子
卓文君	临邛县大富卓王孙的女儿
曾莲	王褒妻子

禹同山高入云端里，峥嵘云间、绿连天边、青翠满眼、鸟叫蝉鸣、晴空万里、气象雄浑。而此时，火红的太阳，烘烤着大地，烘烤着万物，也烘烤着蜻蛉县胡平县令的心，整个蜻蛉县都在期待着一场酣畅淋漓大雨的到来。

汉宣帝神爵元年夏，天下大旱，田野荒芜，益州越巂郡蜻蛉县旱情严重，往年青草碧绿、河水清清、蜿蜒流淌的蜻蛉河也因干旱无水，禹同乡平山亭水龙族水芝一家田地里颗粒无收，父亲水金空有一身打鱼和做木工的好手艺，却无处施展。水金因五年一轮，今年轮着在县衙当差役，妻子李香带着年幼的女儿水芝在蜻蛉河边禹同山上找山芹菜、蕨菜回家充饥。火辣辣的太阳高照，炙热的风吹着禹同山，照着水芝一张充满活力却消瘦的脸，李香看着水芝心疼地摇着头。

水龙族一族七十五户都眼巴巴等着盼着在县衙当差的族长水金回来商量救田里的秧苗、地里的荞，救一百多口人活下去的命。

水金在县衙当差役，在县尉门下，被安排到县衙东门值守大门。值守大门的还有来自三潭乡麻街亭七棵树族的族长黑华。水金小声对黑华说起全县的旱情，说昨天见主记官带着几个骑马的士兵到越巂郡快马报请越巂郡太守骆武开仓救济受灾最严重的泸水驿站，目前县里已有人外出逃荒，出现了要饭饿死人的情况。县衙已通知禾春乡、白井乡、三潭乡、苴却乡、天池乡、禹同乡三老前来商议抗旱之事，我见最远的禾春乡三老梅春、三潭乡三

老董云已进东门去了议事厅。旱情一天比一天严重，东门外市场原一个五铢钱一斤的谷子卖到了十个五铢钱、十个五铢钱一斤的干鱼卖到了三十个五铢钱，五个五铢钱一斤的酒卖到了十四个五铢钱。族里一百多口人也在等我回去商量办法，我想等胡县令明天的议事会散后就回去，我唯一的爱女水芝身体越来越差……说着他的眼泪也不停地流。

黑华听着心酸，安慰道：我们山里人比你们好一点，受天旱影响小，这几天族里组织打猎，还打到两头一大一小的野猪，大的杀了分了，小的还养着。只是这天天打猎也不是办法，等我下次回去带点分到的猎物来给你拿回去给女儿补补身体，我那长子黑山，家里没男劳力，也顶我去打猎算个人头。你何不向主记官谢笔借几百五铢钱，买些谷物渡过难关，保命要紧。

水金对着身后的黑华说，这是最后的办法了，只怕那主记官谢笔不肯借我五铢钱。

黑华又说道：我看主记官谢笔对你很器重，每次出东门都对你微笑，你剑法好，每次县令出去游猎你都能刺杀到野兔或河里的大鱼。水金回道，那是我从小在蜻蛉河里刺鱼练成的手法，不想这刺鱼和刺剑一脉相承，来当差么也用上了，明天议事后我找主记官谢笔开口试试。我们族七十五户人家没有开口借五铢钱的先例，有困难都是去蜻蛉河里打鱼卖了解决，现在河水干了，断了我们族的生路，我想老天不会绝我们的出路，老天能来一场大雨就好了。

黑华叹气道，路在脚下，山山都有小横路，林鸟总会有出头日。

正说话间，主记官谢笔派一名役差来水金面前传话，说是第二天调水金到议事厅前值差，是各乡三老上来共议旱情之事，让黑华值守好大门，盘查闲人一律不得进入城里，旱情吃紧，民怨

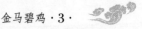

较多，让防止意外。

水金对黑华道，旱情不断，人命大于天，是人都知道保命，去向往太平温饱的生活。这越嶲郡派来的胡县令也体恤民情，爱民如子，在白井开矿煮盐，修复马帮道，在灵关道上设哨保通，收税审案，蜻蛉也国泰民安，他雄心勃勃，也想造福一方民众，可遇到天下连年大旱，虽有一腔治理宏愿，也只能听天由命，这几天他正在想方设法了解蜻蛉县的山川地势、水源、民情、西南夷人的情况，找寻一些救灾之策，以保民命。所以准备召开乡三老会研究了。

黑华小声道，多防备点，县令每月领着五铢钱和粮食，哪知我们差役和乡民之苦，我们打猎的比你们靠天吃饭的人命好些，祖辈们常说，猎人的命要牢牢掌握在自己手里，不然豹子等就会要了你的命。

水金叹着气道，我们种田种地的命自己掌握不了，只能靠天吃饭。说完就找县尉报到去了。

见到膀阔腰挺，身穿一身黑色官袍，腰挂一柄宝剑的黑脸杀气威武的县尉白晓，水金弯腰，双手抱拳低头，说水龙族族长东门差役水金奉命前来报到。

白晓县尉审视着一身武夫打扮手持标枪的水金说，你标枪、长剑用得好又准，我与县令胡平、县丞杨进举荐你任守候县衙的卫官，说完后令主记官谢笔领着水金一一介绍县衙各院房屋位置情况。

县衙在县城北边坐北朝南，是三进三院的建筑，大门是一大二小三开门的建筑，平时只开两道小门，大门紧闭，遇重大活动时才三门同开。进入大门是一院一主楼两厢的建筑，主楼大厅是审案厅，右下角有一小院是关押犯人的监狱，十多名役差在把守，右厢房存放着剑、弩等武器。左厢房是议事厅，存放着竹

简、线装书，接纳普通来客。从两边通道进入第二院落，一楼两厢，主楼是议事大厅，可容纳四十多人，一块"明镜高悬"的匾额挂在县令靠椅的后面。左厢房是县丞办事厅，右厢房是主记官等的办事厅。从过道进入第三院是县衙生活区，主楼是县令、县尉的住房、书房，左厢房是贵客会见厅，右厢房是主记官等的住房。院内有一水池，用于防火也是水景，池里有几条鱼在游动。主记官谢笔说，这池里的鱼是你送我，我又送县令的红鲤鱼、花鲢鱼，县令胡平十分喜爱。

水金抬头顺着主记官谢笔的目光，看到半开的书房的窗户里，身材颀长、面庞饱满的胡县令正在看书。

主记官谢笔领着水金走进办事厅，水金放下标枪靠在门旁，小心翼翼顺着主记官谢笔指的木椅坐下。主记官谢笔对廷掾张龙、掾史邹天笑着介绍道，这是刚提拔到县衙的役夫长水金，从今天起由他值守县衙大门。水金对着两位文弱的书生笑着说，以后请多关照。廷掾张龙抬头回礼道，见过水金族长，你们俩同乡前年我随主记官去记载蜻蛉河水情时去过，那时风景甚美，胡县令当时还命我和掾史各作一首诗，可惜今年大旱，见了河底，美景不在了。掾史邹天插话道，要是当时有位画家将那盛景描画下来，今天也可做证，过几天越巂太守来视察民情也可用画汇报，如今蜻蛉河一片荒凉之地，河干民饥，我查县史也是蛮荒夷地，无史可查，悲哉，悲哉。

主记官谢笔接过话说道，水金你们夷人要多送男儿到庠读书，教化你们夷人。说着领水金走出了县衙。水金几次想开口向主记官谢笔借五铢钱，但一直不敢说出口，话在嘴边转了转又转回到肚里。

第二天卯时时分，县尉白晓带着十几个士兵到东西南北四个城门巡视了一遍，又到了东门外市场。市场上人烟稀少，米店标

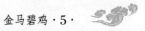

价到了一斤十六个五铢钱。县尉白晓警告米店店主说，上面有令，旱情期间不准涨价，否则以犯罪论罚，民以食为天，粮食是民众的命。

谷店店主回答，遵令，这粮仓谷物越来越少，卖几百斤外，余下的都不敢卖了，留着自己保命，不知天干旱到何时，你们县衙里的父母官要为我们民众做主，向上要粮救济，有人传外县有饿死人的现象，好在我们蜻蛉县大山里还有野果、野菜，可以找来充饥。

县尉白晓回道，今天县令正召集各乡三老议事，解民众旱灾之急。心里却在想，这南蛮之地，蛮夷之人，上天怎么也没庇护他们，虽然文化习俗落后，但茫茫大山物种甚多，丰能进市，荒年也能保命，但不知这旱情何时能停止，祈求上天赶紧下雨，下救命雨，救救蜻蛉河边禹同山下的民众吧。

城楼鼓响，已到正午。水金值守县衙大门，看见禹同乡三老赵理一行人朝县衙走来，来到尉丁处——出示令牌后向衙门内走去。

为解干旱的燃眉之急，胡平放下高高在上的县令威严，在议事厅里召集大家议事。县令胡平端端正正坐在堂上，县丞杨进坐左边，县尉白晓坐右边，右角坐着主记官谢笔。各乡三老左右两排分坐。

县令胡平开口道，本县令上承皇恩，三年前到此任县令之职，受天地之爱，风调雨顺，不知何因今年天下大旱，范围涉及本县蜻蛉，河干禾枯，民不聊生，民间多有怨气，前天已开仓济民，可仓谷渐少，难以为继，今召集各乡三老进衙问事，共议济民良策。

禹同乡三老赵理起身向前一步，弯腰双手合十抱拳道，报告县令，禹同乡各亭里族邻多居住在蜻蛉河沿岸禹同山脚，多种植

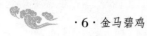

麻线谷、红米谷，对蜻蛉河依赖较重，今年干旱，河床见底，收入无望，民众到河边山林箐脑挖野菜充饥度日，今日从东门市场路过，谷价到了一斤十六个五铢钱，看的多，叹气的多，买的少，本乡六千四百五十二口缺谷近一半，望县令开仓救济民众，天大地大民众之命更大。报告完毕，抬头望着台上的县令、县丞、县尉，后退一步回到了原位。

县丞杨进看了县令胡平一眼说，今年旱情灾民最多的是靠水生活的禺同乡、天池乡和苴却乡，主记官和我这两天去粮仓查看，算了一下，开仓济民也只能维持三五天，胡县令已向越巂郡太守骆武上报了灾情文书，至今无回复，今日议事之后，我和县尉白晓准备上越巂郡找太守谏书，下拨我县谷粮，救济我县民众，民是衣食父母，粮是民众之命。

白井乡三老凡明上前一步道，白井以盐水煮盐度日，今年旱情重盐水出得少，盐量较往年少了一半，又因天旱民众手中无钱，来往运盐马帮减少，盐难卖出，盐户无收入，谷价涨到一斤十六个五铢钱，饥荒者近半，望县令、县丞、县尉拨谷救济。

县尉白晓望着凡明道，白井近日案件较多，时有偷盐偷谷案发生，乡游徼罗云已向我报送三起案件，煮盐户盐难卖，卖谷户有屯谷抬价之势，灾情不重但民怨最重，案子最多是你白井乡，加之外地马帮来往，你乡要救灾、防乱、稳民三不误，本县尉近期会下访，打击抬价、囤谷、囤盐户，三老凡明你也算囤盐卖盐之户，要带头降盐价、谷价。

三老凡明一听，吓出一身冷汗，再次报告，本乡囤谷、囤盐、抬价是实，我凡明卖盐也是实，但不存在囤盐、囤粮、抬价之事，望县尉查实。

胡县令看了凡明一眼未说一句话，杨县丞插话道，三老凡明回去带头放盐压价，稳住民心，抬价囤物之事，县令会明察的。

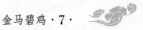

凡明抬头看了胡平县令一眼退回原位。赵理知道这胡县令每有什么事发生定要找一个乡的人来顶事，没想到在大旱之中会找白井乡，那可是全县最富有的地方。

苴却乡三老杨云上前一步道，苴却地处泸水河边，靠泸水的地区受旱情影响较小，而高山一带山高箐深，多处吃水困难，谷物更谈不上收成了。七千七百四十五口，已有二千八百三十五口缺粮。

县丞杨进追问道，苴却乡要防谷物外流，苴却虽穷，但有白井到成都的盐道经过。杨云低头回道，县丞所言极是，苴却夷人从事马帮之人众多，命苦。我祖辈都是马帮，县丞到过我乡察访过，知我乡实情，旱年民穷，马帮走货渐少，生活一日比一日更难，已有部分马帮杀马充饥，以泪度日。

县令胡平点头听着，一言不发。

身着羊皮领褂的禾春乡三老梅春上前一步拱手抱拳用夷话汇报，胡县令、杨县丞、白县尉三人一句也听不懂。县丞杨进道，用汉话报告。梅春只会摇头。县丞杨进说，夷人是该教化了，地处渔泡江、泸水交界之地，玉龙雪山之边，连汉话都不会说，语言无法交流，又如何做到融通发展。

坐着的主记官谢笔起身走到县令身边弯腰抱拳小声道，禾春乡三老已书写了旱情，他们人口总共七千三百一十九口，二千三百一十九口缺粮，现主要靠挖野菜煮野菜度日。说着用手示意梅春回到原位。

县令胡平的眼神从大厅里每一个人的脸上扫过，还剩两个乡的三老未报告，他说道，各位三老，你们只用报告户数、人口、饥荒人数、饿死人数、现靠什么充饥，其他情况本县令心中有数，今天召集大家议事主要是议下一步的解决办法。宣帝已诏告天下，今神爵元年旱情，是上天降罪于人间，宣帝自责德不配

位已祈祭于天，天下旱情渐好转，本蜻蛉县地处南荒，山高皇帝远，帝诏到此已过数月，何以解难，唯有自救，好在本县地大物博，东有蜻蛉，上有吴海水坝，西有渔泡江，北有泸水，中有离天最近的百草岭，天佑本县，定不会让民众饥亡。余下乡老要简要报告。

最后，主记官谢笔起身向县令报告，县所属六乡报告完毕，人口总计八万三千零五十三口，饥荒近三分之一。多以打猎、挖野菜度日，暂无死亡、逃荒者。报告完毕。

县尉白晓听完，目光在六名三老脸上扫视，最后目光落在了天池乡三老彭富脸上。灵关道经天池通达长安，乡内的一亭一甸一哨在脑海中闪现，按惯例这上报旱情之命又将落在自己身上，到越巂郡来回又最少二十天，大灾之年，匪盗又起，但愿汉朝天子顺天民运，感天动地，早日降下甘霖，解天地之渴，救民众生计。好在六乡三老报告中没有大案发生。蜻蛉县山高箐深，犯人易逃，缉拿太难。目光收回转向县令胡平，点头示意没有什么意见发表。

县丞杨进的目光也快速在六名三老脸上扫过，县令胡平点头示意其发表意见。

县丞杨进挺直身子，正襟危坐，目光凝重地看着六名三老说道，本县承蒙皇恩之诏，集贤议事，各位三老抗旱有功，无一人饿死，一谢皇恩，二谢天泽，三谢地厚，四谢礼贤。然天旱已久，无结束之兆，本县挟三水四山，无奈水低山高，良田无水不生谷物，今进仲夏，还有秋谷，我有两言，请群贤和县令定夺，一是抽调人员查明本县山川水源良田耕地、物产，做到心明计达、生产自救，山高皇帝远，皇恩虽浩大却鞭长莫及。二是由县尉组织人、主记官快速书写灾情报告上报越巂郡，下拨粮物救济以安抚民众。以上之策请胡县令定夺。

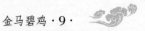

　　六个乡有五名三老点头赞许，唯有禾春乡三老梅春一脸木然，不知所云，主记官谢笔看在眼里，却知急而无用，因为三老梅春听不懂汉话。

　　胡平县令仔细听着，两个时辰的议事时间他身子一直未动，大脑却在高速运转，上为宣帝担忧，中为益州刺史着想，又希望越巂郡太守骆武能明白自己的心思，耳听六名三老之言，心中思考着县丞之策，谋着一县大事之决断。

　　大厅里鸦雀无声，连主记官谢笔点墨之声都能微微听到，六名三老的目光都集中在胡县令的脸上，看着他脸色变化，县丞、县尉坐直身板，专注听令，主记官在点墨等令落笔。一县之县令，民众之父母官，万民之命掌握者，国泰民安时看书作画、游山玩水，民众称他为香雅县令。初闻之不快，后经人点拨后自也高兴。可今要决断六乡三万多户八万多人口的救灾救命之令，一时顿觉官小、权小、物少、五铢钱少，就是拔光全身毛发，也难分平八万人的救命之粮。看着六名三老带着祈求的目光，一向威严，在三老面前不苟言笑的胡县令脸上露出笑意道，各位三老体恤民众，大旱之年无一人饿死，无一起大案，是本县令之福，是全县之福，可是无收获之像，缺粮一日甚过一日，众贤之策等我一一思谋。县丞之良策也是本县令近日苦思之策。今日议事，决策之计，首要的是要组织人马查明山川水源物种以谋长远之计；二是如实上报旱情请越巂郡太守下拨谷物救灾；三为兴办孝廉教化民众；四是各乡举贤任能，宣帝是贤君，下诏各地举荐贤人，飞马门待诏；五是本县粮仓存谷甚少，但经议事，开仓谷物六十石，各乡平分各十石，盐六石各乡一石，钱六百五铢，选派马帮来运去救民，不可有人因灾饿死。这是今天议事的一道令，请县丞速办，议事至此。

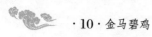

议事毕，胡县令领着各乡三老带上牲献、五谷来到禺同山下、蜻蛉河边祭祀天地，祈求上苍保佑蜻蛉大地，来一场大雨，结束干旱，结束这苦难的日子，年年风调雨顺，六畜兴旺，五谷丰登。

二

议事之后的第二天，胡平县令、杨进县丞、白晓县尉、谢笔主记官、张龙廷掾在会客厅思谋着议事定的几件事。

胡县令一面看着各位一面道，先从简单的事落实，兴办孝廉之事由廷掾张龙主谋，上报郡太守之文由行事稳妥的县丞杨进主笔，白晓县尉派熟悉灵关道的副县尉紫春一道前往，白晓县尉与我一起镇守县城，大灾之年，要防大乱，县尉白晓要养兵练兵，防乱防匪，镇守粮仓、盐仓、钱库。我近日是白天黑夜为这旱灾之事焦虑，大难之前方知一县之令领八万人之命的责任重大，各自去组建人马，明日起赴越巂郡的立即出行，今天传令灵关道各亭、哨严守待命。

县丞杨进走出县衙会客厅哪敢怠慢，县令这是言行不露于色，平日里看着宽大为怀，做事却深沉狡猾，一起共事多年，多少知道其为人之道，因自己与太守同乡、同窗，所以才放心自己去越巂郡报告灾情，向太守要救济饥民之粮。

来到白县尉住处，副县尉紫春也在，不等县丞杨进开口，白县尉先说道，我们等你一个时辰了，副县尉紫春领十匹人马与你同行，一路好生照顾，你们一文一武多留个心眼，各亭哨已派快马先到。

县丞杨进谢道，我还想与你多要一人。白晓县尉忙问道，我

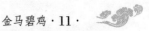

这里有什么人才令杨县丞器重尽管去用。县丞杨进便道，你那刚提拔到县衙值守的水金，剑术厉害，往日蜻蛉河叉鱼，可是了得，他是族长，我到过他家几次，他对我也熟，我也好使唤。县尉白晓笑道，他是个粗人，又是夷人族长，身材威武，看着有一身使不完的力气，只是做事像巷道里抬木头，直来直去，可这衙里差丁都怕他三分。县丞再次谢道，这更好，一路有这样的人，那些匪徒也不敢出来了。县尉白晓回道，那就只好将值守东门的兵丁调来顶岗半月。紫春副县尉你们早点去备办救灾之事，你我都不能轻视此事，要护卫好杨进县丞。

　　刚到辰时，县丞杨进、副县尉紫春、水金一行十余人骑着高头大马从东城门出发，过县前哨，来到蜻蛉河上的坝桥，金黄色的太阳把禹同山照得闪闪发光，蜻蛉河已干枯见底，有人在河底打沙井取水。来到禹同山脚水龙族村，路边站着两人，走近后，水金认出那是妻子李香和女儿水芝，她们送了一件羊皮领褂给水金。年幼的水芝双手拉着母亲的衣角站在晨风中，红红的小脸十分可爱。杨县丞一行在马上目视着水金一家告别。水金拿过羊皮领褂穿在身上，在县丞眼里又成了一个夷人。一身麻布粗衣的水金妻子更显得纯洁、自然、耐看。县丞杨进打趣道，水金有这样的妻女，难怪不想在县衙当差。水金说，我们山村水边夷人，不懂礼教，自由惯了，适应不了衙里习气、礼节、套数，做事见人看脸色，十分不自在。说着又将向主记官谢笔借的两百个五铢钱交给妻子，叮嘱她带村里人赶紧去买谷物，平分给族民度日。水芝看着父亲，手拉着母亲，母女俩什么也没说，目送着水金一行往六关哨行去。中午时，一行人来到了禹同山南第三高峰土主庙前哨，轮值哨的农户役差已在此做好简单的饭菜，烧了一锅野菜汤，也备好了马料。吃过午饭，副县尉紫春掐着时辰催一行人上路，一行人要在天黑前赶到天池乡芦头哨方可停顿。紫春陪胡县

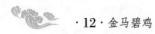

令在每年一次的越嶲郡议事时来过三次，可胡县令的行程一般是一路看山看水，见太守并没有行程日子规定，这次上报灾情胡县令是肚里管着行程，此时在土主庙前哨县令也是知道的。吃饱后又急着上路，下一陡坡二里到了里堡哨，顺一干箐而下四里到了长冲哨，顺石关河而下十里到了天池乡。天池乡三老彭富、啬夫罗彩、游徼黑叶来到独木桥迎接，邀请县丞杨进到乡里休整。

天池乡治所在乌龟山下一海子边，是坐北朝南一院一主楼两厢一照壁的院落，进了大门左边是谷仓。县丞杨进打开谷仓，只见墙角堆有约五百斤谷物。三老彭富道，这是不敢动的救命粮，不到万不得已根本不敢动，要留给村中生小孩的妇女和老人。右边放有一些棍棒刀剑，由游徼管理。游徼黑叶向县丞杨进和副县尉紫春报告，只有木棍、十把剑，已十年未启用，这灵关道通后常有兵马通过，匪徒不敢犯律。来到主楼议事厅，三老将县丞杨进、副县尉紫春、水金请上平日里自己和啬夫、游徼坐的主位。

县丞杨进虽是借道而来，借此也行使县丞之职，问起了三老彭富职守之事。

三老彭富离座，站于大厅中间行礼报告，本三老职守为掌教化、理民事，本乡夷习简陋，礼无可数，今在筹建庠，以收民子来庠学经，今因旱情庠里无学子，本乡旱情严重。

县丞杨进打断三老彭富之言道，旱情不用报，本丞有数，全民皆知，啬夫来报。

啬夫罗彩上前立于厅中行礼抱拳道，本啬夫姓罗名彩，长坡岭哨罗族族长，司职听讼、收税赋，本乡因旱灾税赋难收，仓里谷物刚才杨县丞、紫副县尉已一一见证。

县丞杨进忙小声问道，天池乡税赋可记否。

罗彩抬头大声道，本乡税赋谷二万石，出役二百九十五夫，守哨松明火把二百把，只是谷物颗粒未入仓，请杨县丞明察，本

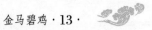

职失职。

杨进县丞重申道，旱情天下大事，宣帝也知，税赋之事不是你的罪，本县丞此次前去越巂郡路过此乡，正为旱情之事。游徼报告。

游徼黑叶上前立于厅中，抱双拳道，本游徼姓黑名叶，红山亭外可奈族族长，职守缴循、禁贼盗。近日因旱，有山上打猎伤亡之案，已配合罗彩啬夫一碗水端平讼案平息，今民虽苦，但本乡平安。

杨县丞笑问道，何为一碗水端平平案。

三老彭富立即起身解释道，夷人一碗水端平平案，就是县衙大厅高挂的"明镜高悬"之意，这是民众之语。

杨县丞起身道，这夷人民语言之有理。本县丞有任在身，不宜久留，说罢离开，上马朝天池乡北面的平坡哨而去。三老彭富、啬夫罗彩也骑马陪县丞一行前往。

三老彭富将杨县丞一行送过马路河、牛街坡，杨县丞一行上了哨房坡，到了位于龙街河与孟风河之间山梁上的平坡哨，哨所驻地在山平坡哨山顶。三老彭富牵马上前，请县丞登顶观看乡貌全景。紫春副县尉道，这哨所我多次前往，站在山顶可观看天池乡全景。境内三十里处有一土林景观，美如仙境，传说是走马皇帝在天池乡的宫殿，到此就不想回皇宫，后丞相在夜晚看到紫微星偏南，告知太后后，就放狼烟烽火哨到芦头哨。走马皇帝看到狼烟哨火，连夜离开此皇宫，又怕这皇宫被人烧毁，用手一挥，就用一阵黄沙盖住。不想几百年后，黄沙被风吹雨淋，皇宫又重现。本地夷人为之惊奇，用夷语取名浪巴铺，意为凡人不敢入内，却成了豺狼虎豹的乐园，金钱豹在里面当了王，传说是走马皇帝的影子留在了此地。

杨县丞听了这故事，心里警觉道，皇恩浩荡，大灾之前，走

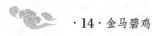

马皇帝都不能久留之地，本县丞有命在身，更不能前往这仙境，掐指一算已是申时，太阳已经偏西落山，余晖洒在远处的土林上，一片辉煌，金光闪闪。杨县丞感叹道，连走马皇帝的皇宫都如此辉煌壮丽，长安的皇宫不知如何神奇壮观。

紫春副县尉一边看着杨县丞一边道，前次我送县令胡平到越巂郡拜见太守骆武，听说皇帝有一道诏书，诏令各州郡向朝廷力荐贤人，听说蜀郡有一能说会道、文才和驯狗技艺甚好的杨德意，他在民间得到刺史举荐，在飞马门又得到皇帝召见，任了狗监一职，回家省亲时，连刺史都出城迎接，到益州老家更是衣锦还乡，在益州还兴起了一股学武、学艺的热潮，加之丝绸之兴，益州被称为锦州，连皇帝都想前来，只因山高路远又有丞相劝阻，才没有前来。

杨县丞听着心里却在想，县令也太阴险了，明面上派副县尉保护自己，实则是监视自己一路上的言行，真盼着这次见了骆太守能让太守看到自己的才华向上推荐，自己好早日升职。飞马门待诏之事，多有传闻，可何时才被召见。反问紫春道，听说汉武帝喜爱宝马，遍寻天下宝马，造了飞马门专等宝马归来，可有此事。

紫春虽是副县尉，却深受县令器重，在县衙从没有人敢反问自己，知道自己议论皇宫之事，违了县衙之规。便笑着回答，这走马皇帝是民间传说，只当闲谈，飞马门之事，上次也是胡县令与骆太守说起，但皇帝下诏力荐人才是真的，我看到骆太守传给胡县令的诏告，胡县令回县衙百事缠身可能忘了此事，胡县令是爱才之人，筹学堂、庠、序、学都在他谋划之中。

杨县丞见紫副县尉处事圆滑，心里在暗自佩服，这久闯益州郡之人真是见多识广，便催道，这次身负救灾重任，景色等择时来赏，说着快马加鞭向芦头哨所赶去。到了哨房，杨县丞还想往

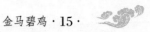

前赶，三老彭富圆场道，此到下一哨所需五个时辰，其他哨所迎接县丞在明日上午。说话间哨丁已前来牵马去厩房喂料。

第二天早上，一阵鸡鸣马嘶之后，太阳的亮光已射进水金的房间，他早早起来帮哨丁做饭，红米稀饭和油煎鸡蛋。出发前哨丁又送了二十多个煮鸡蛋让其带上，此去泸水边还有六十里路。一路天热，马匹需多饮水。

见过哨丁，告别三老彭富，下坡朝热坝泸水驿站而去。

三老彭富看着远去的杨县丞叹道，山高路远，这救灾皇粮何时能到，民命之苦，民命之贱，当年走马皇帝可知劳苦大众的美好未来在哪里？

行走在热坝，风吹来都是热的，汗水刚出来就干了，马也走得慢了。来到大沙河边，紫春副县尉说，这里离泸水边还有四十里行程，前不着村，后不可返回，是匪徒出没之地，不是休息之处。喂了马水，县丞杨进看了水金一眼道，水金尽快赶朝前，以备不测，路艰人少，盼着早日赶到泸水。

燥热的天气，让人难受，熟知马性的紫春副县尉叫住走在前面的水金到水边找一阴凉处休息。坐在乱石堆上，人马都如释重负，一身轻松，水金拿出哨丁送的煮鸡蛋一人分两个吃了起来，骡马在河边低头喝着水。紫春副县尉说，这水是从哀牢山流过来与龙街河、蜻蛉河在此汇聚后流入泸水的。武帝元光五年，司马相如就从此到蜻蛉并在蜻蛉讲经。

提到司马相如，县丞杨进脸上有了神采。想当年司马相如也是一介穷酸书生，靠一篇《子虚赋》让武帝赏识，并在飞马门待诏，成了武帝身边的红人，后以钦差身份来到蜻蛉。

这飞马门成就了天下多少有才之人，也成就了脚下这条灵关道。杨县丞转念又问，紫春副县尉你一名武官怎知天下事。

紫春副县尉忙回道，我本是越巂郡会无县的放马人，一年乡里举行射马比武得了头名，乡上三老向会无县县令举荐我，我先在县衙当差，守东北大门。一次越巂郡骆武太守来会无县视察，听了县令说我之事，当场让我展示，随后又将我带到了越巂郡衙当他的随从马夫。骆武太守常到学堂看自己公子读书，见我是武夫文盲，他常和邛海学堂的高红先生私下谈论朝堂之事，我虽不识文章，但时间久了，也听了一些故事。后骆武太守又派我单独去监督他公子读书，我也因此粗识几个文字。那年骆武太守到会无县，又逢胡平县令到蜻蛉上任，骆武太守问我可否离家到蜻蛉，我想一个马夫能任什么职，就说人生地不熟，无朋无友，恐难生存。骆武太守说胡平县令知书达理，是学堂高先生举荐之人，司马相如都去蜻蛉讲经，夷人多有教化，后我就随胡平县令到了蜻蛉，得以和贵县丞共事。这次去见骆太守，是我主动找胡县令请求，想回家乡看看亲朋好友，多年未回家乡了，我真羡慕你们读书人，脑子灵，做事思前想后。像水金我们都是武夫，就只知水往低处流，不知黄河十八湾。一路任重道远还请县丞多多包涵。

听着紫春副县尉的话，杨县丞不动声色，看着干旱少水的河说，紫副县尉才艺过人，敬佩，敬佩，你与郡太守熟悉，到了越巂郡我们去拜访太守时请多美言。

紫春副县尉叹气道，太守的儿子不愿做官，常到邛海学堂讲经，听人说人品不错，杨县丞如感兴趣，本尉愿引见。

杨县丞回道，我一直想知道长安的飞马门是什么样。又催促道，赶快上路，离泸水还远，离郡衙更远，离飞马门更是远得不得了。

紫春副县尉说，听邛海学堂高先生与骆太守私下说，武帝一生好宝马，好美人。才将未央宫招贤纳士的东门改为飞马门。

杨县丞心想，这武夫有武夫的好，直来直去，有话直说毫无

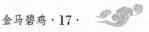

顾忌。于是对紫春副县尉就更放心了。

心里无事一路轻松，一路上过了海子哨、丙炼哨，太阳刚落山就到了泸水右岸边的泸水驿站。驿站人员已知道他们要到来，都出来迎接。到了驿站品茶议事。水金在驿站大门值守不敢离开。紫春副县尉习惯性地走到驿站哨台四处查看，他喜欢看山看水，看马看动物，对品茶、品文、品人一直不感兴趣。山水有情不言老，人如飘云有风变。他对骆武太守的感叹倒是有些认同。看着山水，又想起了生活在大山中的父母兄妹。

当晚就在此处休整。

第二天吃过早饭，在泸水右岸族长和哨丁找来的小船帮助下将马匹和人一一渡过泸水，踏上左岸会无县江驿时，水金第一次走出蜻蛉县境，心中有一种莫名失落的感觉。

紫春副县尉看着杨县丞说，到越嶲郡还需要八天时间。在他县，一路得小心行事，虽都属夷区，但一山一习俗，多有不同，哨丁也不比蜻蛉的热情。

杨县丞说，这路上的事全由你办理，紧急事报告就行。水金要保护好文书和地图，听说骆太守只认文书，不认人。

紫春副县尉也接着说，读书人都一样，只管咬文读字，只要结果，不管过程，文书和地图比命都重要。

水金第一次开口，说我在县衙两年体悟的是，文官靠书，武官爱马，民众爱命。

杨县丞说，水金你那女儿要是个儿子就好了，县令正筹办学堂，可以送到学堂读书。你女儿岁数大了后，要好好教她画画、刺绣。

紫春副县尉笑着说，你女儿太可爱了，真是山野出美人，要是在长安，说不定会被宣帝看中纳入宫中，你这一生就有享不完的荣华富贵，也许还能封王封侯。

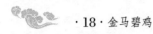

水金回道，本族里人只知春种秋收，哪知世外之事，眼下有粮食充饥就行，王侯县令也得吃饭放屁。

杨县丞听到屁字，连声道，夷人该教化也，该教化也。

紫春副县尉圆场，问水金道，这蜻蛉在夷人口里是什么个说法？

我们夷人是飞来的老鹰，每年秋天成千上万的老鹰从禺同山南边涧水塘老鹰山飞过，有的年份在老鹰山停十天半月，那族里还有几人以抓老鹰为生。

老鹰，老鹰，县丞杨进在马上重复念道，难怪这蜻蛉县这么难治，不是水灾就是旱灾，是天神老鹰在作怪，好在这蜻蛉河水归泸水，汇入了汉家龙脉，不然更难治了。听说当年司马相如就是顺着沫水、泸水、蜻蛉河到的蜻蛉。

正行走间，路遇一队马帮驮着货物从对面过来，水金上前用夷话问马帮后，回杨县丞道，今年干旱从蜀郡来灵关道上的人稀少，进城盘查甚紧。

来到邛竹哨所，紫春副县尉上前询问，哨丁打着手势回绝，只好回来叫水金前去问话。水金告诉紫春副县尉道，他俩是刚换来的哨丁不认识我们，他们要通关文牒。县丞怒吼，说通关文牒就在你背着的文案里。

紫春副县尉望着杨县丞道，这是会无县领域，按规矩行事，说着帮水金打开羊皮领褂，拿出带着热气的文牒，递到哨丁面前。哨丁看着文牒下角红红的章问水金哪县的，水金说蜻蛉县。哨丁笑着说，哦，是邻县的，才让进了哨房休整。杨县丞觉得委屈，而紫春副县尉却觉得这是郡县上下的规矩。紫春副县尉私下问，羊皮领褂怎么用来包文书。水金回道，这羊皮领褂防水，可以防下雨，就是掉江河里，水也进不去，打湿不了文书。在大家心里，文书比命重要。

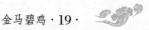

紫春副县尉拍了拍水金肩膀笑道，你们夷人真聪明，只可惜不懂汉人的文化。

三

杨县丞一行马队走了两天，过了绿水河、松坪关、凤山营、箐山营、糍巴店，到了会无县衙，休整了一晚，第二天早起一路过了沙坝、瓦店子、大湾营、前马寨、摩挲营、甸沙关，出门第九天到达了越嶲郡府所在地邛都，郡城设在邛海东南部宽广的坝子与山的交界处，在众多的村庄衬托下看着十分壮观。在东城门验过通关文牒，由紫春副县尉在前领着，将马匹安顿在官家马店，与店主喝过茶，将一路辛苦和稍兴奋的情绪平复下来。此行虽说是报告工作，但毕竟是面见上司骆太守，每一个人的想法都很多。只有水金还是怀着无欲无求的平常心，他双手紧抱着羊皮领褂严严实实裹着的文案。水金在县衙值守多年，多次听白县尉说，在官府，人命就是一张文案。想想就没有夷人那么自由自在。

县丞杨进和水金喝着茶，副县尉紫春带一名马夫拿着通关文牒到郡府报告，值守衙门的卫兵拿过文牒领副县尉紫春二人到进门右边第一道候客厅休息，把文牒交第二院庭值守兵丁。约半个时辰后，兵丁通知副县尉紫春，说骆太守到饿死人的台登县巡查，今晚才回，明天午时才能在第二院会客厅会见他们，并一再叮嘱尽量早来，说近日因部分县有饥荒、匪乱，骆太守脾气大，官威甚重，兵丁将一个进府衙文牒拿给副县尉紫春，副县尉紫春恭恭敬敬接过文牒，退步回身走出衙门，与县丞杨进报告后到早年熟悉的一家小酒馆，十个五铢钱买了一碟羊肉，一个五铢钱买

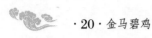

了米饭，二十个五铢钱买了一斤酒。县丞杨进道，未见骆太守，水金与我就免酒，这是副县尉紫春慰劳大家的。副县尉紫春知这县丞杨进见官如见虎，这郡府的官威是早有耳闻。

晚饭毕回到官府马店，安排了水金等值守好文案财物，县丞杨进来到副县尉紫春门前，见副县尉紫春在清点回乡赠送兄妹的礼品，就没作声。副县尉紫春见地上出现一人影，抬头见是县丞杨进，忙道，杨县丞请屋里坐。县丞杨进说，郡城多年未来，现得空闲，想去走走。聪明的副县尉紫春知县丞杨进是来约他去见邛海学堂的高红先生。县丞杨进一路对长安飞马门念念不忘，而自己只知皮毛，在众人面前并不敢乱吹，但在役丁面前倒也可以神气瞎说。

多年不回，拿香盐作兄妹好友见面之礼，这是人之常情。县丞杨进主动帮副县尉紫春出主意。

听了这话，副县尉紫春又将准备好的香盐随身带上。县丞杨进说，可以交水金处保管，他们无二心，一路见了熟人不好。

副县尉紫春见县丞杨进处处为自己着想，心里有些感动，听到熟人二字，心知指的是邛海学堂高先生。忙说，杨县丞想得周到。

交代好随身物品，县丞杨进从水金处领了一袋香盐，说是遇到熟人备用。二人走出马店在郡城一路观看。在郡城西北角见到题有邛海学堂字样的一院楼房。副县尉紫春说，这就是讲经的邛海学堂，我也在郡衙役丁处问了，讲学的先生倒是没有变，姓高，名红。

副县尉紫春走向前转了下亮闪闪的铜门钉，一会儿功夫，一个书生模样的人出来开门。告知前来的是蜻蛉县的紫副县尉。那人说，听高先生提起过这名字，你们在此稍等，我去告知高红先生。不一会儿，一名书童和高先生就出来迎接。

走过一道狭窄的过道，来到了书房，里面凌乱堆着书卷，飘着茶香。

　　高红先生看着身材颀长、身着束腰灰白长袍的副县尉紫春笑着夸道，真是一表人才，长得像传说中春秋战国时期的白起。书童敬完茶后行礼退出。

　　副县尉紫春行礼后，将一袋香盐敬给高先生说，这是县丞杨进从蜻蛉带来敬送先生的薄礼，本县地处南荒，没什么特产，唯这香盐还拿得出手。

　　高先生接过香盐，倾身闻了一下，说好香，好香，多年前得知香盐出自蜻蛉，太守几次巡察各方诚邀老夫同往，这邛海学堂虽陋，却难以离身，听说早年司马相如到贵地安抚夷众，设坛讲经，传授了儒学，也是开化之地，能产这香盐，实属宝地。副县尉紫春你能文能武，好好在那施展才华，为官一任，造福一方。只是这年成，不知何故天威发起，越巂郡各县干旱。骆太守也偶尔来此品茶习书，问灾民之实。我安慰骆太守，天大由天了。骆太守说民以食为天，为太守之职总得为民请命，所以才令各县上报灾情，骆太守要汇总后上报益州刺史王襄，刺史王襄查实后才好上报宣帝。

　　县丞杨进看着儒雅的高先生侃侃而谈，悟出了身为武官的副县尉紫春在县衙的为人处世。没有说话，目光从高先生身上又移到了副县尉紫春身上。

　　副县尉紫春谦虚道，承蒙高先生当年身教，让我略知一二天下大事。先生你身在书雅之室，上知天子之德，下察蜻蛉之事，弟子小小县吏，何日能见先生所说的长安飞马门。

　　听当年弟子紫春提到飞马门，高先生道，是皇帝的命名，武帝雄才大略，是他开疆扩土，安抚西南夷，置郡设县，由扬州、荆州、豫州、青州、兖州、徐州、幽州、冀州、并州等九州，增加了南方交趾州，北方置朔方之州，改雍州为凉州，平西夷后改梁州为益州，分十三州（部）置刺史，统领各州，长安设京兆尹。又置右冯翊、左扶风、弘农郡等，现大汉共十三州，一百五十八郡。

副县尉紫春听得呆住，而平日深藏不露的县丞杨进却听得入迷，起身问道，武帝何年到益州设越巂郡蜻蛉县。

高先生微笑着说，杨进县丞请坐下，骆太守也曾问起武帝到益州之事，我查史料，武帝一生好钱、好宝马、好美女，出巡过西域边疆，后又信巫术求长生不老，东巡泰山求禅，南巡求帝鉴，派大臣唐蒙征召夷兵修筑通夜郎之道，后又派钦差司马相如出使贵县蜻蛉一带。当年武帝龙颜大悦，挥笔下诏，置越巂郡。

当年武帝与丞相赵周议事将梁州改为益州，领汉中郡、广汉郡、蜀郡、犍为郡、越巂郡、益州郡、牂柯郡、巴郡。

其中汉中郡、蜀郡沿前秦制。广汉郡为高帝置。武帝于建元六年开置犍为郡。

元鼎六年，又与丞相石庆共议开设越巂郡，户六万一千二百八，口四十万八千四百五，领县邛都、遂久、灵关道、台登、定筰、会无、筰秦、大筰、姑复、三绛、苏示、阑、卑水、潓街、蜻蛉十五县。

西南夷地区在武帝的统领之下，在朝廷设大鸿胪，掌管西南夷，设属官大行令、译官、别火。译官由说夷语汉语进过学堂的夷人担任。前年骆太守向益州刺史王襄举荐了邛海学堂三名学子到朝廷任译官。

县丞杨进感慨道，我们这一行有一个优秀的夷人水金，可惜不识汉语不愿去，山大箐深，牛羊马到处都是，人无定所，放牧牛羊到哪山算哪山，没有固定的住所，自由自在。

高先生激动道，你作为一县之丞该设学堂教化民众。当年武

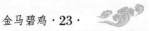

帝征兵役前往夜郎国修道通路，夷人不受指挥统领，一一反上，赋税不执行。后益州才子司马相如官至钦差大臣以言赞美西南夷，美名夷人，安抚夷众，十年后司马迁又钦差巡西南夷才得以石庆丞相奏天子设我越巂郡，置蜻蛉县。夷汉同治，息息相关，共同进步。后诏令各地举荐贤人，传言我家乡奇人杨德意当年是一名贫困书生，因能歌善舞，善驯狗被刺史举荐于飞马门待召，后成皇帝身边掌管猎园的大臣狗监，现益州蜀郡学风甚盛，走出了许多文人才子。

副县尉紫春插话，打猎时常听胡县令说，宣帝也曾贫困、落泊，所以能体恤百姓，体恤贫困书生。

高先生喝一口茶继续道，在民间不言天，自有史官编撰。我的先生在长安，有一份手迹传到我处，说着起身去拿出一个长约半尺的小书箱打开，从里拿出一个丝绸袋打开，又打开一层白蜀锦，里面又是一个丝绸小袋，打开，小心抽出一份白蜀锦放到书桌上，是手写的书稿，写的是宣帝从监狱里出生到登基的经历。

宣帝刘询原名刘病已，因武帝巫蛊之祸生于狱中，后因天下大赦，廷尉监邴吉将刘病已送至其祖母史良娣家养，长于民间巷道。昭帝驾崩后，昌邑王刘贺即位，后被废为庶人。邴吉与霍光言，武帝遗诏所养曾孙刘病已，资质过人，性情平和，通经术。请东海澓中翁先生教授，高才好学，知间里奸邪，吏治得失，操行节俭，仁慈爱人。后霍光、邴吉奏孝昭皇后，奏可，派官至刘病已住处赐皇家府衣，入未央宫见皇太后，朝廷众臣奏上皇帝玺绶即皇帝位，九月大赦天下，年号本始。诗曰：巫蛊之灾狱中生，忠臣邴吉拒门存，曾孙因诏长民间，知书达理好上进，也学闲民斗鸡马，同享村里奸与滑，命本皇子又返民，诗经孝节常记心，体验人爱及爱仁，一旦进宫得封侯，一夜醒是帝王身。

高先生将白蜀锦手稿呈给县丞杨进、副县尉紫春看后，又

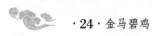

小心翼翼地将其包好收起。边收边道，今遇爱学子、爱民的皇帝，是世间学子之幸，宣帝常下诏令各州刺史举荐贤才，不论文武，常于飞马门待诏见皇帝。当朝丞相魏相，少年时是郡里的卒史，因举贤良，而任茂陵县令，后任扬州刺史、谏大夫、河南太守等职，宣帝征为大司农，后任御史大夫，丞相韦贤死后，宣帝提拔魏相为丞相，封为高平侯，食邑八百户。皇帝和魏相都来自民间，知民之难，知民之乐，知学子难。尤爱民乐，许多民间乐手在飞马门待诏进了未央宫乐府。我们的先生虽无才学却善于箫管，得以见皇帝，一音而进宫，常伴皇帝左右，光宗耀祖。刚才那文，就是前年恩师衣锦还乡时赠予弟子的。我已老矣，你等还有机会待诏飞马门进白玉堂。

县丞杨进听得入神，仿佛此时自己就身在未央宫飞马门一般。副县尉紫春见高先生话音落，突然冒出一句，先生，这飞马门白玉堂真是有才就能进去吗？

高先生被这一问，也不知如何回答，自己也没被宣帝待诏过，回想起当年自己的乐府先生回乡省亲曾说，当年武帝思贤如渴，一生爱贤才，在未央宫进宫门左侧建了一厅，用于会见各地举荐的贤才，建成后，令文武百官为宫殿取名，文武百官为在皇帝面前展示才华，取了各种各样的名字，一名才华横溢的文官一时激动，说出一句，书中自有黄金屋，书中自有颜如玉，此话正中武帝的心思。武帝身为天子不动声色，为了皇威在众臣面前不好表露自己爱美人的私心。一文官察言观色，知武帝胸怀天下，思贤如渴，上前奏道，这宫门取飞马之名，大厅白玉堂，白玉者天下之宝，皇上举贤得，天下飞马白玉归之。一文官上前奏道，门前用金铜塑一飞马，更合天意。武帝下诏命名飞马门、白玉堂殿。

白马玉堂，召集天下英才。

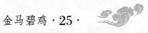

　　三人在书房闲谈到子时，直到城鼓敲响，县丞杨进、副县尉紫春才起身告别，高先生将客人送出院门。

　　第二天刚进入辰时，县丞杨进、副县尉紫春起来换上带着的官服，水金换上兵服，县丞杨进亲自抱着灾情文书，副县尉紫春手拿昨天领到的进府衙通牒朝郡府走去。守门兵丁验过盖有太守印章的文牒，一名兵丁领着三人到第二院议事厅喝茶等候。

　　半个时辰后，一名兵丁领着杨县丞一行来到议事厅，见到了武将出身的骆太守。相貌堂堂的骆太守身着丝绸官袍，威风凛凛地坐在议事厅正南方，一双明亮有神的眼睛注视着三人。县丞杨进等三人快步上前抱拳行礼。骆太守起身向前欠了欠身，带着一丝笑意道，杨县丞一路为民请命，辛苦了，请落座。

　　县丞杨进离座递上灾情文书，并报道，我县因旱受灾四万五千二百四十口，缺谷物六十万石，民众靠打猎、找野菜充饥，现无一人因旱灾死亡，缺粮之事请太守、郡尉给予解决。

　　膀阔腰直、威威武武的郡尉付生看了一眼骆太守和主记官陈刚道，蜻蛉县地处越嶲郡最南端，与益州郡弄栋接壤，虽为夷人地域，但胡县令、杨县丞、紫副县尉你们积极救灾，并发动民众自救，民怨较少，还无一人死伤，实属不易，其他县都还有因饥饿死人及民怨闹事之案。全郡灾情虽重，但益州及大汉各州旱灾也较重，本郡已接到王襄刺史之令开仓放粮，蜻蛉在泸水之南，运粮不便，建议郡太守以五铢钱救济，回去后再向大户购买谷物救济民众，请骆太守定夺。

　　骆太守看完文书，抬头严肃地看向议事厅里的蜻蛉县丞杨进三人，叹着气道，付生郡尉所言极是，蜻蛉县是本郡最远之县，灾情甚重，救济谷物难以运送，灵关道又多年未复修，匪患四起，现救济你县十万五铢钱，用来买粮救民。目光转向坐在右角的主记官陈刚问道，现市场上谷物多少个五铢钱一斤，肉多少个

五铢钱一斤。主记官陈刚起身回道，市场因灾谷物渐涨，昨天一斤谷十个五铢钱，一斤酒十二个五铢钱，肉一斤十七个五铢钱。

骆太守叹道，王襄刺史的救灾钱粮还未到，明天付郡尉和陈主记官收齐十五县灾情，尽快成文，快马上报王襄刺史，先救济你们蜻蛉县十万五铢钱，紫春副县尉你回去与县尉想办法，整治打击抬高物价的行为。又转向县丞杨进道，蜻蛉县白井乡香盐是否涨价，这香盐王刺史十分关注，去年我和付郡尉前去益州述职，王刺史还曾问到此香盐，说今年进未央宫飞马门议事时要进献朝廷，王襄刺史治下的益州出盐较多，唯蜻蛉香盐色白、味香，是益州市场的佳品，可惜出于边远深山之中。

骆太守收回目光望向郡尉付生道，你与主记官陈刚拟一份文书到灵关道所经各县，为确保救济物资畅通，各县务必尽力修好各县境之通道，各堡哨增加役丁值守。

郡尉付生起身道，灵关道当年修建时因经过灵关道县而由钦差司马相如命名，至今已有近百年，为上下通达，教化民众起到了很好作用，去年我与主记官陈刚去巡察，各县也建言拨资通道，现灾情较重，各县财力有限，建议骆太守适当拨资修复。

骆太守笑着道，此建言好，拨一千五铢钱分至沿道各县发动民众修复。

又看着付郡尉道，给蜻蛉县的十万五铢钱，由马帮运输恐出乱子，你派一名尉史领十人护送，一路巡察灵关道上驿哨建设情况，并巡查白井盐开取情况。买回百斤香盐，送到王襄刺史治下的益州，如成为贡品，也为宣帝解一点忧，同时巡察学堂讲经之项。我们越嶲郡在益州刺史王襄眼中实属蛮荒之地，上年我为各县举荐了贤才到益州天府学堂，一一展示才华后被比退下来，唯有骑马、弩箭、投射的为我长了脸，被刺史相中留在州尉府当役兵，培养后又到各郡县任尉吏，副县尉紫春能有今日也是靠武才

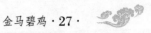

被提拔，高红先生也常提起你。今天议事到此，杨县丞、紫副县尉回去传今天议事之令给胡县令。泸水边的蜻蛉县是我郡之重县，爱民、悟学、采盐、审案是县吏们的职责，万万时时在心，时时力行。

县丞杨进起身抱拳拜谢道，承蒙骆太守、付郡尉一片爱民之心，胡县令、紫春副县尉和我一定牢记太守、郡尉的知遇之恩，为官一任，造福一方，用好十万五铢救济钱。说毕退出议事厅。

骆太守坐在厅上，望着县丞杨进一行离去，脑海中想象着泸水奔流的情景，想象着蜻蛉大地干旱的情形，想着越巂郡地何时才能风调雨顺，百姓安居乐业。

四

主记官谢笔按照胡平县令定的事项，找到了三潭乡三老董云，董云又推荐了刚从县衙值差回来打猎的黑华，派了三名马夫，每人一匹马驮着准备好的粮草从三潭乡向禺同山走来，走了一天后到达禺同山顶，并在山顶休整了一夜。第二天，黑华指点着东西南北的山势、水流，掾史张龙一一做了记录。

黑华指着眼前的大山道，禺同山，是夷语读音直译，禺，夷语意为影子、灵魂。同，夷语意为银子、白云、云彩，禺同意为有银子影子的地方，是银子神、银子灵魂的居住地，是云彩影子、云神住的地方。

禺同山，最高点为老寨子梁子，其山系是横断山脉中云岭余脉和川西大雪山余脉，被泸水切割后以百草岭为主峰的山系，其走向是从吐蕃最高峰珠穆朗玛峰，到梅里雪山，下泸水到玉龙雪山再到百草岭，支脉有大云山、大村梁子、方山、龙潭营、小

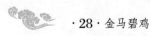

百草岭、踏地松梁子、顶栋山、二十四湾梁子、昙华山、三峰山、营盘山、龙山，向东南延伸到昙华山，再向东延伸至麻街蕨芽山、麻地箐头、老尖山、荒田山、打卦山、白龙山、禹同山梁子、大龙箐山头。

山脉向南延伸到禹同山梁子、庙山营、大尖山、王武山、大块子山、大山丫口、妙峰大尖山、对门山，又延伸到弄栋县盘山、东山。

此时正值仲夏，天气晴朗，一轮红日从禹同山慢慢升起，霞光万丈，彩云满天，黑华说，这是彩云的灵魂，彩云神住的地方。

禹同山下有一条河发源于弄栋县的三峰山南麓和云南县白土坡北麓，横贯弄栋坝子，由南部入蜻蛉境，汇入龙川江，后流入泸水。每到秋季白露前后，就有老鹰夷人称为蜻蛉的一群群飞来过冬，沿河聚集，飞翔，非常壮观，故以蜻蛉命河，后又以蜻蛉河命县。

三天之后大家沿西河来到昙华山板房，白井乡三老凡明早在前一天来到昙华山等候，带领主记官谢笔一行到了百草岭主峰俄尔勒，白井乡三老凡明从东顺南、顺西、顺北指点着山川河流。

三老凡明道，渔泡江流淌在白井乡山川之中，发源于云南县北之梁王山，流楚场河，向北经石桥河，普冒、普溺二水与源出自弄栋境内之十八盘山向东流入弥兴河、连厂河、紫贝乌河，在密林庄一带合而为一，称渔泡江，流经白井乡境内，经人头关至孔仙桥，流至三岔河与白井西河在瓦窑哨汇合，与南河、九寨河在三岔河汇合，流经天生桥与天生桥水汇合，流经乐春乡折而东北，至马鞍山流入泸水。

渔泡江两岸山高林密，水量充沛，物产丰富。

一条来自越巂经过泸水到蜻蛉西上叶榆的灵关道从渔泡江上

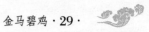

经过，打乱了自古封闭的江两岸夷人的生活，也改变了江两岸夷人的命运。

西北远处隐隐约约看见雪白的玉龙雪山，久在官衙的主记官谢笔第一次感受到了山外有山的世界。

两天后，来到禾春乡地界小百草岭。禾春乡三老梅春指点着道，泸水与渔泡江汇合处崇山峻岭，少有村寨，但常有匪徒出没。主记官谢笔一行看得眼花缭乱，三老梅春介绍的地形地势，主记官谢笔要记录并画半个时辰以上。阳光直射，站在山顶上，吹来的风是刺骨的冷，主记官谢笔的手也冻得握不住画笔。黑华说，再这样冷下去会出人命。主记官谢笔坚持道，这是县令下达的指令，全县寻找山川水源救灾的事项，同行们一定要坚持。黑华将身上的羊皮领褂脱下盖在主记官谢笔身上，两个人蹲在地上，躲在里面，吹不着风，主记官谢笔的手又能自由活动了。

黑华在旁看着，随着主记官谢笔的一笔一画，此地的山川河流就神奇地搬到白蜀锦上，如真的一样。黑华佩服得五体投地，第一次对汉文化有了刻骨铭心的感受，就像自己感受到针一般刺骨的寒风一样。自己身为族长，略通汉语。村里祖辈记事、计数都刻在一根木棍上放于梁上。记录祖辈打猎收获的木刻已有十几根之多，每一根上有一百个刻。这木刻和锦终究还是有区别，木刻没有锦这样灵动。夷人的故事在老人的脑袋里，汉人的故事在这看得见、摸得着的白蜀锦上，真是神奇。想着一代代人吃的不懂汉文化的苦，他心里生出一种想法，想和主记官谢笔学文化。躲在背风山箐的役丁来催道，主记官谢笔已冷得打抖，只想赶快下山。主记官谢笔也说主线已画好，其他回去再补上。说着走下山顶与三老梅春汇合后，一起回到了多底河族长家。大家围在架着一堆柴的火塘边，让将要冻僵的身体慢慢缓和过来。

主记官谢笔还想坚持继续向前，到达山脚的泸水边。黑华道，县令给我们十五天时间，今天已是第十一天，返回又需三天。主记官谢笔问三老梅春，到泸水边还有多少天路程？三老梅春道，我们平时打猎，跟着猎物走弯路，有时出来要一个月，甚至三个月，这走走画画的起码也要一个月。

主记官谢笔与三老梅春商量后说，黑华与我一同回去，到县衙后补画未完成的地形。说完，一行人在三老梅春的带领下返程。

蜻蛉虽大旱，但民众们善于打猎，加之有高山大箐的野果野菜让人充饥，没有人被饿死。各乡三老上报，民虽饥但安。县令胡平虽日日苦思，度日如年，但也渡过了难关。县丞杨进和主记官谢笔外出，与县尉白晓共谋兴学教化民众之事，百思不得解决办法。县令胡平叫来掾史张龙，让其汇报自武帝置蜻蛉县后的兴学史。掾史张龙道，我自然会安排，这个月在查史迹，在兴学教化上，又询问各乡三老，禺同乡三老赵理有一篇武帝时期司马相如的檄文，向他借来抄录，他又告知武帝元光五年钦差中郎将司马相如到蜻蛉一带，给他爷爷讲过《诗经》《易经》。

听了掾史张龙的话，县令胡平茅塞顿开，抬头看着厅外一片阳光灿烂。县令胡平三年来第一次听到八十年前司马相如到过本县讲经，想这荒野蜻蛉也是诗经文脉流传之地，这禺同山也曾受过《诗经》《易经》的洗礼。脑海中浮现出禺同乡三老赵理虽穿着粗布，却行事颇有智慧，行为有礼，言出有据，与其他五乡三老颇为不同。他对掾史张龙道，速备薄礼，通知马夫，立即出城拜见禺同乡三老赵理的爷爷，询问当年司马相如讲经之事。

掾史张龙回道，今天天色已晚，此去赵理家有两个时辰之路，明早起来再去不迟。

胡县令急道，今日不搞清楚司马相如来本县讲经史实之事我

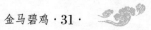

会一夜难眠。

掾史张龙道，近期因旱灾，民间多有怨言，县令夜巡，民见之恐有拦轿递状之人，不如明日微服私访。

胡县令沉思良久，平静下来道，你说司马相如到蜻蛉讲经，我心难静，这司马相如幼时家贫，因才得景帝、武帝重用于飞马门官拜侍郎、中郎将，我苦读一生，得县令之职，在这边野之地，知司马相如曾到此讲经怎不激动，同是读书人，命运却大不相同，一个天上一个地下。

县令胡平的一席话也说到了掾史张龙的心上，他也兴奋道，我手抄司马相如八十年前的檄文也觉得文采飞扬，被他家国天下的情怀所感动。

县令胡平打断掾史张龙的话道，休再多言，速去取抄本与我，我在书房等你。

县令胡平拿到檄文抄本，立马在书房挑灯夜读，夫人催其休息，县令一推再推。

胡县令读后不能平静，又拿出笔墨亲自手抄一遍，边抄边读。

第二天天刚亮，当掾史张龙来到议事厅时，县令胡平已端着茶等候多时了。

胡县令、张掾史、马夫、卫兵四人扮成平民骑行十里来到了禺同乡三老赵理的院子，一个很大的木楼下一堆烧得红彤彤的火塘在等待着县令一行的到来。三老赵理将胡县令领到火塘的右方一木凳上坐下，倒了一杯用白井香盐烧制的盐茶说，这是我们夷人的习惯，我们这里的老人天亮了第一件事就是烧制盐茶，胡县令是第一次到我家里，平时都是在乡议事室见面。过了一会儿三个小孩也围在火塘边，好奇地看着眼前这几位身着粗布衣衫气质却不凡的人。赵理向坐在火塘正上方背靠着一根木柱九十多岁的

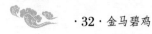

爷爷说，这是胡县令，今天和张掾史一起来看您。

掾史张龙抱拳道，我给县令报告了您当年听司马相如讲经的事和您传下的檄文，胡县令很感兴趣，特来听您讲讲当年的故事。

赵理的爷爷双手捧着茶碗在赵理的搀扶下站起来，他双手端着盐茶碗躬身行礼说，我今天第一次见到县令，常听孙子赵理说起，但耳闻不如一见。胡县令能来我们夷家，真难为您了。胡县令也起身回礼道，听张掾史说您当年听过司马相如讲经，这在本县可是件大事，掾史张龙说那可是武帝元光五年的事情，我们都坐下听您讲一讲。说着碰了下茶碗各自坐下。火塘的火越来越大，围拢的人也越来越多。

赵理的爷爷望了一眼县令开始讲道，那一年我十岁，父亲是族里头人，武帝建元元年带着一帮人和越巂部族大帅罗山到唐蒙统领的部里去帮助西南夷修通往夜郎的商道，用统兵的律令来统领夷人，夷人因自由惯了，平时并没有君长之分，于是很不习惯，民怨极大，有的地方就不听调动，造成长安和西南夷地区关系紧张。当时从益州去的武帝身边的郎官司马相如给武帝讲了西南夷的习俗民风，委婉批评了唐蒙不尊重西南夷的做法。武帝觉得郎官司马相如说得有理，就封司马相如为钦差，于建元四年到巴邑地区发了一篇檄文责怪了唐蒙，同时也表达了天子爱民的德行，赞扬了西南夷忠君不反的实情。这篇檄文也被父亲带回到蜻蛉禺同。那时蜻蛉没有什么县令，也没有君长贵贱之分，大家都是兄弟姐妹，有福同享、有难同当。我们不识汉字，父亲拿着檄文把越巂人念的讲的记在心里，又来说给我们听，我们听着也觉得如这盐茶般有点味道。

第二年，父亲接到越巂大帅罗山的口信，要父亲领一帮人到泸水边迎接长安未央宫来的皇帝身边的红人，钦差大臣中郎将司

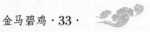

马相如，父亲把禺同山一带能骑马打猎的人都召集起来，由他带领一路沿刚修好的灵关道去泸水边迎接，留下一帮人马由我二叔带领连夜搭青棚迎接，将我家的房子重新装修作为迎接钦差之所，我们娘几兄弟到外婆家去住。五天后我第一次见到了钦差，他骑着红色的高头大马，旁边是天子亲授的黄色大旗，威风凛凛地朝约十亩的青棚走来。威严、浩浩荡荡的气势，吓得小孩们都不敢多看两眼，我寻找着父亲的身影，目光在那人群中搜也没找到。

一队人员安顿下来，嘈杂声也慢慢平息下来，只听到拴在远处的马嘶叫声，一阵接一阵传来，一会又像打猎一样静得只有风吹青棚树叶的声音。

我那时还调皮，跟着几个小伙伴在人群中看热闹。司马相如快要进入青棚大院时，我看见父亲突然跑到前面领路。父亲那天穿得特别讲究，裤是麻布大摆裤，上衣是母亲和奶奶几天连夜缝的右衽丝绸竖领，日常穿的齐大腿的羊皮领褂没有穿，头上戴着大黑包头，喜爱的猎枪也没有随身挎带，比平时村里结婚的小伙还精神，领着身着官服的司马相如走上搭好的高台，各路族长近一百人立于台下，旁边坐着从益州来的刺史李吉、别驾李力一行人，父亲也到旁边坐下。

司马相如一身新的黑色官袍，威风凛凛站在台上，宣读着天子下的安抚西南夷的诏书，每读一句，父亲就用夷话翻译一句。

当晚司马相如一行住在我家装修一新的一排十间一楼一底的木垛房里。

父亲用木碗盛着热乎乎的羊肉，用大木碗盛酒接待司马相如一行，院坝中间烧起了篝火，地上铺着散发着清香的松毛，大家一起喝着米酒，我父亲那晚见到司马相如，热血沸腾，高兴得频频举碗，直到醉倒过去。

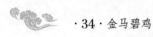

第二天我家院子里来了四十多个和我差不多年纪的男孩听司马相如讲经，当时司马相如如文弱书生般穿着，更显儒雅。他讲授《诗经》《易经》，讲授汉朝颁布的礼乐、律令，每讲一句，身边一个读书模样的族长用夷话翻译一句。我是第一次听到这么新奇的内容，觉得十分的有趣，我也第一次知道了大山外的世界，第一次知道了诗、礼、乐。

司马相如还讲了黄帝的故事。说黄帝姓姬，名轩辕，是中原各族的共同祖先。黄帝既有武功又擅文治，他先打败了炎帝，后又击杀蚩尤于源鹿之野。在他统治下有许多发明创造，他手下的史官仓颉创造了文字，他的妻子嫘祖发明了养蚕和缫丝；他又与一个叫岐伯的人共同编写了医书《黄帝内经》。

司马相如讲得最多的就是"天子诏曰"这四个字，我当时想，天子是个什么神，是不是和我们火把节祭的山神一样，看不见却管得着我们。

我第一次知道了，人间有天子之道。第一次听说了，人有皇帝，三公九卿。第一次听说了，人有各种大小官员。第一次知道了，人间有各种繁杂的礼节。知道了我们夷人在皇帝眼中是无知无术无长处。知道了我们的东南边还有一个夜郎国。知道了我们在皇帝眼中是哀牢国。知道了蜻蛉、泸水外还有黄河。知道了我们的夷语他们听不懂，他们的汉话我们听不懂。知道了骑马射猎可以为朝廷服务，知道了读书写诗可以名扬天下。

我从此记住了大汉皇帝派来蜻蛉县的钦差大臣叫司马相如。知道了他一路开修而来的灵关道，知道了朝廷设了一个掌管我们夷人的官叫大鸿胪。

两个时辰的讲经，我从翻译口里知道了从前不知道的那些外面世界的事。

讲完经，司马相如在父亲带领下巡察了绿树成荫的蜻蛉河，

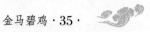

父亲告诉他，蜻蛉河是夷语老鹰的意思。司马相如听不懂，只念道，蜻蛉，老鹰，蜻蛉，老鹰。

第二天拂晓，等我醒来，偌大的院子又变得空荡荡的，显出了往日的冷清，司马相如已在父亲护送下翻过禺同山朝泸水而去。

后来我问起父亲司马相如是什么样的人物，父亲也只知道他是天子派来的钦差。司马相如要求父亲送我到益州学经，我却走上了打猎之路，今天见到县令，这是我第三次见到朝官。

第二次是司马相如讲经后的第十九年，武帝元鼎六年，郎中将司马迁与中郎将郭昌、卫广带兵出使西南夷安抚夷民，沿司马相如开辟的灵关道到了越巂，越巂夷帅罗山臣服于汉朝，司马迁上书武帝设立了越巂郡，任命罗山为第一任太守。罗太守派自己的兵护送第一位蜻蛉县令、县尉到了蜻蛉河边，选址在宝伐山旁的一高地上建城。

带兵的中郎将郭昌、卫广看到夷人阻拦道路，躲避大汉官兵，就想要出兵讨伐。司马迁主张恩威并施，以恩为主，并说建元四年唐蒙以兵压境，对各方夷人大帅军纪严明，夷人大帅一有不守军法者，按律令斩杀，造成有的大帅带兵逃回原地，有的躲进箐山，有的揭竿而起。唐蒙无功而返，没有实现武帝的心愿，后武帝听取司马相如以恩抚夷之谏，元光五年让司马相如以钦差身份带着圣旨出使西南夷才平定了西南夷。武帝元朔元年又派公孙弘出使西南夷。司马迁对郭昌道，你我是第四个出使西南夷的人，南边还有武帝谋划已久的建昆明池的滇国未臣服。这越巂郡地区只是我们出使的第一个任务，下一步还要征服滇池、哀牢地区。张骞出使西域，在西域国见到了西南夷的香盐、邛竹杖、玉石、珠宝，印度的舞蹈，武帝有心谋此地已早矣，若你我以武力压制，越巂夷帅谋反，若是胜了，倒是好回朝廷领赏，若败了，有何颜面见天子？

　　郭昌、卫广听了司马迁之言。郭昌先回道，我官低言轻，太史令常侍武帝身边，知武帝的雄才与皇威，武帝喜胜不喜败。我作为武将只以身报国，功成垂史之意，成败回去都会由你们评价书写。只是你文人出身，不知狡猾的敌人，今天臣服了明天又反，表面臣服了，心里却不服。你我回朝了，夷帅又反。这越巂要如何，听太史令指挥，你见天子的机会比我们多，应知天子之谋。

　　卫广听了二人之言，心里暗想，自己虽贵为皇亲国戚，但第一次封官带兵，自己若胜，回去也好向众臣显示自己不是因帝怜而升中郎将，想的也是如卫青一样的大司马之位，统领全国之兵，一战成名。自己是第一次带兵出使西南夷，只想胜，不想败。只要司马迁、郭昌指挥平定了越巂夷区，自己身为皇亲，接近皇帝的机会比他俩多，封官封侯的机会也多于他俩。现同是中郎将，面对攻城与不攻城还要考虑决断也是第一次。他思谋后说，太史令说得有理，能用皇恩感动西南夷大帅，不动一兵让他们臣服于汉朝是最好结果。

　　司马迁又出计道，我们采取大兵压境、围而不动之策，再派两名懂夷语的使节到夷帅府里对其晓之利害，宣我天子之意。

　　越巂城里的大帅罗山先已听过司马相如的檄文，不想如今又来了个司马迁中郎将。汉朝大将中从未听说过这样的武将，姓卫的已有卫青，那早已老了。听说西域都臣服了大汉，对越巂只要给我相同的地位，对我夷民好，像司马相如一样对我们就行。

　　两位使节进城见了夷帅罗山，夷帅罗山拿出当年司马相如的檄文说，只要如檄文所说我都同意，不过我也还得先召集各族头人商议，二位使节先住两日。夷帅罗山又追问，前后十年间两个司马可是同一人。

五

一位使节道，司马相如、司马迁都是武帝信任的郎官，都是文采斐然的人物，以文采显著于朝廷。司马相如的《子虚赋》名扬朝野，你刚提到的武帝时的檄文，因合了天子之意，收了西南夷民的心，武帝十分赏识，可又断了一些好战喜功的益州武官的升迁之路，告他在西南夷收了别人的贵重财物，武帝由爱转恨免了他的官，等水落石出，查清是乱告，司马相如已老，他被封为陵园令值守陵园，过完荣辱一生。

这位司马迁祖辈是史官，上知天文，下懂地理，前知千年历史，后算百年帝王，是武帝厚爱之人。这次他带兵前来，以文官任中郎将统率武将，可见武帝对你们越巂的怜爱，希望用皇恩感召越巂，以文教化夷民。

夷帅罗山又问，这两个司马可是一家人？何以都受到重用？

使节回答，这两个司马不是一家。司马相如是你们益州蜀地的一个穷书生，因文采受天子赏识在飞马门待诏而封为郎，陪天子打猎玩乐。今天这个统领大兵的司马迁是夏阳人，司马谈之子，今年才三十四岁，正值而立，才华横溢。两个司马一人生北方，一人生南方。

夷帅罗山听了使节的话，感受到了两个司马对西南夷的怜爱之心。

第二天，夷帅罗山召集各族头人商议司马迁兵临城下却按兵不动，并派使节来说理之事，也讲了两位司马的文采。

一位首领说，司马迁虽是文官领兵，可大汉人的文人是谋略

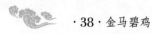

之才，武将又听令于他。我曾和唐蒙打过仗，唐蒙虽有勇而无谋，后来的司马相如比唐蒙厉害多了，虽无武艺，但有谋略，一篇檄文能抵百万雄兵，司马相如收买民心，一路到了泸水南边的蜻蛉讲经，至今当地还在流传他的事迹。

众多族长认为司马迁畏威怀德，支持受郡之封。

使节带着夷帅受郡之封的手稿出城回到了司马迁营地。

司马迁回去上书武帝，武帝于元鼎六年冬下诏设越嶲郡，领蜻蛉等十五县。

次年，武帝元封元年，司马迁一路来到越嶲郡，在郡地邛都休整安顿了半月后，在夷帅带领下沿邛海岸南行，顺安宁河而下，到三绛县，过会无县，到了泸水边拉鲊渡，到了蜻蛉县，过昆仑关、先锋营、普溯到了云南驿，到了叶榆，望着哀牢国地区通往永昌、腾越、禅国至身毒的商道，因无通关文牒，只好掉转马头，沿灵关道返回越嶲郡，益州成都，又回到了长安。

元封二年，武帝看了司马迁叶榆之行收集到的博南道上赞美大汉的民谣"汉德广，开不宾；度博南，越兰津；度兰仓，为他人"的奏章，与丞相石庆等文武官员商议开设益州郡，口五十八万四百六十三，领滇池、双柏、同劳、铜濑、连然、俞元、收靡、榖昌、秦藏、邪龙、味县、昆泽、叶榆、律高、不韦、云南、嶲唐、弄栋、比苏、贲古、毋掇、胜休、健伶、来唯二十四县。

蜻蛉第一次置县，来了位县令，我那时二十九岁，接替父亲去泸水边迎接第一位县令。县令姓张名兴，威风得像头猎豹，口口声声受天子之命前来教化夷民。当时还没兴建县衙，暂时住我家这院房子。到任后找人选地址，定在蜻蛉河与宝筏山之间的山头上，用越嶲郡拨来的五铢钱买木料、石材，请工匠，半年时间建了现在的县衙，又发动民役，一年时间建起了现在的城墙，

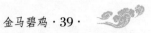

东西南北开了四道门，东南西打了三口井。征役当差值守县衙城门。县城初成重兵把守，开始设乡、设亭。禹同山下各夷村落，五家为邻，选一邻长，五邻为里，选一里长，五里为族，选一族长，五族为党，命一党长，五党为亭，命一亭长，十亭为乡，县令来命一位三老。

新县令张兴下了一文，五口之家服役者二口，耕百亩之地，收不过百石。一石谷子卖五个五铢钱。东门外市以物换物和五铢钱同时交易。先父因两次迎吏有功，推为三老，传到我孙赵理。

找到了司马相如讲经的源头，品着焦香的盐茶，吃过午饭，胡县令一行回到了县衙，谋划着筹办学堂之事。

胡平县令从三老赵理家回来，心里焦急如火烧，虽坐镇县衙府，心里却在想着骆太守下达的不让一个灾民因饥荒而死，不让蜻蛉因饥荒而起事的太守令。

蜻蛉地处大汉边界，哀牢国也常有商贩到白井贩卖香盐。香盐名声在外，也是匪盗们心中的肥肉，不知何时就会出事。好在盗者有道，有时也会替天行事，又是大旱之年，民不聊生，匪盗也是常有的，想必不会骚扰民众。司马相如当年到此讲经，至今还在教化民众，也可能教化了这些匪盗。昨晚在城楼上观了星相，这蜻蛉大地上空星星明明朗朗，没有星乱，月亮周围无一丝丝杂云，愿我大汉出现奇迹，早日度过这大旱时光，愿太守骆武举荐贤达能落到自己头上。

胡县令计算着县丞杨进上越巂郡报告的日程应在近日赶回，主记官谢笔考察山川水源的归程也在这几日。司马相如讲学的源流也已探明，只要县尉把这县民间杂案理清，我这县令也算大功一件，安民一方，掾史也会记上一笔，民生有望，蜻蛉繁昌，今虽居远，心怀朝纲。

县令坐在议事厅里，等待着杨县丞、主记官谢笔两帮人马平

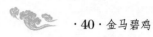

安归来。

胡县令坐着,数着议事厅里的椽子,度日如年,时间一个时辰又一个时辰过去了,还没有快马来报。

县丞杨进骑马走在灵关道上,快马加鞭回县衙心切,一行人身背十万五铢救灾之钱,不敢有一点麻痹大意,生怕不知哪里跑出一帮匪盗。太守之令如令箭,民众之命大于天,恨不得这马如飞鸟。直到看到了县城楼上的星旗,心上压着的石头才放下来,顿时身轻如燕,飞着一样进了县衙,快步进了议事厅,拿着在越巂郡领的十万五铢钱文案,双手交给了胡县令后,才如释重负。

县令立身相接,喜道,蜻蛉的灾民有救了。

一个日夜想着救灾救民的希望终于被杨县丞驮回来了。

主记官谢笔也算着胡县令下达的时间赶回了议事厅。

县尉白晓也从白井乡赶回,准时来到了议事厅。

大家一起共议太守给的救民救命的十万五铢钱如何分配。

一阵相互寒暄后,白县尉报告了各储谷大户手中的谷子约有五十万石。

掾史张龙报告了市面上一斤谷子已涨到十个五铢钱,一斤肉涨到了二十个五铢钱。

主记官谢笔报告了各乡缺水情况。

白县尉说,建议将五铢钱平分到各乡,各乡又平分到各户,五铢钱好带,被盗被抢风险也小。

杨县丞说,五铢钱虽好带,但是县令如不出面购买大户手中的谷物,大户会趁机哄抬物价,民众拿到五铢钱,也只能买到高价的谷物,解决不了饥荒之苦。建议县令下告示要求大户按原市场价向县令卖谷子,再分发到各乡,又分到各饥荒户,方是解决之法。

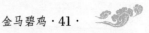

主记官谢笔道，按水源巡查情况，还要留一部分五铢钱向蜻蛉河上游买水，才能解决住在高山的村落饮水问题。

大厅里沉默着，都在等胡县令决断。

县令胡平听着大家的建议，决断道，明天白县尉通知大户到议事厅议事，由县衙统一向大户买谷物救济民众，留一万五铢钱向蜻蛉河上游买水，分驮到高山给缺人马饮水的民众。

议事完毕，胡县令与杨县丞、紫副县尉到了书房，品着茶，县丞杨进说了去越巂郡一去一来这二十多天的辛苦，说了骆太守嘱咐兴学教化的言语。而胡县令想听举荐贤才之事，杨县丞在骆太守面前一句没听到，就也一句没道出。杨县丞看出县令有些失望。

紫春副县尉品着盐茶道，邛海学堂高先生教授着二十多名学子，以前曾有学子在未央宫飞马门白玉堂待诏见过天子，又因文采得以重用。

胡县令道，兴学之事不宜太迟，骆太守如此重视飞马门，像我这辈子怕见不着了。禺同乡的三老赵理的爷爷当年还见着来蜻蛉的钦差司马相如，我怕连见钦差的影子都见不着，还是赶紧兴学培养后代，培养蜻蛉贤才。

说完，胡县令拿出了珍藏多年的酒慰劳杨县丞、紫春副县尉，一人一碗，连喝了三碗。三人在醉意中各自离去。

白县尉、杨县丞、紫副县尉到各乡找大户购买谷物以救济饥民。

胡县令与主记官谢笔在自家为公子们办的私塾里，踱着方步走来走去，思考着建堂兴学。他们双脚真实地踏着地，嚓嚓地响。大脑思绪已飞到了那听了多次的未央宫飞马门。

胡县令踱着方步自言自语道，骆太守的这一道办学堂令好

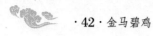

听，可办学堂的房子从何而来。

主记官谢笔朝胡县令笑着说，我有一个主意，不知可说不可说。

胡县令看了一眼主记官谢笔道，平时你都快言快语，今日怎么这么吞吞吐吐，不敢直言。

主记官谢笔道，这事涉及粮仓之房，所以不敢直言。

这里只有你我二人，错了无妨。

胡县令莫怪我大胆，只是一点建议。

胡县令第一次主动走到主记官谢笔面前听他说话，说你怕隔墙有耳，对我一个耳朵说总可以了吧。

主记官谢笔被搞得一脸紧张，小心翼翼地说，胡县令暂时可用空着的一间粮仓稍加装修向外开道门作学堂，令各乡推荐两名学子，各乡这次卖谷物表现好的大户有公子的推荐一名，先来学堂学经，先把太守的办学堂命令办完，等灾情好转了，再令各乡大户捐资选址建学堂。学堂建好了，明年秋收再将临时学堂归回做粮仓收谷物、屯谷物。

你这主意好，就这样定了，你明天就去和掾史张龙看五行，开的大门要朝着魁星的方向，一个月内改造成学堂，三天后等杨县丞、白县尉分发完救济谷物回来，再一起为新学堂取个名字。

主记官谢笔领了胡县令的口令，带着掾史张龙在屯谷仓转了一圈，选定了东北角魁斗星的天位之下的三间空着的房子，在白蜀锦上画着将小院隔断，在后墙挖开一道门，将学堂与谷仓一下子变成了两个重要的地方，一个囤积民众吃的谷子，一个容纳骆太守、胡县令需要培养的前去飞马门待诏的才子。两者都同等重要，谷子，学子。主记官第一次把他们放在一起，嘴里念起来觉得怎么这么顺口。怎么两个搭不着边的事物今天就自然而然地联系在了一起。

谷子用来救济民众之命。

学子用来推动蜻蛉走向更好之命。

谷子是大众之命，是基层之命，是县令之令。

学子是宣帝举贤，飞马门之命，是天子之令。

谷子的旁边是学子。

学子的旁边是谷子。

想着想着主记官谢笔不自觉地笑出声来，哈哈哈，谷子，哈哈哈，学子。

掾史张龙第一次看到谢笔神秘兮兮失态的样子，什么谷子、学子的，但因为自己是掾史，他并不敢多言一句。他站在一旁看着谢笔的一举一动，大脑也跟着慢慢地不出声地思考着谷子、学子。

谷子是吃的。

学子是学习的。

主记官谢笔看到掾史张龙呆呆站着，不在白蜀锦上落笔，才醒悟过来说，张掾史你只能在白蜀锦上画方位，谷子、学子不能写进去。

掾史张龙看着主记官谢笔道，已写进去了，谷仓这边写谷子二字，学堂这边写了学子二字。

主记官谢笔走近细看，真的已写了学子、谷子四字，于是摇头骂道，你怎么这么笨，左边是谷仓，不是谷子，右边是学堂，不是学子，仓与堂都不会写。

掾史张龙回道，往日你教训我，掾史就是县令讲什么，就记什么，要直书事件，不能曲解。你虽不是县令，但今天县令不在，你就如县令，我只能直书。

主记官谢笔听了这话，心里害怕了，走近张掾史小声说，你说我今天如县令，县令听到了会要我俩命的，你我只是当差的，

哪能有当县令的命。收回你的话重说。

掾史张龙道，话说出可以收回吗？你在大堂上骂的从不见你收回。

主记官谢笔恨恨道，算了，就当被风吃掉了。

掾史张龙笑着改口，我刚才是说，以后这学堂的学子中定会出来一两个县令。

这就对了。

万一你这学子当了县令，可要记得我张龙为你端过墨提过笔。

万一我当了县令，我举荐你当县丞。

一阵风吹来，门响了一下，两人被吓出一身冷汗，两双眼睛齐刷刷向门望去，并没有看见县令从大门中走出。

两人相视而笑。

主记官谢笔道，明天你请民间方士过来，大家一起定下学堂大门方向，大门要对着未央宫的飞马门。

一日，胡县令一边在书房批着各乡三老报来的救灾文案，一边品着香盐茶。紫春副县尉喘着粗气跑进来报告，说三潭乡麻街亭七棵树族族长领着救灾谷物十石、香盐十斤走到半山密林处，被一队匪徒抢走，族长黑华领民众追出，被土匪毒箭射中前胸后经抢救无效死亡，在民众奋起直追之下，土匪扔下谷物，只抢走了十斤香盐，白县尉已带兵前去追击，令我回来报告。

胡县令一听死了人，惊得勃然变色，拍案而起，茶杯也摔在地上，水珠溅起落在了书上，印下了一朵朵小花图案。胡县令看着紫春副县尉一言不发，想着太守下达过的不准一人死亡的亲笔手令，脸都气白了。

紫春副县尉也顺着胡县令的目光看去。

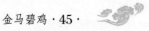

屋里静了约半个时辰。

紫春副县尉大着胆子说,是被箭射死的不是饿死的,死者不是饥民是族长,是还在过东城门带役差值守城门的黑华。

胡县令心里思索着东门。

带兵族长。

麻街亭,黑华。

将身前的紫春副县尉幻化为黑华。

一个相貌堂堂,黑脸宽肩的兵丁。

紫春副县尉见胡县令望着自己便赶紧汇报,听和黑华一起运谷物的民众说,黑华有一个从小学打猎的儿子,十岁左右,十分聪明,这次也跟着马帮一起来驮谷物,我回来时还刚见着。

胡县令这才回过神来,叹着气道,这事如实上报为好。

紫春副县尉心头猛地一紧道,死的不是饥民,是族长黑华。

胡县令突然大声道,是死了人。

紫春副县尉说,但是死了不同的人。

胡县令看着紫春副县尉道,骆太守有令,令如利剑,今日之事,如针一样刺入我心。

紫春副县尉听了连忙跪下说,是我失职,请县令息怒。

胡县令道,紫副县尉请起,太守的板子要打也只能落到我身上,你已尽力了。大灾之年,匪盗也要保命,他们也有家小妻儿,这是人性。只是他们走了匪道,我们走了官道。他们是我们土地上的子民,是我们没把这些匪盗教化好,让他们与官府为敌。兴学之事,你我要尽力抓好,你下去协助杨县丞、白县尉发放好从大户那里买来的谷物。

三日后,胡县令在议事厅主持商议黑华一案。白县尉先建议道,黑华护谷物被匪杀,我作为县尉是我失职,但他不是饿死的,是被匪盗杀死的。何况,匪盗已被赶出境内,这死人案,你

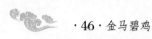

知我知，太守离蜻蛉近千里，不报，他也不知道，报了，胡县令你与骆太守立过军令状，恐怕对胡县令你不利，一竹竿打下来，县衙的人都被连累，只要县令升迁了，此案就被遮过去了。

胡县令道，我自小在学堂读书，知书达理，人之为人就是本质善良，黑华为护谷物而死，上报可封忠烈之士，家里也可得安抚，对内亦可激励各乡三老，对外可震撼匪盗。如不报，我也许不受太守处罚，但黑华就成了不明不白的冤魂，我对全县子民如何交代，对他儿子如何交代，他连命都舍了，我舍一县令之职有何可惜。

急坏了的杨县丞道，望胡县令三思而行，报救灾死了人，胡县令是要被免职的。

主记官谢笔看着县令道，这黑华之死可曲笔而书，可不与匪盗同书。

胡县令感慨道，感谢你们都为我着想。谢主记官你身前的墨宝遇水软，笔下的纸是灰白的，但每个文人心中的笔杆永远是直的，你如实禀报，申请黑华为忠烈，抚恤其父母妻子，快马上报郡太守。

胡县令摇头叹道，我已竭尽全力了，但我命该如此。

白县尉走近胡县令再次耳语道，这命运你今天可以改变，主记官谢笔一落笔就难改了。

胡县令道，我话既出，不可收回，请杨县丞照办。在太守未免本县令前，我将按主记官谢笔规划把学堂建设好。

胡县令再次扫视了大厅一眼道，近日县衙事务如下：

白县尉继续追逃匪。

杨县丞与掾史张龙按图纸修建学堂。

紫副县尉通知各乡三老举荐学子入学。暂无先生，主记官谢笔、掾史张龙先讲历史。

主记官谢笔道，学堂名还请胡县令题笔。

胡县令沉思一会道，叫蜻蛉学堂吧。说罢起身，翩然而去。

主记官谢笔口中念道，蜻蛉学堂。

六

蜻蛉学堂筹建完毕于宣帝神爵二年初春，乡里建庠，亭里建序，孩童七岁入序，学六甲、五方。十入庠，学先圣礼乐，而知朝廷君臣之礼。庠的优秀者推荐到蜻蛉学堂。各乡三老领着举荐的学子到学堂报到。在学堂里的有胡县令的公子胡仁，杨县丞的女儿杨小燕，白晓县尉的公子白江，主记官谢笔的女儿谢莹。

紫春副县尉也按县令的指令来通知黑华的儿子黑山去学堂。黑山在到蜻蛉学堂报到的前两天来找水芝。

水芝家在禺同山的山腰，山清水秀，绿树成荫，泉水长流，空气清新，黑山走在其中感觉很舒服，有一种大外天的美妙感受。听着滴答的玉露坠落声，听着小鸟在歌唱。村庄很美，树木遍及每一个角落，山路的两旁满是高大的松树，俨然是一幅山水画。

水芝家宅院虽有些破落，但它见证了水芝家的兴衰，承载着水芝父亲的希望，随着水芝一天天长大，宅院又焕发出了生机。水芝天生丽质，聪明过人，自尊自强。家贫的压力对于她又是一种鞭策。才貌出众，村里人都喜欢她。她如同出水芙蓉，光彩照人。在村民眼里，水芝就是真、善、美的化身。

水芝妈对黑山说水芝去马樱花梁子放马了。黑山见水芝心切，直奔马樱花梁子而去。满山的马樱花迎着烈烈的太阳竞相开放，正红、大红、黄红、粉红、紫红，红如火焰，鲜艳耀眼，山青花欲燃，一树树马樱花美得像火。

黑山在一树树马樱花丛中寻找着水芝。

在一棵鲜艳、美丽的马樱花树下，黑山看到了水芝，此时的水芝仿佛就是大山的女儿，一树树马樱花簇拥着她，惹人喜爱的脸蛋，更加显得娇嫩，淡雅得像传说中的撒花仙女。她灵动健美，花容月貌，恍若传说中的仙子下凡。爱美之心人皆有之，此时黑山更爱比马樱花还美的水芝。由衷地从心里喊出：水芝好美。水芝从未听过这样的话，她抬头看来，看到了黑山，脸唰地一下就红了起来，少女羞涩，笑意充满了脸颊，她深情地看着黑山向自己走来。

水芝抿着嘴，笑看着黝黑、健壮的黑山，心里已接受了黑山对她的爱，天上的朵朵白云也接受了这种疯狂的马樱花之恋。水芝期待黑山一年四季像保护神一样保护着自己、爱着自己、守着自己。

面对这美丽而热烈的火焰一般纯洁干净朴素，娇艳如马樱花般的水芝，清纯、自然可爱的水芝，黑山如见到仙女一般，呆愣地看着水芝。

水芝羞涩地将一树红马樱折下送到黑山手中。

黑山接过马樱花说，水芝，我后天就要到蜻蛉学堂学经去了。

蜻蛉学堂里，一身麻布衣服的黑山，在众多学子中显得很寒酸，格格不入。

二十九个座位坐得满满的。黑山是县令钦点的学子。胡县令把教县衙里几位公子、女郎的私塾先生刘志请来讲课，并宣布了要尊敬先生、学子相敬等学堂礼节。一一点名后，学子们各自介绍自己在家所学的专长，白晓县尉公子白江从小喜欢画画。从美

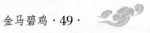

泗村来的一名叫蔡红的学子出自民间雕刻画世家。刘先生让白江、蔡红现场画一匹马，看着笔力有些稚气，但还是十分灵动，又拿起画展示给同学们看。杨县丞之女杨小燕说自己要学画。刘先生以前教的《诗经》死板生硬，天天背书。刘先生说，今天的第一堂课后学子们要背诵堂规，明天胡县令会来训教，要为学子们指明办蜻蛉学堂的要义。

从今天起，你们不再是孩童，你们是蜻蛉学堂的学子，我将教你们圣、礼、乐，知朝廷君臣之训。几年后，你们中的优秀者将会被推荐到长安叫飞马门的地方待诏，那是天子选贤任能的地方。

学子蔡红站起来问道，先生，你见过飞马门吗？

刘先生沉思后说，我才疏学浅没有机会待诏，但我会把我所学的教给你们，你们中一定有高云雅态的学子能去到飞马门。

黑山看着清瘦睿智、谈吐不凡的刘先生，心里想着，文化人对天地世界的看法就是不一样。

刘志先生早早起来，走进学堂，一一抽查学子们背诵学堂规矩。几位公子虽在刘先生身后做些捣乱动作，但都能背诵出规矩。最吃力的其实是黑山，黑壮的身体，脑海里只会有猎狗和野猪。刘先生让白江带着他学习，倒也能背出几句。

阳光射进了学堂，照在一张张少年学子的脸上。刘志做梦也没有想到，自己一名穷书生会被县令带到这学堂讲学，希望这些学子中能有人出人头地到长安任官，自己也能去长安看看。

胡县令是一个做事严谨的人，掐着说好的时辰来到了学堂。学子们都低着头不敢看他。而乡下来的学子都抬头盯着县令瞧。胡县令一身浅灰色丝绸官服，外儒内刚，不用刘先生介绍，自己走上讲台，目光扫视过了每一名学子，他笑道，设堂兴学，是本县令的四大职责之一。我的第一职责是愿风调雨顺，民众安居乐

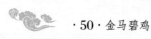
业。第二职责是安稳乡族，筹资安民。第三是教化民众，知法知礼。第四就是选培贤才。我到任三年了，终于在神爵二年让学子们进了学堂。宣帝是从平民走出的帝王，知民之苦，知民之难。大汉共十三州、一百五十八个郡、一千三百一十七个县，需多少贤人治理，常下诏要各地识才举贤。而我蜻蛉，本地人说蜻蛉是勇猛善飞的雄鹰聚集之地，无贤才可举，有几位猎人马帮奇才，只推举为县役兵丁。禹同山虽有银光之传说，三年未现，经唯有苦读，礼唯有所行，法唯有常守，本县才能安稳。八十年前司马相如来此讲经，留下了文脉种，蜻蛉开了儒学天光，今这天光照在学子身上。愿你们像当年司马相如一样读书著奇文，令帝待诏飞马门白玉堂论道。

训完话，胡县令看了公子胡仁一眼，踱着方步走出了学堂。胡县令回到书房，品着茶看文案。

在学堂里，黑山被学子浓厚的求学气氛包围，他勤学好问，刻苦好学，深受刘先生的喜爱。

一天上午，黑山回家办完事正要回学堂，刚上路就遇着水芝到林中找野菜归来。水芝身上满是露水，粉红的小脸十分可爱，沐浴着朝阳的晨辉，显得娇娇嫩嫩。黑山看着看着，将她拥入怀中，一缕淡淡的少女体香沁人肺腑，黑山浮想联翩，痴迷了。水芝偷瞄呆看着自己的黑山，因心里一直对他有好感，觉得这人勇敢诚实可靠。她毕竟是一个情窦初开的少女，矜持地低下头，将一双绣花鞋送到黑山手上。黑山接过鞋说，水芝我喜欢你。水芝一脸绯红，微微点了下头，含羞一笑。从此，两人的命运牢牢地拴在了一起。

两人相视一笑后就各忙各的去了。现实生活虽贫困，但两个人心里充满着对幸福的憧憬。

黑山走出几步，又回过头去看可爱美丽、清新纯洁似一朵马樱花般的水芝，水芝也回头正含情脉脉地看着自己。

七

水芝在玉带一样的蜻蛉河畔，层峦叠嶂的禺同山下放马。天气很好，像往常一样晴空万里。天空中没有云彩，还吹来了一阵阵清风，风一吹，空气中一片清凉，平时那火爆的烈日，好像一下子从这个世界上消失了似的。大山里的天气就是这样，对在大山中放马的水芝来说，从来没有感觉到如此的舒坦，心情从来没有这样的舒畅。

夏天的夜晚说变就变，在月光中浮动的夜色是这样的深不可测。看着月亮，月光像是专门照在水芝身上，每一丝丝月光都在射向自己，好像相思在月光中飘荡，没有着落。水芝在大山里面，好像又坐在黑山身边。黑山似乎离得很远。这一丝丝月光好像是黑山，黑山的距离又有多远。

水芝长大了，来水芝家提亲的走了一起又来一起。

一天水芝父亲从县衙回来，第二天又早早起来就在火塘边喝着香盐茶，太阳已照进堂屋，可父亲还要水芝去抱柴来添火。火塘里的火焰渐渐升腾起来，越来越旺，越来越猛。自己做木工的徒弟陆林一直挺喜欢女儿，女儿却看不上，女儿看上的黑山今天要来提亲，女儿不喜欢的自己的徒弟陆林今天也要来提亲！这让父亲很为难。

父亲说陆林家里穷一点，他做木工好学又能吃苦，过日子要嫁这样的人，水芝说不知什么原因就只喜欢自己一眼就看上了的黑山，现黑山还在学堂里。

水芝陷入了矛盾中，面对着未来、爱情，茫然了。在这种情

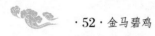

感煎熬中，被痛苦缠绕着，不知该如何去面对。

面对真情，她无法拒绝。面对真爱，她渴望着却又逃避着。爱情是什么样？没有人能回答她。

说话间，大门外一条狗叫了起来，风吹日晒、面如紫玉、清瘦，身穿对襟羊皮领褂的陆林牵着一只羊来到了大门口，水芝头也不抬只管往火塘里添柴，水芝父亲放下酒碗忙去帮徒弟牵羊进大门拴在院子大青树下，陆林来到火塘边笑着对水芝说，师妹，你今天的脸红得好看。水芝端过来一杯茶给陆林，说你真傻，明知黑山要来提亲你还牵羊来。陆林说，我喜欢你，这羊是专门养着为你提亲用的，我爹说，男人要真诚，提亲成不成，羊是要送来的，我也这样想，我去帮师傅杀羊去了，你好好打扮打扮，我今天希望看到你最美的样子，无论是你答应我还是答应那小子。

水芝微微笑道，拿你真是没办法，不过你作为我爹的徒弟，你还是合格的，你做的床又美又精致还新颖，我很喜欢。

只要你喜欢就好，我天天进你家的门，却进不了你的心。说完一直盯着水芝，心里也没有一点怨气。

来帮忙的人越来越多。大家一是来看水芝要穿的最美的那套衣服，听说平时在木箱里锁着，今天水芝会穿上它，二来看看水芝父亲怎么在徒弟和黑山两人中选姑爷！

陆林帮师傅杀着羊，大门外又一阵狗叫声，陆林看着师傅和水芝去大门外迎接帮黑山来提亲的一行人。陆林在人群中搜了黑山一眼，想着自己除了心好，其他真的没有人家好，刀子在羊身上分解着，心里想着，有一天一定要让师妹看到自己比他好！今天我不恨她，也不恨他，也不恨这羊！

算好的时辰到了，水芝穿好盛装，走出了姑娘房。

唢呐响起，一群仙女一样的姑娘们簇拥着美丽的水芝从堂屋

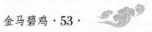

出来，所有目光都投向了水芝，男人们多看水芝如雕刻过的美丽的脸，女人们却争着看传说了多年的水芝穿的最美的这一套服饰。

男人女人，老人小孩，看一眼就满足了！

黑山和陆林两人背对着水芝和众乡亲，站在院子中央只听见周围人群的笑声，看不到背后向他俩走来的美丽的梦中情人水芝，等待她从背后来牵自己的手。

这个办法是水芝父亲想出来的，他爱自己的女儿，也爱自己的徒弟。都想把他们留在这个院子里。可水芝看上了黑山，这也不能怪谁，这是命运。

水芝很聪明，一身盛装小心慢步走到两个小伙背后站在中间，右手拉着黑山的左手，左手拉着陆林的右手，两个小伙高兴地回头看着自己的梦中情人，手紧紧拉着水芝。

黑山很激动，水芝选中了自己，他一脸灿烂。他一边紧握她的手，一边看着她的眼睛，小声而郑重地对她说，我爱你，你很美，很纯洁，水芝。

水芝有点紧张。她从黑山的眼神中看到了他的真诚。看来他是一个很单纯的男人。她觉得他单纯才好。她也觉得他是一个很好很好的男人。

面对黑山的表白，水芝始终一句话也没说。因为这就是她这一生选中的男人。

黑山早就与水芝两情相悦，一脸的淡定。

在场的人却十分的惊奇！

连水芝父亲都不敢相信自己的女儿。

众女郎将水芝与黑山拥着向堂屋走去，走着走着，人们只看到陆林一个人站在院子里，木木地笑着。目送着水芝被黑山牵走。

陆林尴尬地一个人站在院子中……

之后，陆林回家跟随自家父亲学打猎，技术越来越精，名气也越来越大，可一直单身！父亲帮着介绍了几个，闷闷不乐的陆林却说要找一个与师妹一样的女郎。父亲想这世上怎么可能，能将就过日子就行。陆林说，缘分到了也就有了。

父亲说，水芝要是有个双胞胎姐妹该有多好。

八

水芝定了亲，一家人的生活平静下来，盼着的好日子就要来了。可天有不测风云，一天一向好好的水金得了急病，还来不及找医师就去了，从此母女俩相依为命，过着上山找野菜谋生的日子，水芝把希望寄托在还在学堂念书的黑山身上。

一天，水芝找到学堂，找黑山报麻街村里的猎狗咬到母亲之仇。她走进学堂喊着黑山的名字，惊动了学堂里的二十九名学子，他们齐刷刷看过去，只见院子里轻盈走来一个美丽如一只蝴蝶的女郎。

绰约动人的风姿，黑里透红的脸庞散发着少女青春的光彩，那长睫毛下一双火辣辣的梨花带水的大眼睛，像黑宝石一样，如清澈的禺同山上那塘泉水，晶亮透明，虽穿一身淡素衣裳，梳一家常发辫。但天然纯真的少女气息，却在学堂里扩散。

黑山举手向先生示意那女郎是来找自己的，先生刘志点头示意大家休息。黑山放下毛笔，出门向水芝走去。快走近时，黑山站着问水芝有什么事来这里找他。水芝腼腆一笑说，我想让你领我去找胡县令评理，麻街亭的猎狗咬着我妈了。

黑山说，这么多人看着，我们到学堂门外说去。水芝一听抬

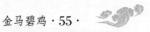

头向学堂里看了一眼，就看到一双双眼睛盯着自己，顿时害羞不已，红涨害羞的脸，像三月绽颜开放的桃花般可爱。

自小世间万物独不爱，独好画画的白江睁大一双眼睛，望着站在院里花一样的妙龄女郎，女郎身材窈窕，体态轻盈，神情娇羞像传说中的仙女，他不觉神魂飞走。

众目睽睽之下，水芝越发害羞，双手不自然地拉着衣角，脸泛红燥热得厉害，情急之下，展颜一笑，拉着黑山跑出了学堂。

西施一般的美人，像一朵刚出水的莲花。白江边画边说。

黑山看着黑不溜秋的，怎么还有这样的美人找他，胡仁接话道。

你爹是县令，回头叫你爹将她找来就行，天天可见。

我父亲是个认死理的人，他要我天天读书、读书，不准我招惹良家女郎。他自己只想着长安的飞马门，叫我要朝着飞马门的方向读书。

白江说，你爹是想当孔圣人一样的人。他前几天来训话，像一根木头雕刻出来似的死板，比我这画里的人都还死板。

胡仁拿过白江的画，见一个美人在纸上对自己笑，说送我吧，我爹不准我看美人，我看这纸上的。

白江笑着说，你喜欢就送你吧。转眼看，院子里的人都不见了。白江刚追到大门口时，刘志先生迎面走来，白江赶紧偷偷跑回端坐在学堂里。脑海中却在想着那名纯真的女郎。

刘志先生环顾学堂，没见那个有着一张黑里透红的脸的学子，他一时想不起名字问道，那黑脸学生怎么还没回来？

胡仁站起来笑着说，他被一名女郎抓去当新郎去了。学堂里一下笑成一片。刘先生拿着戒尺在黑板上敲打着说，安静，安静。

等学堂静下来后，刘先生走到自己曾经的私塾学生杨小燕面

前问，黑脸学生怎么不来？

杨小燕站起来回答道，一个好看的村姑来把他喊走了。

可惜，可惜，唯小人与女子难养也，你们是学子，是有点知识之人，别学那黑脸学子和那女郎。

先生，那女郎好养，她是水龙族村的，天天挖野菜来卖。她父亲是禹同乡平山亭水龙族族长，曾在县衙当差，是突发疾病走了，她和她妈妈好可怜的。

大家静静地听着胡仁说，学堂里静悄悄的。

刘志摇着头说，今天讲《易学》，金木水火土。今年是宣帝神爵二年，按易学里说的，是属水年份，旱情会好转，每一年有一年的年运。每一个人有每一个人的命运。宣帝小时候在狱里，有你们大时和你们一样在村里读书，他聪明好学上进。

胡仁听了站起来报告，先生，我爹说了，宣帝是武帝的曾孙。

胡仁好学，将来会有出息。刘志说完，继续讲着命与运。

黑山和水芝到乡上找到啬夫刘玉。水芝向啬夫刘玉反映了母亲到麻街亭找野菜被猎狗咬一事，说至今找不到猎狗主人。

黑山说，我从小跟父亲打猎，知猎狗习性，可到市场上买半斤肉，放在猎狗咬人处，猎狗常来，肉上拴一麻线，猎狗叼着肉就往家里跑，顺着麻线就能找着猎狗主人了。

水芝要黑山同啬夫一起去，黑山说学堂那戒尺打得好疼。

啬夫刘玉说，我带上乡丁，水芝带上肉、麻线，领我们去麻街亭狗咬你母亲的地方，黑山的办法就有效果了。

水芝噘着小嘴责怪黑山道，你去学堂见了那些公子、女郎就变心了，以前三天两头就来找我，现在约你出来办事都要推脱了。

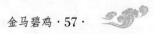

黑山解释说，在社会和在学堂是两回事，那学堂里是县令定的规矩，他公子也在里面，规矩严得很。上回县丞女儿杨小燕背不出诗，白嫩小手都被戒尺打青了。

听到他说县丞女儿杨小燕的白嫩小手，水芝更生气了，说你又嫌我的手黑了，今早在县衙拉着你的手你还挣脱。不去学堂前，你一见我就来拉我的手。现在见了那些女郎就变心了。

面对水芝一连串的逼问，黑山不知如何回答是好，呆呆看着水芝好一会才回答道，学堂里礼节多，刘先生说，长安城礼数更多，说朝廷有礼乐，男女结婚都有礼数，县令说要我们这第一批学子先带头，改变乡里陋习，教化民众。

水芝说，以前你天天朝我家跑也自自然然的，见了那些女郎后就不自然了，等找到咬我母亲的猎狗我再来找你，看看那小白手女郎。

黑山知道自己说漏了嘴，让水芝吃醋了，他哄道，我陪你们去，学堂我也不去了。

啬夫见两个年轻人闹矛盾，这样的事他见惯了，调解多了，知道他们三天闹，两天又好。对黑山说，你去学堂要学点好的，你父亲追匪有功，你不去学堂，县令知道了又令我去找你。我也进过县衙，水芝别怪黑山，县衙是礼数多。管他的，我们乡下按我们乡下的办，祖祖辈辈都是这样。

黑山走过来拉水芝的手，水芝挣脱着说，你去看学堂里的女郎的手去。黑山说，我听你水芝的，我回学堂去了，说着朝县城方向去了。

水芝用眼神默默地送着黑山离去。

黑山一步三回头，看到水芝一双会说话的眼睛在看着自己，不觉心里欢喜。

第二天一早，啬夫、水芝、乡丁一行来到麻街亭狗咬着人的

地方。放好拴着长长麻线的肉，就等着猎狗。等了约半个时辰，听到了狗铃响，三人躲了起来。三条猎狗跑来，一条看着很凶的猎狗抬着肉就往麻街亭跑去。啬夫、乡丁顺着麻线找到了猎狗的主人。

啬夫和乡丁向猎狗主人说明了实情，将狗主人带到了乡上。

没想到狗主人却是当年父亲的徒弟陆林，陆林一见师妹水芝忙跪下赔罪。水芝看着陆林，心里十分矛盾，心一软对啬夫说，放了他吧。啬夫回道，不行，理是理，律是律。

又将被猎狗咬伤的水芝母亲驮来辨认，水芝母亲看着陆林直摇头，不敢相信眼前的狗主人是水金的徒弟陆林，她流着泪说，老天啊，怎么是你，叫我怎么办？

啬夫说，汉律规定，用工具伤人者，赔治伤费用。致死者，下狱或死刑。狗是你打猎的工具，管理不好，今伤了妇人，猎狗成了咬伤人的工具，应当赔付水芝母亲的治伤费及一切损失费共五百个五铢钱，并没收伤人的工具猎狗。猎狗本乡无法管理，杀了平案。如不服本乡案诉，先交三百个五铢钱用于水芝母亲看病，猎狗交来乡上后院看管，狗粮自带，两日内向县衙递状。

陆林道，五百个五铢钱我交，但要杀我的猎狗就如杀我一样，我不服，狗咬人，祖祖辈辈从未算案。啬夫道，以前是以前，我蜻蛉地自置县以来，就实行汉律，有了律法，就是两个不同的天了。你久居深山还生活在过去的天中。

陆林回啬夫道，这狗咬伤的草药和五铢钱我给你们，那狗不能杀，除非杀了我。

啬夫狠狠地说，不服本啬夫理论，可上诉县衙。

水芝看着陆林可怜的样子对啬夫说，当年他是我父亲的徒弟，他赔了药费，算了，不要杀他的猎狗了。

啬夫看着水芝哭笑不得地说，你来告状时不是说要杀了猎狗

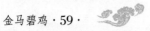

主人吗？现杀只狗都来替他说情，汉律定在那，让县尉知道我不按汉律办，该要怀疑我拿着他的好处，判我徇私枉法。这情是情，律是律。

水芝着急地说，那咬着我母亲的猎狗，原来不知道是陆林家的，如咬着你母亲你也会这样做的，可那猎狗也是陆林家养家糊口的保障。

啬夫刘玉坚定地说，立讼案就按本讼办理，水芝你将五百五铢钱和药收着，带你母亲回去找医师。陆林你明日将三条猎狗带来，你再去县衙。本案到此，各回各家。

陆林听着判决，十分气愤，攥着拳一言不发，心里很难受。

陆林回到家看着三条猎狗就是想不通，就跑到禺同山找一起打猎的黑山帮忙。到了黑山家才知道黑山到学堂读书去了。第二天早早起来，到了城里学堂，等到学堂下课了，见到了已改变了穿着，一身长灰袍的黑山。陆林拉着黑山来到学堂门外，将啬夫办讼案的事向黑山说了。

黑山听完，心跳得一阵比一阵快，他有些惊讶，咬水芝母亲的猎狗居然是往日一起打猎的好友陆林家的。那猎狗他知道，非常通人性，也是一家五口人的生活来源，全家五口人就靠它们打回猎物来维持生活。

黑山说，现汉律与我们大山深处的惯例是两个天地，包括这学堂，与我们的生活习俗、礼数都不同。你我生活在大山大箐里，只有朋友和敌人。这县衙里有礼数，长安还有皇帝大臣。学堂里学问可多了，故事也多，好像是另一个世界。

陆林急道，你以前什么都帮我，与外村猎人打架我为你差点丢了性命，可你现在穿上汉服就看不起朋友了。药和五铢钱我已交给水芝了，只是那三条比我命重的猎狗不能作为伤人的工具杀掉。求你帮帮忙，说给刘玉啬夫不要杀。你父亲在世时与他的关

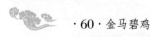

系好，他会领你的情的。

黑山急切道，现在这县令，执法办事连他儿子都说像个木偶，说一不二，不讲情面。

你认识县令儿子，请他儿子说情更好。

他儿子不敢找他父亲说，县令只是要求儿子读书，连女色都不准他近，一心想培养儿子去飞马门待诏。

你不想帮我，我就去找县令。一久不见你这朋友心就变了。说着朝县衙奔去。黑山劝不住他，只好跟在后面。

陆林击鼓，役丁将陆林、黑山带到大堂。值庭的副县尉紫春审视了二人，一看，认出了穿着汉服的黑山，问黑山怎么跑到大堂告状。陆林抢着说，告状的是我，不是他。我要告禺同乡啬夫刘玉办案不公，偏向女色，要杀我养家糊口的三条猎狗。

有判讼文吗？副县尉紫春冲陆林问道。

没有。陆林回道。

没有讼文，告什么状。黑山你在学堂应略知汉律。

黑山回道，刚学，他不听我劝阻。

那为何一同上堂？

他是我多年打猎的好友。

你们为朋友讲义气，可两肋插刀，那是你们过去的社会。自元鼎六年置县，普天之下实行汉律。鉴于你陆林久居深山不懂汉律，先回去，明天在禺同乡我会去重新审理，啬夫怎敢偏听女色而乱判讼案。黑山回学堂好好学诗经、易经。听我儿说，你背诵有些跟不上。退堂。

陆林一扫愁云说，这县令还是有点良心的。

这不是胡县令，这也不是良心，这是副县尉紫春，他说的是官话，讼案明天才断。据我判断，那三条猎狗是保不住了。还想说水芝会原谅的，话到嘴边又咽了回去。

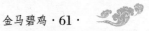

　　黑山送陆林出县城东门就回学堂去了。

　　陆林一路上想着，这黑山变了，变了。

　　紫春副县尉来到禺同乡，在议事厅召集啬夫、陆林、水芝审理陆林猎狗的咬人案，紫春副县尉按汉律维持了啬夫的讼文，杀了三条猎狗。

　　陆林骂着，无可奈何地将三条被杀死了的猎狗用马驮回禺同山半山腰埋了。边埋边骂黑山忘恩负义，发誓要报复啬夫和黑山。受此挫折，陆林整个人像遭了一场大难。

　　神爵二年春夏之交，蜻蛉大地在等待普降大雨，等待蜻蛉河里能流起河水。

　　经过半年的调理，水芝母亲的伤病也好了，可以下地干活了，人们又看到了在地里种菜的母女俩。河两岸经春风一吹长出了许多野菜。旱灾后的生活虽然清苦，但大家种上了谷种，对未来的日子也充满了希望。牛、羊、猪也可以赶到河岸上啃草放养。市场上的谷价也开始回落。水芝和母亲算了算家里的五铢钱，买谷子可以度日到秋收。河水还没涨起，鱼打不到，野菜也挖得快没了，就计划去和大户赊几匹马来河边喂养，灵关道上能驮香盐的马在市场上还在涨价。但母女俩去又有些不合适，水芝就想到了在学堂念书的恋人黑山。读了几个月书，一个粗鲁小伙也变得知书达理了。水芝心里想着脸羞红了起来。母亲过来喊水芝，野菜已清理干净整整齐齐放在了竹篮里，催她说，这进城越早越好，迟了太阳出来走着太热，太阳都把你脸晒红了还不走。水芝回道，就要走了，等隔壁的王香来叫我。母亲说，她来了，在门口我才来催你的，到城里别忘了叫黑山有时间回来帮我们去大户那里再赊几匹马。说着就将水芝送出大门，看着两个女郎朝城里走去，计算着这一去来回也要三个时辰。

水芝卖完菜，约上王香去学堂找黑山。学堂没下课，两人在院里等着。

学堂里的白江上课听不进命、运、德等大道理，却看见了院中有两个衣着朴素的村姑。他小声说，你们看，窗外飞来了两只野蝴蝶。一个传一个，学子们的目光都望向了窗外。黑山认出了其中一个是天天想着的水芝。

刘先生的戒尺又在教桌上啪啪响起。一部分学子收回了目光，另一部分还在呆呆地看着。

刘先生大声道，诗曰，凡百君子，敬而听之。

戒尺随着一起在教桌上啪啪响着。

黑山收回目光看着书，等着刘先生宣布下课。

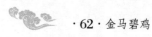

九

连着几年的干旱，老百姓盼着天下太平、风调雨顺。宣帝五凤四年，未央宫降下甘霖，宣帝以为祥瑞。宣帝在未央宫议事大殿与丞相兼大司马的关内侯黄霸，建平侯御史大夫杜延年，谏大夫王褒商议，为天下民众共享天降甘霖的天意，让甘霖普降人间，早日结束干旱年头，百姓过上丰衣足食的太平日子，天子下诏，改年号为甘露，是年为甘露元年，大赦天下。

长安城已进入甘露年，而远在千里外的西南夷越巂郡蜻蛉县还生活在五凤年间。县令胡平知道甘露年号时早已是甘露元年夏。主记官谢笔拿着县令写的统一甘露年号的文书向学堂学子宣布。

刘先生向学子们解释，甘露出自《列子汤问》中"庆云浮，甘露降"及《老子》"天地相合，以降甘露"。天子取甘露年号，

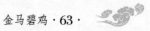

昭示着大旱即将结束，蜻蛉全境百姓期盼的风调雨顺、五谷丰登的好日子即将到来。大汉将兴盛，民众生活将更甜美。天子又下诏各地举贤集于飞马门白玉堂。

学子们，你们苦学的日子快到头了，县令、太守、刺史会向上一一举荐你们的才华，等见到皇帝，你们会像司马相如一样拜为郎官，常侍皇帝左右，那是光宗耀祖，为蜻蛉争光，老夫我也能跟着沾你们的光。

胡仁大着胆子说，蜻蛉山高皇帝远，我父亲等了十年也没等来飞马门待诏之令。

你们这批学子中一定会有，你们非常出色，其中有文采飞扬的胡仁，有画龙点睛的白江，有歌舞如仙的谢莹，有文武双全的黑山，我县还有白井的特产香盐，有禹同山下闪闪发亮的银子，以及每年从远方飞来的老鹰，皇恩的甘露一定会落到你们这些学子头上的。

黑山站起来道，今年的禹同山清早常有神光出现，麻街亭打卦山的毕摩在通往禹同山顶的山路上常听到地下有打鼓声，禹同山面向东方的后山也时有银光外射。

白江抢着道，黑山你怎么不早告诉我，我定要去把这美景画下来。

黑山道，这神奇现象时有时无，时辰不定，要遇吉人、吉日、吉时才会出现。

禹同山顶会出现万丈霞光，天阴之日，云彩多时，太阳一出，霞光万道，颇为壮观。

蔡红好奇地问，这样的美景我们怎么从未见过，你是不是文曲星下凡，天地间的神奇都被你见到了。

黑山答道，我是有一次去水芝家办事，出门赶来学堂时在路上看到的。我们天天关在学堂里望到的是天窗、椽子，院子里的

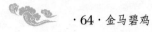

常青树，地上的小草，看不到禺同山，也看不到人间奇景。

白江无奈地说，更看不到人间充满灵性的美人。我们学子要走进民间，要学司马相如从民间走到庙堂，再从庙堂到蜻蛉讲经。

刘先生微微一笑说，蜻蛉大地一定会有辉煌的一日，你们中一定会出现一个司马相如。

我们要走出学堂。

刘先生拍着戒尺说，读经，读经。

学堂里又重新安静下来。

一天，陆林跑下山来，到乡上找到啬夫刘玉急急道，禺同山顶发生了一件怪事：人走在上面下面会响，有一晚上他在守山时听到有马的叫声，但他一连守了几晚上都未看到马，他寻着马叫声去找，却发现马叫声是从山肚里发出来的，吓得他回家就病了一场，而这几天地下又有响动了。

啬夫刘玉训斥道，别用大山里那虚无缥缈的鬼话来骗人。依汉律，说假话是要下监狱的。自古只有天雷会响，哪有地下会响会叫的，我才不会上你的当。

陆林发毒誓说，我们猎人从不说谎话，一句谎话十年空手，如我说谎天打雷劈火烧。

可那地方我没去过，得找一个熟悉的人带路。啬夫思量着，这事要是真的也算一个奇景，上报县令可得头功。是有是无得亲自走上一趟。

陆林急切地说，地响的地方就在几年前我的猎狗咬着人的地方不远，在一棵很粗的大树旁，黑山很熟。

啬夫刘玉说，想你这林中野夫也不敢撒谎。通知水芝母亲，带上一名役丁，就跟着陆林去证实地响马叫的地方。

过了蜻蛉河，走过一片田野，来到山脚下水芝的村里，水芝正在放马。水芝母亲说，我这伤着的脚还没好全，还有后遗症，怕走不了那么远，水芝年轻，与你们一起去。

水芝忙说，我要放马。

陆林看着马说，正好四匹马，每人骑一匹就不用放了。

崙夫刘玉说，骑马是我的特长，当年我还驮香盐到外地卖，熟悉马性。

水芝着急道，这马还没吃饱，来回一趟会饿死的，不行，走路去。

陆林小声对水芝说，到了禹同山顶，我那还有守山的粮草，可以把你的马喂饱。

崙夫刘玉笑着道，水芝长大了，你比以前卖野菜时会算计了。说完跃上马背就朝前跑了。水芝没办法只好骑上马跟了上去。

此时正值初春，禹同山脚漫山遍野的山花肆无忌惮地绽放，红的、粉的、紫的、白的，竞相开放，一行人心旷神怡。

进到禹同山，陆林就像回到家里一样，一路介绍着，什么阔叶松、冷杉、华山松、红杉木、水清树、栗树、云南松、高山桤树，等等。陆林一路走还一路向水芝介绍着黄连、黄芩、五倍子、茯苓、防风、首乌等药材，又说，大山里还有虎、豹、熊、猕猴、穿山甲、蟒蛇。水芝听到蛇心里有点怕，一打马就走到了四人中间。

两个时辰后来到禹同山顶，四个人走在上面，地下真的有咚咚咚的响声，如同底下有人在里面敲鼓一般。

崙夫刘玉看了陆林一眼说，马叫声在哪？陆林说，那要在夜深人静的时候，白天听不到，今晚就住我家守山棚里。

水芝看着马说，不行，晚上马会冻死。陆林说，我去家里拿

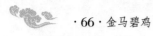

麻布来盖在马背上，保证你的马好好的。

啬夫刘玉道，我们在这守一夜，听不到山肚马叫就抓你陆林去下狱。水芝如果现在回去就证实不了，只要证实是真的，乡上会赔你的马，是假的我就让陆林赔。

啬夫刘玉点起一个火。陆林牵着一匹马回去驮吃的和麻布。水芝去找野菜。一个时辰后陆林回来，煮了饭，四人吃了，就着火塘等着听山肚子里的马叫声。

三个男人困了，在火塘边倒下睡着了。

水芝困得实在没法，但也只能眼睁睁看着三个男人睡去，自己时不时去看看四匹盖着麻布的马。

到了卯时，水芝果真听到了脚下山肚里有马的叫声，这叫声和旁边自己的马叫声一样，旁边三个男人却在呼呼大睡。

水芝喊着，听到了！听到了！三人还是不醒。水芝用马鞭抽打了陆林一下，陆林才醒来叫着说好痛，你打人还是打马？

我叫不醒你们只能像打马一样打。

陆林把啬夫刘玉和役丁叫醒，四人一起走到山顶，听到了一阵阵马叫声从水芝的马的嘴里传出。

是水芝的马在叫，陆林你骗了我们。啬夫想，这陆林骗我，让我冻了一晚，回去就将他送去县衙关进监狱里去。

天亮了，四人顺山路回到了乡上。

啬夫将陆林说山肚里有马叫的骗人的事上报到了县衙。县尉白晓以欺上之罪将陆林关进了县狱。

水芝照常每日早早起来去蜻蛉河畔放马，想着那晚在禺同山顶发生的事，自己似乎也听到了马的叫声，可他们听到的却是从自家马嘴里发出的声音。陆林应该不会骗人，在监狱里可怜得很，希望禺同山能飞出一匹马来救救他。

陆林在监狱里一见到狱丁来就大声叫着，我冤枉！冤枉！禺

同山一定有马在叫，是我亲耳多次听到的，放我出去，我要找到仙马给你们看。

狱丁说，这县狱进来容易出去难，你说假话骗了啬夫，除非禹同山飞出仙马，不然关到死你也出不去，做人要诚实，别哗众取宠，假话连篇。

我说的是真的，我又不是疯子，怎么会编个假话将自己骗到监狱里来，你去告诉县令，我出去会找仙马来证明我的清白。

痴人说梦话，世上哪有仙马？禹同山也不会有。狱丁斥责道。

禹同山的仙马会来救我的，这是我亲耳听到的，我就是要骗你们，我也不能骗自己。

狱丁看着一天天瘦下去的陆林说，除非你能找一个人来担保，你出去再把仙马找来，你这大山里来的人，县衙里哪有人信你啊，这牢你要坐穿了。

陆林绝望地倒在了冰冷的地上昏死过去。苍天有眼啊，仙马快飞出来。

在绝望和孤独中，他想起了当年的玩伴黑山。

一天，陆林小声叫住狱丁说，我有一个小时候一起打猎的朋友，就是后来在县衙蜻蜓学堂里上学的黑山，但不知他会不会为我担保。

那个黑脸学子我认识，听说学习不怎么好，但骑马射箭很好，县尉十分器重他，常请他到自家书房品茶，只是不知他愿不愿认你这个囚犯朋友。

他不会变的，他骨子里有我们大山人的血性。当年我俩发过誓，有难同当，有福共享。陆林哀求道，你去告诉他我在监狱里有事要找他。

那我去试试，死马当活马医了。

狱丁也十分同情陆林，到学堂里找到了黑山。

听了狱丁的话，黑山不敢相信老老实实的陆林会被关进监狱里，他找了个时间来到监狱看望陆林。

四目相对，都觉得对方变了。

陆林变得瘦弱不堪，呆滞。在监狱里，他时时抱屈长叹。

黑山目光变得更有智慧。

听了陆林的故事，黑山捶打了陆林一下，一言不发地离开了。

晚上，黑山找到白江说了陆林的事，白江、黑山来到了县尉白晓的书房里。

白晓县尉一脸煞气道，黑山你担保陆林出去，万一寻不到仙马的叫声，你会与他同罪，也要下狱。

我相信陆林，我们从小一起长大，他骨子里就不会说假话，他说的也许是真的，那禹同山里有太多神奇的故事。

人都是会变的，时间流走，你不知他如今变成什么样子，你帮水芝杀了他家三条猎狗，你该记得这事。

白县尉提醒道。

一码事是一码事，我见过他了，看着他求人的目光像一把刀似的刺向我，直逼我的心，我愿为他担保。

学堂里先生一定教过你，找不到仙马，你就会与他一起在监狱里度过。

知道，但我俩小时候发过毒誓，我相信他。黑山说。

你们大山里的人就是这么地认死理，找个理由就挡回去了，你前途无量，能文能武，县令十分器重你。你回去想想，明天又再说这事。

陆林在狱里非常孤独，心情十分沮丧。等了两天也没见到黑山。狱丁说，你就死了这条心吧，学堂里的学子是文化人，没几

个会信你说的，现在只能靠老天来救你。

学堂里喜欢黑山的主记官之女谢莹找到了黑山说，这事万万不可，人心隔肚皮，不知道陆林说的是真是假，禹同山我没去过，可山肚里怎么会有马叫，这你也信？

我不信禹同山的故事，但我信任陆林，他不会骗我，如我不担保，他一个活生生的人就这样呆头呆脑地死在狱里，担保他出去找到仙马就能救自己，也救了我的信仰，世上应有真情。

谢莹被黑山淳朴的言语打动，说，我也相信你，也相信人间有真情。说完就脉脉含情地看着黑山。

你书读多了，黑山说。

是你说的，人间有真情，谢莹看着黑山的脸道。

绝望中陆林等来黑山。狱丁将陆林放了出来，摇着头说，你出去是一个人，但你进来时就可能是两个人了。

陆林说，什么进来两个人？

黑山担保了你，你找不到仙马，黑山将与你同罪。

黑山没变，他的心没变，像禹同山一样，世世代代不会变，我这几天想错人了。说着，拉着黑山的手说，我在禹同山听到的是真的，一切都是真的。

黑山买了饭与陆林一起吃，将陆林送出了东城门。

陆林衣衫褴褛，眼含热泪，望了黑山一眼，什么也没说，转身往禹同山的家里赶。

水芝每天仍旧在蜻蛉河边放马，挖野菜。一天中午看见一个陌生人向她走来，这是她从未遇到过的事。这儿的人她都熟悉，各有各的活计去做，没有空闲人在河边走，特别是男人。那人没有绕开的意思，水芝有点紧张，拿着鞭子向前面吃草的马匹靠近，站在马旁边扬起马鞭看着那越走越近的男人。

从模糊到清楚，紧张的心慢慢地平静了下来，是被啬夫抓去

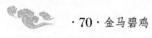

的陆林，他瘦了许多，他朝她走来。马受惊跑开了，水芝站着没动。

我见到了黑山，是他担保我出狱的，我要找到那山肚里的马，不然就连累黑山了。陆林小心翼翼地对水芝说，生怕她也不相信自己和自己说的话。

那天我好像也听到了马的叫声，但我不敢确定是我的马叫还是那山肚里的马在叫。大山上你们都睡着了，好像还有其他叫声。

黑山叫我带个信给你，他在学堂好好的。

水芝听完鼻子一酸，眼睛里布满了泪珠道，他变了。

他没变，他担保了我，我不能害他，陆林说。

水芝你倒是变了，越来越好看了，要是没有黑山，我也会来找你，帮你放马。只是我与黑山小时候发过毒誓，陆林说。

哎，你也在说假话，村里的小伙也都和你说的一样。

我从不说假话，我向黑山保证过，陆林低着头说出了这些话。

水芝看着陆林痛苦的表情，知道自己无意中伤害了他，忙改口道，我也相信你，相信黑山，禺同山这久是有些神奇的事发生，有人说在河边看见了凤鸟。

水芝看着陆林一拐一拐地向禺同山深处走去，十分同情，赶着一匹马追上陆林说，看你这身体走到家怕就不行了，到时候用什么去向担保你的黑山证明你的清白，你就骑这匹马回去，等找到了，马再送回来，这匹马最纯。

陆林望着水芝，想起了黑山的担保，县尉的劝告，艰难地骑上马背，向水芝扬扬手走进了禺同山山林，发誓要找到那山肚里会叫的马。

大山会证明我说的话是真的！陆林来到没有人烟的大山深处

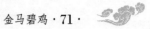

大声地吼了出来，一群鸟惊得飞起。

陆林在大山中期盼着奇迹出现，如此艰难地过了半年，此时已到甘露二年春。

春夏之交的蜻蛉河畔，草长莺飞，一场小雨过后，远山含绿，近水清流。蝴蝶、蜜蜂飞得比往常多。水芝赶着几匹马在河边慢慢地走着，一个少女想得最多的当然是那在学堂念书的读书郎。

禹同山上曙光微露，太阳慢慢升起，像刚睡醒的孩童的脸，稚嫩而红润。

一阵风吹来，一阵马叫声将沉浸在相思中的水芝唤醒。抬头顺着马叫声去追在岸上飞奔着的马。

马怎么了，疯了似的在蜻蛉河边飞奔着，咆哮嘶叫着，马头抬得高高的，望着河对岸的禹同山顶，一匹马朝东边下游飞跑，一匹马朝西边上游飞跑。追了一个时辰，一匹马也没追到。群马齐声嘶叫。水芝停住朝嘶叫的方向看去，惊呆了：禹同山顶左边飞奔着一匹金光闪闪的高十丈的飞马，右边鸣飞着一只高九丈的大绿孔雀。整个禹同山被这霞光照耀得五彩缤纷，大山里所有的鸟都飞出林子在空中鸣叫。

彩霞连天地，神光出现于禹同山顶，金马碧鸡徘徊在天地之间。

仙马，陆林看到的山肚里的马跑出来了。

仙鸡，绿玉一般的孔雀，从山肚里飞出来了。

鸟鸣兽叫，一群群山鸟扇动着美丽的羽翅，追随着霞光，匆匆忙忙地朝禹同山方向飞去，很快，一对金马碧鸡从禹同山里飞出。

水芝抓住一匹马骑着跑进乡里，一路跑一路喊：禹同山出现金马碧鸡了！禹同山出现金马碧鸡了！

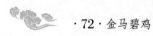

蜻蛉河两边坝子的人们跑到蜻蛉河边，看着禺同山顶上的金马碧鸡起舞。

三老、啬夫、游徼听到喊叫走到坝子时看到了这一奇景。

信息不胫而走，四面八方的人们纷纷赶来观看金马碧鸡，整个蜻蛉河两岸一下子热闹了起来。

禺同山顶，云霞重重，彩云飘飘，朝霞皎皎。太阳在一点一点地往上跃起，一堆一堆的彩霞向山下飘来，金马在天空中左奔右突，狂野地飞奔着。碧鸡美羽飞展，在彩霞的相拥下不停地在天空中飞，变化多端。太阳在金马碧鸡映衬下越来越红，越来越大，越来越亮。

骤然间，满天的彩霞像有人指挥一样，一阵阵从山中冲出，似千军万马冲出一阵又冲出一阵，红的走后，黄的出来，金色的走后，白色的出来，簇拥在金马碧鸡周围，金马忽然飞奔似邀似嬉。碧鸡飞翔飘忽若神，灿烂美姿，群山耀眩，空中鸟儿翔鸣。神仪威武，神态万千。像有一位仙人将黄金熔化泼在了那马儿身上，又顺手将绿宝石粉撒在了鸡的身上，神奇灿烂。

一时间蜻蛉河水面波光粼粼，河水缓缓向东流去。

水芝看见一个人骑着一匹马从禺同山中奔出向自己跑来，一匹金黄色的马，那是自己家的马，是那天借给陆林的马。

水芝在空中一扬马鞭，马儿跑得更快。

水芝将马鞭在空中摇着，一群马跑到了水芝身边。

十

陆林骑着马，势如飞箭，疾似流星，一路向山下飞奔而来，一路高声吼道，乡亲们，禺同山上有金马碧鸡！

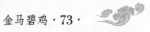

禺同山上有金马碧鸡！

金马碧鸡的出现，是陆林精诚之愿的实现。

乡上三老赵理、啬夫刘玉、游徼马风也跑到蜻蛉河边观看。三老赵理慌乱中转过头来对啬夫说，你与陆林快马向胡县令报告，请他们亲自来观看这金马碧鸡胜景，这千年、万年难得遇见。啬夫说，刚才忙乱中忘了带马。陆林说，这有多余的一匹。说着将马赶到啬夫刘玉身边。啬夫心想，这人不错，还不记前仇。飞身上马啬夫刘玉和陆林两人一起朝县衙箭一般地跑去。

县令胡平正一人闷坐在书房里看书、品茶。主记官谢笔领着啬夫刘玉、陆林风一样冲了进来说，胡县令，禺同山上真的出现了金马碧鸡，成千上万的人现在都在蜻蛉河边观看。

胡县令立刻站了起来，真有此等神奇之事，走，叫上杨县丞、白县尉一起到东城楼观看。

胡县令一行人快步来到东城楼，城门外的人们正欢呼雀跃，指点着禺同山上神奇的金马碧鸡胜景。

胡县令举目望去，禺同山霞光十里，云漫漫而奇色，一片辉煌，左边一只碧鸡在空中飞舞着，变幻着。右边一匹金马在五颜六色的彩霞中左冲右撞、无拘无束飞奔着。中间一轮红日缓缓升起，好一幅美轮美奂的神奇画卷，这是金马碧鸡胜景图。

金马碧鸡神现我蜻蛉，是我蜻蛉的福分。

金马碧鸡神现我蜻蛉，是我蜻蛉万民的福分。

陆林走到县尉白晓身边说，白县尉，我请人担保的担保书应还我，我还欠蜻蛉学堂里的黑山一个天大的人情债。

白县尉看着陆林，脑子里转了一圈才明白过来说话的是谁，他一脸正色地说，你这次上报金马碧鸡有功，将功补过，担保书明天就可以还你。

陆林回道，白县尉你们县衙办事倒是简单，说假就是假，说

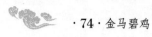

真就是真，说抓人就抓人，害得我蹲了半月的大牢，那坐牢的滋味白县尉是知道的。

白县尉一脸义正词严道，那也是公事公办，依律办事，今天是金马碧鸡的出现救了你一命，也救了为你担保的学堂里的学子黑山，那些天看到那担保书我都为你捏着一把汗，金马碧鸡真是救人的仙马仙鸟。

金马碧鸡是救了我的牢狱之灾，可当时你们不相信我是一个诚实的人。

县衙是依事实而论，当时是有啬夫刘玉做证，今天也是依事实而论，有金马碧鸡为你做证，我会向胡县令报告，你报告金马碧鸡有功，县令也会奖赏你。

胡县令见金马碧鸡在禺同山上空飞奔着，突然一下子想到了长安的飞马门白玉堂，高兴得一时忘了自己的县令身份，冲着禺同山大声喊道，金马碧鸡，飞马玉堂。

这一喊把县丞杨进、县尉白晓、主记官谢笔也惊动得围到胡县令身旁。胡县令顿觉自己失态，收回望着金马碧鸡的目光，落在主记官谢笔身上说，回去将这一神奇胜景报告给越巂郡郭太守、益州王刺史、长安朝廷，我蜻蛉县境有金马碧鸡，这是我等亲眼所见。学堂里不是有几个才子画家吗？快去通知他们来将金马碧鸡胜景记录下来，画下来。

主记官谢笔一路小跑来到学堂，学堂大门紧闭，敲了几下，一个学子跑来开门。主记官谢笔冲进学堂将县令之令传达给学子们，学子们疯也似的朝东城门跑去。可来到东城门楼上，禺同山上空只剩下几朵红云，金马碧鸡也不知飞到何处去了。

自金马碧鸡在禺同山飞过的第二天，蜻蛉大地、越巂山川一连下了几天大雨，干旱的土地、森林、沟箐、小河、大江，吸着天天盼、盼了多年的雨水，多年未出水的泉眼也冒出了清泉，大

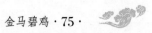

雨下得山饱河满，蜻蛉河两岸土地里水亮旺旺一片，河埂上一夜之间长出了青绿的草芽。村民们赶着牛下田耙田栽秧，一片生机盎然，金马碧鸡给人们带来了福祉。

美丽的事物就像流星般转瞬即逝，当蜻蛉学堂的学子们走出学堂，金马碧鸡已回到禹同山中藏了起来，好在每天升起的万丈霞光还在，向世间展示着已发生的一切。

白江叹息道，可惜了，没有亲眼见到金马碧鸡。

蔡红也道，一心只读圣贤书，错过了此等人间奇迹，实在可惜。

黑山低头沉思着，自己为陆林的担保没事了，没有这金马碧鸡，自己又要陪陆林去那牢房，可自己也没能见上一眼金马碧鸡。水芝一定见到了，找水芝问问去。

主记官谢笔看着刚才一路上还热情万丈的学子们说，你们只有读圣贤书的命，没有见金马碧鸡的命，可县令已下令你们把金马碧鸡记下来，画出来，上报朝廷，这可怪不得我，是县令之命。

白江站出来说，只要有人将看到的金马碧鸡讲出来，我就能如真的见到那般画出来。

我见到了，可我看到的不全。禹同山的陆林、水芝是最早看到的，我明早把他俩请来，他们看到的是最美的金马碧鸡。主记官谢笔回道。

第二天，学堂里的二十九名学子在眼巴巴的等待中，见到了主记官谢笔领着穿着白色素衣轻盈水灵的水芝和身着对襟羊皮褂子的陆林来到学堂。黑山的目光一直都未离开过水芝身上。

一向严肃的刘志先生也轻松地、自然地盯着水芝在看，像看自己的女儿一样，也像看自己学堂里的女学子，他从未自然地看过任何一个美丽女郎，当年自己的新婚妻子除外。他口中默

默念着《诗经》里的"关关雎鸠，在河之洲。窈窕淑女，君子好逑"。爱美是天性，孔子曰，食色，性也。而今天，水芝和陆林是来站在自己讲台上的位置讲授昨天千万人追捧的金马碧鸡胜景。自己一心关在这学堂里，也只是看到那艳红的彩霞碎片。在美丽的金马碧鸡面前，自己也是一无所知。他扫视了每一名学子，目光无一例外地盯着室外，无视自己的存在，学堂里从未有过这样轻松的时候。

水芝再次站在学堂门前，禺同山、蜻蛉河是她的领地，是她可以随心所欲的地方，天是她的，地是她的，空气是她的，连昨天的金马碧鸡也是她第一个看见，她的世界太大，可门里面的世界却是她的禁区，是她未知的世界。黑山有一次告诉她，学堂里的刘志先生什么都知道，学堂什么都能学到，古代人的情歌都在《诗经》里面。她不相信学堂里也有情歌。正想着的时候，刘先生走过来道，欢迎谢笔主记官一行，并把他们领到了讲台上。

主记官谢笔讲道，盛世出胜景，蜻蛉县在县令治理下国泰民安，昨天神现了金马碧鸡美景，县令要将这一美景上报朝廷，想到了各位才华横溢的学子，要你们将金马碧鸡胜景记录下来，画出来，这也是你们一步登天、鲤鱼跃龙门的时候。如果你们的文章和画得到宣帝的认可，就可在飞马门白玉堂待诏，也会一生荣华富贵。蜻蛉县城也将因你们而闻名天下。下面听水芝讲看到的金马碧鸡过程。

白江一边深情地看着日夜想念、美丽淳朴的水芝讲述，一边在白蜀锦上画着昨天金马碧鸡出现时的仙境。

胡仁听着水芝讲着，用笔记录下金马碧鸡出现的全过程。

学堂里弥漫着发现金马碧鸡后满是幸福和快乐的气氛。

此境只应天上有，何故降临到人间。白江边听边画，自言自语道。

胡仁想象着天地之间有一匹无拘无束的金色的马，把天空当成草原自由地奔跑，浑身有着无尽的力量。一只美丽的绿孔雀来到了清澈的水边，没有猎人，没有天敌，任性地、大胆地飞舞，纯真可爱，把天空当成自己的乐园，自己的理想家园。一轮初升的太阳如她的主人一般，小心爱怜地把暖暖的阳光洒在金马碧鸡的身上。充满希望，充满力量，充满生机，充满爱意。

主记官谢笔来到自家女儿谢莹身边，只见她笔尖飞舞，边听边想象，洋洋洒洒记录着金马碧鸡的神态，描绘着禺同山的生态景观。高山流水，一轮红日，一匹灵动的金马，一只飞舞的碧鸡，蜻蛉河边站着一个纯真的牧马女郎。一幅幸福理想的生活图景。

其他学子也将水芝清脆甜美的讲述放进自己的大脑加工，又通过笔端描写出自己心目中最美的金马碧鸡。几万年才出现一次的金马碧鸡啊，一定要用尽所学才华将其展现。一名名学子的身心随金马碧鸡在飞升，飞升。

胡县令一一看着主记官谢笔带回的学子们的画和文章，时而点头，时而摇头，当看到胡仁的作品时眼前一亮，没想到天天回避着自己的公子胡仁能有如此文采。平时刘先生常在自己面前夸他，自己还以为是礼节性的，现在一看，果然出类拔萃。胡县令用笔一勾就选了胡仁的文章《金马碧鸡记》和白江的画《金马碧鸡天下升腾》，又将县丞杨进、县尉白晓、主记官谢笔、掾史邹天、廷掾张龙的面庞一一在大脑中过了一遍，最后确定由县丞杨进和廷掾张龙护送作品到越巂郡和益州。

县尉白晓领了胡县令的令，让从县城东门而出的各楼、各哨，严加防守，又抽了三名精干的狱丁护送杨县丞一行。有了白县尉的精心安排，县丞杨进每到一处都已经备好了上等的马匹、马料，一路顺风顺水，十日就到了越巂郡衙。

晚上，太守骆武、郡尉付生设宴为杨县丞接风。虽然快报已口信传蜻蛉现金马碧鸡，可也是一个看不见、摸不着的风一样的传说。当打开画卷，满堂惊艳，太守骆武也为之一惊，金马碧鸡如此金碧辉煌，仙气灵动，金马奔驰，碧鸡缥缈。

郡尉付生欠着身体道，想我边陲蜻蛉出此胜景，昭示着越嶲大地将风调雨顺，五谷丰登，六畜兴旺。万民之幸，有学子画出如此仙境，不愧有司马相如讲经的遗风。

太守骆武满脸笑容道，付郡尉你明早就备快马将文案护送到益州府交王襄刺史、别驾杨鸿，这是越嶲郡当前的大事，是天地间的大德呈现。一路以平日公事照办，不可走漏风声，虽是太平年间，可官道、商道、匪道暗藏杀机。虽是胜景，可朝廷没有现场记录和画作，没有实证，尖钻的大臣又将冠以欺君之罪。见了刺史写下收条方可回郡。益州天府之国甚是繁华，各路人才、九流之辈都有。刺史王襄有一好友在朝廷做官已至谏大夫，只要郡尉一路严密行事，将文案交到他手上，文案到朝廷的事就顺理成章了。

郡尉付生也笑着道，此等大事定小心为是，大汉之大，一千三百一十七个县，能让宣帝记住出现金马碧鸡的蜻蛉实属不易。我现在就去安排，明天一早就快马出发。

县丞杨进找郡尉付生领了文案收条，原路返回到蜻蛉。

益州刺史王襄收到越嶲郡尉付生的金马碧鸡文案，连夜召集别驾杨鸿商议，由别驾杨鸿值守益州，自己亲自将金马碧鸡文案送至飞马门。

王襄刺史一路便衣简从直往长安而去。七日才赶到长安，在官驿住了一夜，第二天换上朝服到飞马门白玉堂待诏，正遇上宣帝五日一听事，在谏大夫王襃引荐下于白玉堂见到了宣帝。

宣帝见文案后大喜，今甘露二年春正月，刚立皇子嚣为定陶王，今秋又见益州王刺史送金马碧鸡文案，真是我汉朝大幸。又问王襄刺史道，蜻蛉在我大汉何方？

王襄刺史上前一步奏道，在大汉之千里有益州，益州千里有越巂郡，越巂郡千里有蜻蛉县，蜻蛉东十里有禺同山，禺同山现金马碧鸡。

谏大夫王褒也上前一步奏道，武帝时，节度使司马相如沿灵关道出使西南夷，在蜻蛉讲经，宣传汉德，后武帝元鼎六年设蜻蛉县，是国之最南疆土。

宣帝龙颜大悦，下诏曰：乃者凤皇、甘露降集，黄龙登兴，金马碧鸡神现，醴泉滂流，枯槁荣茂，神光并见，咸受祯祥。其赦天下。减民算三十。赐诸侯王、丞相、将军、列侯、中二千石金、钱各有差。赐民爵一级，女子百户牛、酒，鳏、寡、孤、独、高年帛。

王襄领了圣旨，带着赏赐的布帛、金钱，告别了王褒快马返回益州，按宣帝旨诏奖犒越巂郡，安民告示《蜻蛉现金马碧鸡》，越巂太守骆武、蜻蛉县令胡平一一得到嘉奖。

宣帝勤于政务，每五日在朝听取文武百官的奏事，决断天下大事。自从益州刺史报蜻蛉现金马碧鸡，宣帝时时与身兼丞相太尉职的黄霸商议金马碧鸡。宣帝想出宫南巡亲见金马碧鸡。此言一出，惊动了在朝的文武百官。

丞相黄霸力谏道，长安出益州、越巂郡，虽武帝时司马相如开通了灵关道，一路设郡，设县，但此去西南夷有大山大川，沫水、泸水水情不清，大相岭、小相岭又地势险要，而圣上西巡的西域地广人稀，是五尺大道。前益州刺史王襄曾报，灵关道虽通达身毒国，有蜀身毒道之称，但有的地方仅能一匹马通过。陛下怎么能去南巡险地？

宣帝道，朕近日为这金马碧鸡夜不能寐，昼不思食。当年先

帝能出巡北疆得汗血宝马，今朕为何不能到南疆得金马碧鸡？这是天意，朕意已决，休阻。阻朕者，阻天意也，阻者当杀。

丞相黄霸吓得连连称诺，诺，退出殿外，顾不上休息，连忙去找御史大夫杜延年商量对策。

御史大夫杜延年听了丞相黄霸之言，沉思半晌，也拿不出阻止宣帝南巡的主意。宣帝是君主，也是体恤民众少有的明君。记得五凤二年秋八月，为民间婚姻酒食，还在朝会上与文武百官争议了一次，有主张民间婚姻自由行之，不用礼数。宣帝自小生于民间，知民间疾苦，婚姻之重，酒食之乐，为婚姻、酒食下了一诏，深得民众拥戴。那时你是太子太傅，邴吉为相。

可宣帝为了民间疾苦，有时也一意孤行，不听谏言。元康三年夏六月，魏相为相，朝廷议事，宣帝为民间摘巢探卵，弹射飞鸟也下了一圣旨。诏曰：前年夏，神爵集雍。今春，五色鸟以万数飞过属县，翱翔而舞，欲集未下。其令三辅不得以春夏摘巢探卵，弹射飞鸟，具为令。今你贵为丞相又兼太尉，宣帝之意志是难以劝阻的。不过宣帝喜好神仙，有时听方士的建议比听我俩的多，你去找一方士来劝宣帝比我俩劝管用。

丞相黄霸一听醒悟道，还是御史大夫你高明，我这就去寻方士。

又逢五日听朝，宣帝一身龙袍端坐在高高的龙椅上，文武百官面向宣帝高呼，吾皇万岁，万岁，万万岁。

众爱卿平身，有事面奏，明日起朕将南巡求金马碧鸡。

御史大夫杜延年上前一步道，益州蜻蛉现金马碧鸡乃我汉朝一大盛事，是陛下的英明神威，但陛下南巡见金马碧鸡万万不可，西南夷地势险恶，历朝历代没有哪位帝王南巡过。请陛下以大汉江山为重，朝廷不可一日无君。

有你们众位大臣在朝会有何事？宣帝反问。

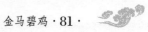

朝上一时静寂无声，无一人敢出来劝阻。

丞相黄霸上前一步奏道，有一姓王名红的方士向臣献了一计，不用辛苦陛下，便可使金马碧鸡来长安日日待见。

快快传召王红方士进宫。宣帝道。

王红方士就在大殿门外，只等宣帝宣诏传见。

太监在朝廷大门口喊，传王红方士！

不一会儿，一位身穿白袍的方士在太监引领下来到了大殿。

一身白袍的王红方士叩见宣帝。

免礼，有事奏事。宣帝道。

王红方士小心翼翼道，我近日观星相，紫微星在中，西南夷星相乱，宣帝不宜南巡，益州金马碧鸡之神可派一名文采好的文官去蜻蛉请来待见皇帝。说毕连呼，吾皇万岁，万岁，万万岁。

十一

宣帝不能南巡，紫微星居长安城，众臣齐呼。

宣帝脸色阴沉道，朕不能去，谁愿代朕前去请金马碧鸡？请不来可要判死罪。

文武百官面面相觑，殿中无一人敢出声。

死罪，死罪，百官口中念念有词，高高在上的宣帝听到，丞相黄霸也听在耳里。

臣荐一人，可往蜻蛉请金马碧鸡，御史大夫杜延年上前一步大声奏道。

何人？宣帝问。

谏大夫王褒，此人文采出众，又是益州人，人熟路熟，此前用一首诗词医好了太子之疾。御史大夫杜延年说完，文武百官都

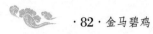

将目光停在了王褒身上。

王褒何在？宣帝急问。

谏大夫王褒在此，王褒从众臣中走出，上前面见宣帝。

王红方士也上前一步道，臣愿与王褒一齐前往请金马碧鸡。

宣帝从龙椅上起身看着下面在众臣里如一根萧竹，文弱俊秀的王褒道，王褒，请不回金马碧鸡，将以死罪下狱，可知道？

王褒心里并无准备，现被御史大夫杜延年推到了风口浪尖，一时不知如何回答。

丞相黄霸抢先一步道，臣愿替皇上前往迎请金马碧鸡，如请不回，愿以死罪下狱。

大鸿胪李波上前一步道，蜻蛉在西南夷，远在泸水之边，当年司马相如以钦差大臣出使西南夷，并到了蜻蛉讲经，来回用了三个月，丞相、太尉可不能缺位这么久的。

偌大个汉朝，除了王褒就没有人才了吗？宣帝追问。

此时王褒上前一步道，谢陛下的知遇之恩，我愿前往益州蜻蛉，以圣命请命，请不回金马碧鸡愿受死罪下狱。

御史大夫杜延年道，金马碧鸡在大汉南疆，有司马相如在天之灵的保佑，谏大夫王褒才气比他高，功定能盖过司马相如。

宣帝道，众卿不让朕南巡，但阻止不了朕请金马碧鸡之心。众爱卿听旨：封谏大夫王褒为钦差大臣，代朕及大汉之意，前往益州蜻蛉迎请金马碧鸡，旨传益州沿途各郡各县迎接钦差。

王褒领了钦差圣旨，回到王府，深情地拥着娇美的妻子曾莲，说了圣上之意。

曾莲问，丞相黄霸权力怎能如此之大？

王褒双眉紧蹙，他喝了一口家乡益州的茶，回道，黄霸丞相是淮阳阳夏人，明察内敏，外宽内明，初为颍川太守，神爵四年任太子太傅，五凤二年任御史大夫，五凤三年任丞相、大司马，

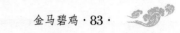

封建成侯。黄霸已是一人之下，万人之上的重臣。

五岁的儿子王斌、三岁的女儿王莹围在他俩身旁，高高兴兴喊着，回老家喽，回老家喽。

听着儿女们的话，王褒情绪顿时激动起来道，是可以衣锦还乡了。妻子曾莲温柔地递上一杯茶说，我们已经四年没回成都了。

第二天，王褒穿上钦差长袍，想着离开前去向太子刘奭告别，太子刘奭将王褒进未央宫的信息告知了父皇，宣帝、太子刘奭一同召见了王褒。

王褒叩头伏首道，褒本不才，受圣上器重飞马门诏见，拜为侍郎，又拜为谏大夫，今再以钦差身份出使西南夷，代圣上迎请金马碧鸡。

宣帝道，朕深知蜀道之难，难于上青天，但迎请金马碧鸡事关汉室昌盛，朕本欲亲往，众卿力谏，今委爱卿以重任，望卿不负朕之委托。

王褒再次叩头伏首道，圣上器重，褒数沐皇恩，益州之行褒将尽力全命，不迎回金马碧鸡誓不归朝，请圣上静候佳音。

宣帝道，朕之本意，不愿爱卿前往益州，因太子刘奭也需辅佑，然众臣举荐，爱卿又足智多谋，才华出众，文采能惊鬼神，非爱卿不能任此钦差重任，卿要竭智尽忠，迎请金马碧鸡归入飞马门白玉堂，朕当重用爱卿，望爱卿早日归来。

谢圣恩。王褒接过钦差宝剑，三次俯首叩头，君臣之间惺惺相惜。王褒退出了未央宫，回到府中。

王褒封钦差迎请金马碧鸡一事传遍长安城。王家府邸门庭若市，在京城做官的益州人一一前来送别。等候王钦差迎金马碧鸡归来，加官晋爵。

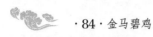

在"秋风起兮白云飞，兰有秀兮菊有芳"的初秋，风和日丽，王褒被众人送别。王褒带着家人、奴仆、护卫、侍从浩浩荡荡，威威武武，踌躇满志地出了长安，每到一县，大小官员都出城迎接。

金马碧鸡神现，乃天地之大德，大旱多年，劳苦大众期盼的福祉将降临人间，王褒被推上了钦差身份的历史舞台。一路上各色人物纷纷登场，大汉千里江山一一展现，灵关驿道再次忙碌，人景物路相互交替，相互矛盾，相互冲撞，演绎了一个王褒南行的精彩神奇的故事。

是时，长安城未央宫下设京兆尹，领十二县：长安、霸陵、南陵、奉明、杜陵、蓝田、新丰、下邽、郑、华阴、船司空、湖。元始二年，长安县有户八万零八百，人口二十四万六千二百。亲朋故友前来相送，都是请带信、带物回益州的。车马行走较慢，走了六日才来到益州所属汉中郡郡治褒中休整。太守张中向王褒报告，汉中郡领十二县，西城、旬阳、南郑、褒中、房陵、安阳、成固、沔阳、锡、武陵、上庸、长利，有口三十万零六百一十四。

太守张中一路护送王褒到了安阳县休整，行走了两日来到益州广汉郡地界广元县休整，这是王褒自入长安后第一次回到家乡蜀郡，他与广元县县令刘金品茶叙旧至深夜。归乡心切的王褒，第二天早早起来催促妻儿、侍从、护使，向家乡蜀地出发。

一队人员由武官引领，拖儿带女，故友相迎，县令、乡三老、亭长也前来迎接，行走太慢，日行三十里，来到广汉郡郡治绵竹县安顿。益州刺史王襄、别驾早派人来迎接。随从、役丁一一出去安排，井井有条。

王褒看着蜀地，想当年自己一个落魄书生，兴学讲经，品茶论道，因一奇文得皇上诏见，今被任为钦差，荣归故里，喜极而泣。妻子曾莲见状帮他擦去泪道，绵竹县县令王方等着召见，说着递上一杯茶。王褒回道，人生谁无家乡，人生谁无上进之路。当年我只是一介书生，三十而立，近四十才生子，人生何其苦啊。曾莲安慰着，夫君如今已是宣帝任命的钦差。一路走来，官员下马相迎，民众夹道相送，我也沾你荣光。王褒道，你说得极是。说着就去会见早已等候在会客厅的县令和刺史、别驾派来的官员。

绵竹县县令王方见钦差身穿黑色官袍，腰挂尚方宝剑，满面春风、意气风发地走出来，赶快上前伏首道，王钦差安好。

王褒上前扶起道，免礼，同是家乡人，以品茶叙事为要，以后礼节就免了。

绵竹县县令王方笑道，你我同乡是可免，可在民众眼中不得亵渎大汉神威，还得一一行礼，以免生出事端。

身在朝廷，身不由己。说话间，役丁来报说又有一批乡贤好友前来相见。王褒回道，请他们进来与县令一起品茶。

正品茶间，一护卫来催道，时辰已到，请王钦差启程前往益州刺史府。

王褒对前来的乡友告辞道，这钦差之行前有蜻蛉金马碧鸡等着，后有皇上圣旨催着，不能久留一一叙旧，见谅，来日方长，后会有期。

护卫整顿了队伍，在县令王方相送下，车马前往成都。

益州刺史王襄听当年好友封钦差来迎请金马碧鸡，于是带一队人马出城十里相迎，二人马上远远相见。王襄忙下马相迎，王褒宣完宣帝寻金马碧鸡圣旨，下马将王襄扶起道，我今虽贵为钦差，但承蒙当年王刺史力荐，方有今日，王刺史快快请起，一同回府议事。

王襄听王褒之言甚是感动，今王褒不忘当年之恩，但身为朝

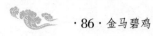

廷命官，众目睽睽之下也只能按朝廷礼法行事。王褒虽不是皇帝，但他手握皇上圣旨，见圣旨如见皇上一般，岂敢怠慢？他退回王褒马后，随王褒返回自己的益州府官邸。

第二天王褒、王襄召集益州所属汉中郡、广汉郡、蜀郡、犍为郡、越巂郡、益州郡、牂牁郡、巴郡太守和别驾大小官员共议圣旨之事。身着黑色钦差新长袍、银腰带，头戴新官帽的王褒一进议事厅，众官员为之一惊，忙着行礼。满身焕发着文人才子少有的智慧和威德的王褒宣读了皇上迎请金马碧鸡的诏书，官员们叩头听旨。礼毕后，王褒道，本钦命在身，盛世出胜景，这金马碧鸡出在益州，是益州人的荣耀，圣上日日想念着金马碧鸡，也就必然会思念益州的山山水水，风土人情，大小官员。望各位为本钦差分忧，建言献策，帮助请回金马碧鸡，我报皇上后一定重赏，加官晋爵。离京前我曾拜访了京城有名的王红方士，他说这金马碧鸡胜景万年才出现一次，要君明、臣清、民富才能神现，禺同山在太阳升起之东，月亮落下之西，那一天太阳升起，月亮刚要落下，彩霞从禺同山升起，太阳照着金色的马，一片金黄。月亮照着的彩霞形似孔雀，一片碧绿。太阳、月亮一升一降，衬托着金光闪闪的金马在飞奔，碧玉般的碧鸡在飞舞，开启了日月同在、金碧交辉的神奇景观。禺同山就是金马碧鸡的隐身之处。据蜻蛉县报，蜻蛉河边还有美丽的女子常在那放牧上百千匹彪悍的马，禺同山上时有绿色的彩鸟飞出。

那丞相黄霸、御史大夫杜延年，因当年在太子刘奭治病一事上我抢了他们的头功而怀恨在心，如我不能为皇上迎请回金马碧鸡，会以死罪下狱。我这金马碧鸡钦差表面荣光，实属暗藏危机，请回金马碧鸡我便荣华富贵，请不回便命丧西南夷。金马碧鸡之命便是我王褒之命。

天府之国定能助钦差完成使命，武帝得汗血宝马而飞马门专

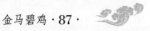

待天下英才。听钦差一席话，蜻蛉属泸水一带，也属我益州，我明天召集工匠方士在城西南按方士日月同辉、金碧交辉之理，建一金马坊、一碧鸡坊，等钦差请回金马碧鸡来才好迎接。王襄献计道。

王褒道，此事妙哉，等找回金马碧鸡再建金马庙、碧鸡寺祈求大汉疆土永远君明、官清、民富，永远金碧辉煌，日月同辉。

第二日，王褒告别刺史王襄回家乡资阳县省亲。王襄带一队车马护卫相送。钦差道，省亲扫墓乃我家事，金马碧鸡事未成，恐有小人私告，劝回了刺史王襄，只留下一队护卫保卫自己。

资阳县在益州府南部一百多里，一行人马行了两日才到了县衙。少年时的挚友李涛任了县令，出城十里来相迎。王褒在县衙任掾史时的原县令任柯已离职回家，县丞周文礼已不在人世，县尉陈通告老还乡。当年的县衙已物是人非，铁打的衙门，流水的官，衙门依旧。王褒见了故友倍感亲切，两人谈到了当年被强嫁县令公子，为王褒殉情的钟家之女，王褒一时间神魂俱空，心中十分悲伤，与李涛以酒消愁，两人大醉。王褒拿起旧日送李涛的箫吹奏起来，边吹边饮。

资阳县县令李涛起身拜道，怪我在钦差面前重提旧事，害得钦差悲伤。

自古无情不少年，当年你喜欢钟家之女钟芹，她也心悦于你。当年你与钟芹的弟弟钟星一起吟诗品茶，钟芹在房里抚琴而坐，琴声引人，钦差你在外吹箫，虽一房之隔，但箫琴合奏，天衣无缝，佳音绝配，交相倾慕之情，合奏出琴外之意。李涛回忆道。

王褒一面叫李涛坐一面道，我那时立身不稳，一事无成，陈县尉代我提亲被钟家拒绝，后由钟星引见与钟芹见了一面，她真是花容月貌，嫦娥一般。后来她嫁与县令公子为妻，不再抚琴，

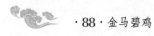

了无生趣。那县令公子痴呆，视钟芹为西施，百般戏弄，万般折磨，钟芹新婚才两月，已心如死灰，病中抚琴，抱琴而亡，后被县令家草草安葬。

想起钟芹，王褒悔恨交加。

以情配酒，越喝越醉。李涛县令十分着急，叫来护使相劝，越劝越喝。护使在茶灶上烤了盐茶，以茶代酒与王褒干了数杯，王褒沉醉其中，念念不忘钟芹的那把琴。

李涛县令道，王钦差，明天我派县尉去钟家把那把琴找回来。

护卫摇着头把王钦差扶回了客房。

资阳县令李涛叹着，生死有命，真情无界，钟芹在天之灵知道钦差如此钟情也会满足了。

第二天酒一醒，李涛县令陪王褒钦差来到当年王褒曾苦心经营的德星堂。这是王褒的第二个谋生之业，王褒在县衙任掾史时，结识了县衙的李涛、钟星、赵舟、王全、王奎，因常在一起吹箫、抚琴、品茶、纵酒高歌，成了公子、班头、文人的领头人。几位公子更是对王褒的文才佩服得五体投地。不知何故，身为掾史的王褒常与公子哥们在一起的事传到了县令任柯耳中，再加之县令公子一心想要娶王褒心爱的钟芹为妻，遂以王褒不务正业、不思上进、难堪掾史一职为由免了王褒的职，让王褒另谋高就。王褒的才华在县衙有所展示，受到了县丞周理、县尉陈通的赏识，只是无力推荐。周县丞对王褒道，贤侄年轻，聪慧好学，找一个地方读书待机上进。陈县尉也劝道，县城十里外有一个书台山麓，那是个读书的好地方。

王褒不想让年老的母亲因为自己的玩乐失去掾史一职而悲伤，便听从两位长辈的话上书台山麓。向山民租了四间茅屋，静心品读带来的《诗经》《楚辞》《吕氏春秋》，深研细读司马相如

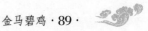

的《吊屈原赋》《子虚赋》，无事时以箫取乐，用心研究品酒、品茶之道。

城里没有了王褒，县城便如死水一塘，没有了生机。好友李涛、陈通、钟星等几位年轻公子又找到书台山麓叙旧、品茶、品酒、赋诗。

一天好友赵舟来访，对王褒道，你文采斐然，博古通今，学富五车，名扬县衙，又在此苦读了三年，何不下山进城开办学堂？一可传经，二可养家。

王褒叹息道，家道贫寒，无资兴办学堂，家有老母，只有微薄家业，人穷志短。

赵舟听完王褒诉苦后道，我手有余钱，又恐父母不同意借用，这样吧，我用千金买下你的田园山庄，你再用千金到城里开办学堂，你一个才子就有施展才华的用武之地了，说不定能教出个丞相、大夫来，那你就是丞相、大夫的恩人，何愁无出头之日？

舟兄见笑了，我那薄田哪值千金？把我卖了都不值。

赵舟强拉着王褒收拾好书籍、财物，风风火火下了书台山麓。第二天赵舟拿了千金给王褒，请了个中间人写了份田产买卖合同，又联系同僚富商子弟，筹得两千金在县城的中成街买了块地皮，请来能工巧匠，历经半年，建成了一个可收一百学子的学堂，取名德星堂，当地人私下称子渊堂。

听到当年的玩伴当了大官，从京城回到了德星堂，赵舟、陈通、王金、王奎也从不同地方赶到李涛住处。了解了王褒的情况，李涛道，王褒钦差已回住处休息，有护卫守护，明天再约他出来与大家一见。赵舟问道，王钦差还是原来的王褒吗？李涛回道，还是那个王褒。

第二天一早王褒来到李涛住处与好友们相见，一番寒暄过

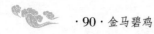

后，赵舟又烧起一堆火，县令李涛拿出酒茶，在火灶上煮茶、煮酒，王褒又拿起箫吹奏起来。学堂里的学子见到德星堂的创始人当了钦差，都围拢在火塘周围。李涛不知从哪里拿出王褒的成名之作《九怀》朗诵起来。好友们也从李涛手里抢过手稿争相朗诵《匡机》《通路》《思忠》《陶壅》《乱曰》。

王褒在茶酒的烟火气中，听着当年自己因怀才不遇而写的《九怀》，身在朝廷多年，已很久没享受到这人间简单纯真的快乐了。回味起来，不识愁滋味的少年无拘无束的生活和那可遇不可求的逝去的爱情、友情终会远去。

德星堂如一条书香之河海，王褒如文山书河中的一叶小舟，被文学的风浪推着向前走，走到了长安。如今又是金马碧鸡之神，将王褒拉着回到了出生之地，寻找生活的原点，寻找人生社会的真谛。这寻找生活社会的真谛与当年沦落要朋友资助讲经的才子联系在一起，寻找民众幸福生活的真谛与一介书生联系在一起。历代王朝开疆拓土、封王封侯都靠将军、武将们拼杀。而这与王褒一点不沾边的盛世金马碧鸡，这一人之下万人之上的丞相黄霸和御史大夫杜延年却偏偏想到了一个舞文弄墨、品茶喝酒的王褒。王褒连自己的人生真谛都没搞清楚，却要以命来担保为宣帝寻找大汉的明天和美丽使者金马碧鸡。

这大汉的明天、昌盛来得这么奇妙，就在宣帝的身边，又来得那么远，远到在千里之外的南疆泸水边地蜻蛉。这民众的明天、宣帝的明天是近的又是遥远的，近在民众身边，远在蜻蛉禺同山，王褒一行走了半月还没走进金马碧鸡的领地。

人间的期盼何其近，人间的明天何其远。

赵舟举着酒杯来到钦差面前跪下叩头道，王钦差又在思考什么惊世大作？

王褒这才晃过神来，起身扶起赵舟道，贤兄是我的大恩人，

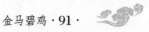

这德星堂是你瞒着父母高价收购我那微薄田产建起来的，有了你才有我的今天。来，我先敬你一杯。

赵舟起身道，你是文曲星下凡，当年命名德星堂的星字，就知道你会星光灿烂。当年我是为你一身才气才打抱不平，我虽有一堆金银，却是一个俗人。想的是茶叶、酒肉、富家女郎、名山大川。结识了你才知道什么叫学富五车、贯通古今，是你教我们听箫、抚琴、品茶，知道了什么是诗意人生，什么是高山流水。知道了文学里那个看不见、摸不着，却无比美好，无比广大的世界。从你身上知道了文人之道、人生之道、穷人向上之道。

两人久久相视，一口将酒喝下，两个多年不见的男儿都流出了激动的老泪。

十二

王褒沿着远山一轮升起的太阳，一路疾驰来到资阳县，到老家昆仑乡墨池坝为父母扫墓。见到杂草丛生的父母墓碑，俯首便拜。想起父亲英年早逝，家族刁难，母亲含辛茹苦把自己抚养成人，自己虽遭苦难，却遇圣主明君，招贤纳士，得飞马门待诏，官至谏大夫，领旨钦差，荣归故里，但却与父母阴阳两隔，有福不能同享，眼泪便如下雨天的雨水，脑海中全都是父母在世时的身影。

父亲王翀生于元封二年一个诗书清贫之家，得祖上荫庇，自小在私堂读书，腹中自有诗书经论，虽是单传，少时荐为昆仑乡啬夫，随后升任资阳县县衙廷掾，掌管各乡事务。征和元年十七岁时娶妻余氏，第二年三月生下王褒，孩童时的王褒聪明好学，精通音律。王翀仕途顺达，昭帝始元五年，家逢大难，父母双

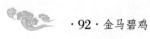

亡，王翀一时心灰意冷，无心官场，辞官回家，安葬父母后全心农耕祖上留下的二百亩田庄，并亲自教育儿子王褒。父母走后半年，王翀又得怪病，妻子余氏遍访名医，但王翀病情并无起色。病了两年，家产良田已变卖近半。一日，妻子余氏与儿子抓药回家，却见夫君用一绶带自缢于床头梁上，结束了二十八岁的生命。余氏又变卖部分田产为夫君办丧事。王氏族人想霸占王家田产，恶言相向，诬陷王褒母亲见王翀久病生怨，心怀鬼胎，害死夫君。几个恶棍族人见王褒年仅九岁，文文弱弱，就想趁机赶走余氏。

危急之时，九岁的王褒伏在父亲棺材上放声大哭道，我父亲辛苦一生因病而死，母亲为父亲奔走请医寻药，并未加害父亲，你等族人，不但不可怜我孤儿寡母，还在此信口雌黄赶我母子，良心何在？今我王褒，虽小也是男子，当继承王家香火产业，为父守孝，侍奉我母，你们如再加陷害，我当告官。

族人看到年幼的王褒说出此言，大惊失色，惊为奇才，又愧于王翀往日在县衙任廷掾时对族中的照顾。唯唯诺诺道，我们也是为褒儿着想。一些族人见害余氏不成，又心生一计，说留下褒儿赶余氏回家。

王褒见父亲入土有难，与母亲耳语几句混出丧场直奔资阳县衙，找到父亲好友县丞陈刚，陈县丞连夜赶来为他们做主，主持公道，将已亡四日的王翀入土为安。

经此变故，王褒家从书香门第，沦落为被族人欺负，靠寡母种田养家的盼贵人出现资助的人家，余氏把全家的希望寄托在年幼的王褒身上，而自己则披星戴月忙于田间，好几次病倒在田间地头，当想到在家读书的王褒时，又奇迹般地好转过来。此后余氏一心打理祖上留下的田产，王褒一心读书。

日月自带光辉，可怜人自有天助，咬牙度日的余氏，背着王

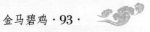

褒哭了不知多少个夜晚，但余氏在年幼聪慧的王褒面前却从未言一个苦字。在吃了上顿无下顿的日子，王褒的文采却在民间流传。父亲王翀墓地金马山后山有一个大富人家，他家公子赵舟仰慕王褒才华常来拜访，常送王褒一些茶叶、米酒。两人一粗一雅，一茶一文，非常投缘。赵舟能说会道，王褒能诗能乐，情谊深厚。王褒父亲好友陈县尉也常来找王褒谈经论道。王褒虽在书斋，却也略知天下大事。

民间常说风水轮流转，皇帝轮着做，本始元年，宣帝即位，大赦天下，下诏各州、郡、县举荐天下贤才。王褒被乡贤举荐，十七岁进县衙做了掾史，继承父业，赵舟用马车一路相送。

赵舟道，贤弟才华横溢，志向高远，必成大器，到时莫忘车马相送之情。

贤兄何出此言，书房前两墨池为证，大墨池为你，小墨池为我，如褒日后有忘祖忘恩之事，就让墨池泉水干枯，褒才思枯竭。王褒指着书房前两汪墨池发誓。

赵舟听王褒说此话，就在王褒的马上打了一鞭，王褒骑马向县衙冲去。

时过境迁，现在的王褒已是朝廷派来的钦差。

赵舟扶起跪在父母墓前哭的王褒，走下了金马山，来到当年书房前的大小墨池前。赵舟道，褒当年誓言记得否？

褒回道，墨池虽在身已老，金马山上泪流情，赵兄白发情犹在，碧鸡还在他处寻。

愚兄多言，重提旧事。赵舟俯首道。

我一路寻金马碧鸡，一路上有褒中县，今又拜金马山，唯不见碧鸡，这是命中注定还是天意。

是天意，是天意。赵舟连连回道。

我有圣旨，真是天意。褒与金马碧鸡一命相系。

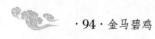

赵舟与王褒年轻时的好友们一再挽留王褒多停留几日。王褒知圣命在身，虽是傍晚，也匆匆告别，又连夜赶往益州府邸。

回到成都已是傍晚时分，刺史王襄已到南城门外迎接，并告知丞相黄霸来了一道令，王褒打开一看，惊出一身冷汗，令上说长安一些不法商人知道益州蜻蛉有金马碧鸡之宝，欲偷偷前往盗取，请钦差要加急前往，不然盗匪会提前抢走金马碧鸡。

王褒自知丞相黄霸与自己当年在医治太子病上生出了嫌隙并结下仇，故借此急令催促自己。

神爵三年，太子刘奭得了怪病，身为太子太傅的黄霸请了天下最好的医师都治不好太子之病。一日，王褒随宣帝来看望太子，王褒看到太子死一般的沉寂，闷闷不乐，听太医说太子可能得了民间说的癔症。王褒便拿出随身带的箫吹了一曲《梅花吟》，而太子也露出了久违的笑脸。宣帝就令王褒留下照顾太子。

时为太子太傅的黄霸在如何医治太子之病上与王褒产生了分歧。黄霸天天要太医们给刘奭吃药，让方士求神仙来保佑太子。可太子吃了半年药也不见一点好转，见了太医、方士就躲，更不喜欢黄霸。

太子刘奭见了吹箫吟诗的王褒，就缠上了王褒。王褒经常领着太子在御花园游山玩水，太子脸上也渐渐有了笑容。

王褒进京封为侍郎伴宣帝左右三年。太子知道许平君是被权臣霍光之妻霍显害死，而她女儿霍成君又嫁给父皇成了现任皇后，继皇后对自己没有一点母爱，还一次次想着加害自己，让霍家后代当太子。继皇后生的三个弟弟霍山、霍禹、霍云对自己也是表面一套，背后一套。在这样的环境中，太子身边只有高高在上的父皇，而父皇又要他天天读书，没有一位陪自己说真话的

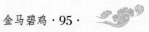

人。懂事的刘奭天天为父皇和自己着想，提心吊胆，担惊受怕，慢慢就得了这想哪儿疼哪儿就疼的怪病，吃了黄霸请来的太医们开的药也没好转。

王褒想起自己的身世与太子大同小异，但自己遇到了赵舟这样掏心掏肺陪自己品茶、吟诗的知心朋友，才走出了童年的阴影。

王褒小心翼翼陪着太子，向太子讲述自己童年丧父遭家族暗算的故事，慢慢地取得了太子刘奭的信任，太子也开始与王褒讲话。太子刘奭开始吐露自己的心声，讲自己童年被一次次加害的故事，而王褒就作诗吟赋给太子听。

一日，王褒妙笔生花作了一曲《洞箫颂》给太子。真是山水之美可以娱情，人文之美可以益心，洞箫之美，既娱情又益心。洞箫之韵律，造化之机巧，让人神醉情驰，解冤结、指魂路、招离魂，赎失魂。给浮嚣以宁静，给躁急以沉稳，给高调以平实，给粗犷以明丽，给愚昧以智慧。

太子刘奭聆听着《洞箫颂》，仰望着星空，想象着千百年来守望天空的星辰，一片片白云的风景，自己十多年的沉淀，似乎在展示一段无法忘却的过去，浩瀚的历史，在洞箫声中渐远渐近，深邃而又寂静，太子感觉到了朦胧的灰暗色调，异样的声响，混沌之中，闪过一丝光亮，闪现出一束阳光，悟出了人文情怀，人生态度。听洞箫如歌，拥有一片属于自己的心空，品享一份唯有自己能体会的愉悦。太子顿觉酣畅淋漓，神清气爽，放下世俗，理解精髓，领悟人生，真是缥缥缈缈，天上人间。

太子猛地醍醐灌顶，如转世般清醒过来，大病全消，像变了一个人一般。

《洞箫颂》是王褒根据太子身世又联想到深山里的制箫之竹而作。其中的"朝露清泠而陨其侧兮，玉液浸润而承其根"如一根细细的银针扎在太子的心上，打开了太子的心结，洗涤了太子心上沉重的心里之尘，唤醒了深埋在内心深处久违的热爱生命、热爱生活之心。太子想哪儿痛就哪儿痛的怪病烟消云散，成了一个正常人，天天背诵《洞箫颂》。

宣帝见王褒救太子之病有功，封王褒为谏大夫，视为身边谋士，冷落了太子太傅黄霸，王褒、黄霸两人从此结下梁子。后黄霸升任为丞相。

王褒看完丞相黄霸的令后对王襄刺史说，朝廷之令如山，而黄霸丞相，权倾朝野，手握生死大权。我明早就启程前往越巂郡，如此行被商人赶先找到了金马碧鸡，那我就真成了死囚。

王襄拱手拜道，你我都是朝廷命官，命在他人手里，我今天陪钦差视察成都，一起去看看成都夜景，算是为你饯行。

二人回到住处换下官服，乔装打扮，带上几名护卫，游走在成都的街巷里。街巷中不时传来机杼织锦的声音。高楼里有穿着华美织锦衣服的女郎。偶有马帮驮着一驮驮物品从身旁走过。

王褒道，圣主英明，休养生息，今晚在巷道小街一般百姓也穿着色彩艳丽、质地轻盈的丝帛。在长安这可是大富大贵人家的身份显示。王刺史真是治州有方。

王襄刺史望着王褒道，靠山吃山，靠水吃水，益州人就靠这上天赐的能种桑养蚕的得天独厚的千里沃野和温和的气候。春秋战国前，人类初期就用桑树皮制衣防寒，养蚕抽丝织布装饰自己。自建了蚕丝国，到处是锦衣戏舞、青衣锦袍的蚕丝国人。春秋各国官员穿的蜀锦都从益州运去，让我蜀锦名扬天下。后秦始皇统一六国，号令天下币统一，道同轨，蜀锦通过秦道向外源源不断运到秦国各地。司马相如开通灵关道，蜀锦又被马帮运到了越巂郡，通身毒。武帝钦差张骞出使西域，在万里之外大夏国也能看到蜀锦、筇竹杖。益州不仅出丝绸，还出了司马相如和你两

位钦差，民间都称你俩为益州两大文豪。

我任侍郎时，为宣帝主管过东织室、西织室，那里有许多从益州去的丝绸纺织娘，专织皇室衣服和各地官服。太子刘奭也喜欢穿着成都的丝绸。宣帝时说要出巡洛阳、邯郸、临淄、成都、宛城五个繁华富足的都城，被丞相黄霸劝阻了。这次宣帝准备亲巡金马碧鸡也被丞相黄霸劝阻了，以命担保力荐我王褒为钦差迎回金马碧鸡。

王刺史直言道，你与刘奭太子亦师亦友，太子有朝一日如贵为皇帝，定拜你为重臣，到时可别忘了今街巷中的我。

我若为重臣定推荐你进京为官，定重谢你当年飞马门力荐之恩。王刺史是我进京的大恩人，今日相见也是天意。王褒拱手道。

当年你《益州记》《中和颂》《乐职颂》《宣布颂》名扬天下，文采传到朝廷，皇上爱你才华。益州繁荣昌盛，生机勃勃，有铁器、金器、漆器、竹器、丝绸、熊猫、金丝猴、绿孔雀。等你寻金马碧鸡回来，以茶约定请你再为益州作一赋文赞美。

益州乃生我养我之地，今身着之衣也是益州丝绸，如褒得偿所愿，定以所学再次吟诵《益州赋》。当年答应带太子来益州亲采筇竹制作洞箫，也只有等完成了此次钦命再带太子来了。

太子如能来益州也是益州之福，荣耀千里。

太子爱《洞箫赋》，常赞箫竹之神。说着拿出随身带着的洞箫，吹奏起了《洞箫赋》，引得街巷男女老少回头张望、细听，人流阻断了夜晚街市。突然人群中有人喊，看，那是钦差大臣王褒大人。

一时间街巷大乱，争相目睹王褒钦差尊容，大部分成都人都只是耳闻钦差之名，如今以得一见为荣。

随行人员大喊这不是钦差王褒。

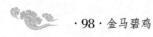

人群中有认识王褒者大喊，这位就是钦差王褒，他吹的洞箫是我蜀地箫竹所制，箫上五孔，多年前在资阳县我见过。

说话间，一支冷箭朝王褒飞来，射落了他头上之帽。

护卫见状，连忙拉着王褒钻进一家蜀锦店铺，从后门出去抄小巷近路回到了刺史府。

虽受街巷一事所扰，但好在无事，两位大人毕竟都是见过世面的人，微服私访也是常有之事，只是王褒迎请金马碧鸡钦命还未完成，恐另生出事端，让那黄霸拿去宣帝面前说事，现离那金马碧鸡蜻蛉禺同山又还很遥远。回到刺史府王襄书房，王襄献上了通往越巂的线路图。

王褒大喜道，有此地图，我完成钦差之命有望了，王刺史乃我人生贵人也。

王褒早早起来，一一查看带着的文书。妻子曾莲也忙着给儿女收拾打扮，想以美好的形象和心情来送别夫君，她深知王褒此次带着皇命前去蜻蛉，是千里万里之遥。王褒安排妻儿留在老家资阳，等他回来，再一同进京。

分别的时刻是令人心碎的。看着倚门送别盼归的妻儿，一向乐观心宽的王褒也热泪布满双眼，依依不舍地回望了妻儿一眼，狠下心来，割慈忍爱，转身跃上马背，朝刺史府而去。

曾莲领着儿女望着王褒一行走远看不见身影才含泪回府。

王襄刺史将王褒送出城十里之外，王褒一再催回，王襄才停下车马，望着王褒钦差向灵关道下一站临邛县而去。当王褒走出很远，回头还望见王襄刺史站在原地。王褒感叹道，襄乃真仁杰也。

王襄望着远去的王褒，大声道，蜀道难，难于上青天，我等着王钦差你早日归来！

是日，一队人员行四个时辰八十里路来到了临邛县城，已是

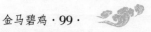

傍晚，年近四十的县令杨昌出城五里相迎。一路上火把通明，有一片火海将夜空照得如白天一般。王褒甚是惊奇。杨县令一行人手执一个竹筒，火焰从竹筒口喷出，一行人明亮似传说中的火龙一般。

王褒脸色突变责问杨昌县令道，我乃宣帝钦差，不能受火光大道相迎之礼，如小人进京进谏那就是犯了欺君杀头之罪。

临邛县令杨昌连忙俯首叩头回道，王钦差休怒，这火海乃天然形成之气，昼夜向外喷火，白天阳光下不甚明显，今钦差夜间行来，便觉有意为之，这十里火井是民间取火煮盐之余火。我手持竹筒之光也是井里天然之气，白天向里储藏，夜间用以照明，十里之井火并不劳一民众，伤一民财。

王褒随杨县令下马走近察看，果不见一人守候，火照样明亮如初见。真乃天下之大，无奇不有，乃我大汉之福地，刚才怪错杨县令了。

杨昌县令上前看着王褒道，这火井还成就了司马相如与我县卓文君的佳缘。司马相如在一个冬天坐在火井边品着卓文君烤的酒，写下了武帝惊呼的奇文《子虚赋》，在益州奇人杨德意的推荐下，武帝在飞马门诏见了司马相如。司马相如还进了朝廷为官，那是武帝年间的事。

十三

当年成都大户卓王孙发了财，听到临邛有火井、有盐，就举家南迁来临邛用火井炼铁，发了小财成了临邛首富。卓王孙虽不善文学，却喜欢结交官员和读书人，门下养了各类食客八百多人。卓王孙在一年秋天举办了一个宴会，宴请临邛各方人士，时

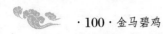

县令王吉相接到卓王孙送来的红帖，仕途失意的司马相如也收到了卓王孙的红帖。清高的司马相如看不起腰缠万贯、财大气粗的商人，便称病谢绝了红帖。王吉相县令器重敬佩司马相如，持红帖到司马相如处好言相劝。司马相如不好下王吉相县令的面子，强装欢颜与县令同赴卓王孙之宴。司马相如本无闲情，宴席间一坐以酒消愁，一醉方休。席间卓王孙令歌伎抚琴歌舞助兴。一乐手平日听过司马相如的琴，前往对酒醉的司马相如说，平时就听说长卿能文善琴，名扬临邛内外，请君为我们弹奏一曲。司马相如称酒醉谢绝了琴手邀请。王县令也想听司马相如琴声，上前再三邀请。司马相如抹不下人情面子，虽酒醉仍起身抚琴。

话说大富豪卓王孙有一女儿卓文君，刚丧了夫君寡居在家，也喜欢抚琴唱歌，她打开窗户便看到衣冠楚楚、气宇不凡的才子司马相如，她为之心动，为之春心荡漾，身为大户家守寡之女，虽有风情月意，但也生怕被人看了笑话，并不敢出门与司马相如相识。

第二天宴席间，卓文君柔情款款在闺房中弹琴，司马相如顺着琴声看去，看见了窗内眉如远山、肌肤胜雪，如梨花一抹春带雨、楚楚动人的卓文君，恍如见到仙女一般。四目相对，两情相悦，身心荡漾，司马相如拿起箫吹奏了一曲《凤求凰》。声音越过窗户飘进了卓文君的闺房。

有一美人兮，见之不忘。一日不见兮，思之如狂。凤飞翱翔兮，四海求凰。无奈佳人兮，不在东墙。将琴代语兮，聊写衷肠。何日见许兮，慰我彷徨。愿言配德兮，携手相将。不得於飞兮，使我沦亡。

卓文君从窗户里深情地看着气宇轩昂的司马相如，身虽困在闺房之中，心却早已飞到司马相如的身上。司马相如看着满面春色、风韵美丽的卓文君，更加痴迷。是夜司马相如品酒佯醉，一夜揣摩，告别县令王吉相，天快亮时叫随从用重金买通卓文君丫鬟、守卫，趁卓王孙大醉，与卓文君两人连夜私奔，快马加鞭跑回到成都穷得只剩下书和笔的家里。

天亮了，仆人告诉卓王孙，他的新寡爱女已连夜与请来的客人司马相如私奔了。卓王孙在众多亲朋好友面前丢尽了面子，羞极而怒，当着众客人大骂，女儿不成器，气得我连杀她的想法都有，又不能杀她，我虽有万贯家产，以后一分钱也不分给她，看她如何跟那穷酸文人过日子。县令王吉相等客人苦劝卓王孙，终没劝住他与女儿和司马相如断交。卓王孙请来一门客当场写下了与卓文君断绝父女关系的告示，贴在院内。

甜美的新婚一过，面对穷困的日子，卓文君的脸上一天天少了笑容。她对司马相如说，父亲虽不理我，我还有一小弟平时对我很好，我们回去临邛，我向弟弟借点钱做点小本生意也可度日。司马相如看着失去往日娇美笑容的卓文君，同意了她的想法。两人一起悄悄回到了临邛，卖掉车子，辞了随从，用从卓文君弟弟处借来的钱，开了一家酒坊，由卓文君烤酒售卖。司马相如又向邻居学习做些扇子、酒杯等日常用品，写上诗句，染上彩漆去市中变卖，以此为生。

卓王孙听到女儿在市中靠卖酒器度日，越发觉得女儿给自己丢了面子，倍感羞耻，又气得关上大门，谢绝好友来访。

县令王吉相看着身边两个朋友为了卓文君闹翻了，一个是父女、朋友不相认，而另一个又落魄到靠以卖酒度日。王县令上门找卓王孙品酒相劝，你有一个儿子，两个女儿，她们也是你的财富，小女卓文君虽与穷书生司马相如私奔了，但司马相如以前也是一位才子，配得上你小女。他们都是你的亲人，何必辱骂他们，老死不见，也不给一分钱财？

卓王孙听了十分无奈，强忍着心痛，分给了小女卓文君一百万五铢钱，家奴一百人，送去给他们做结婚时的财物。卓文君、司马相如领到父亲财产后回成都成了大富之人。

十四

宣帝命钦差王褒到越巂郡迎请金马碧鸡的事传遍了长安城。街头巷尾都在议论王褒之事，说金马碧鸡飞进了蜻蛉禺同山山肚里。长安街做金银生意的商人关峰找到了从洪州来长安南城外开马店商铺的马帮帮主孙云。当听说金马碧鸡可以卖上千万的五铢钱时，孙云就激动起来，瞪大眼睛盯着关峰说，禺同山有金马碧鸡是真实的，从蜻蛉运盐、玉石来的马帮人谢东亲眼看到了天空中飞舞着的金马碧鸡，说那蜻蛉河流到泸水，泸水里还有乌金，有人在泸水里靠淘乌金度日。

一天，商人关峰又多方托人找到了方士王红。王方士又找了司马相如的后代司马相云。当年出使西南夷的地图里，确有蜻蛉禺同山的记载。关峰大喜，想着发财的机会到了，如自己到了禺同山抢先挖出金马碧鸡，将富甲天下。遂与马帮帮主孙云商议，一个出五铢钱，一个出马帮，想赶在王褒之前到蜻蛉找到金马碧鸡。

关峰一行虽在王褒后五天从长安出发，可有地图和马帮帮主孙云带路，早起晚达，在蜀郡郡治成都就追赶上了王褒的钦差队伍，他们住进城里，四处打听却不见王褒人影，原来是王褒微服私访回家省亲去了。关峰、孙云心里挂着的石头总算落下，只要王褒还未赶到蜻蛉县禺同山，这金马碧鸡就是自己的了。一路穷追猛赶，马帮也累得不行，就在成都丝绸街一马店休息下来。晚上在二楼靠街茶店品茶，看着楼下街上穿着漂亮丝绸汉服的少妇

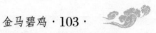

女郎们从眼前走过。这习惯已是马帮们长年走南闯北在外打发时间的一种方式。有时还会拿出琴弦弹上几调带着酸辣野味的马帮调，调戏一下街上过往的女郎、少妇们。

马帮商人虽对钱财看得比自己生命重要，但骨子里那股风流却还在血液里一直流。

卓王孙虽有富可敌国的家业，也没阻住貌美如花新寡的女儿卓文君和家徒四壁的司马相如私奔，这钱和情谁重谁轻都被他们明明白白地放在文君井里。

商人马帮路，钱和女人永远是他们三句话不离口的话题。一生人有半生人走在枯燥的山水间，妻子再美却在家中独守空房。而一路所见的美人，也只是过过眼福。马帮商人在这些美人眼里也只是消遣时光的一道风景，不是自己可以以情托付终身的男人。男人们等着卓文君般又美又多情的女郎出现，而美人们也等着有才有情的司马相如般的男人出现，让自己以有夫之妇的身份品味人间烟火。

商人关峰、马帮帮主孙云对司马相如似的钦差、王褒式的人物是恨之入骨，却又十分追崇。他们让自己的儿子、女儿向司马相如、王褒学习，闭门苦读，想以一文名天下，飞马门待诏。说不定遇上宫里太子、公主慧眼识珠，自己也能成了皇亲国戚，还可像王褒一样荣归故里。宣帝倒是时时想着我们商人，一有战争发生就向商人征税、征丁，可有官位时又想着这些吟诗作赋的王褒之流。这次一定要与王褒争一下，先找到金马碧鸡，出出心中这口压了几代商人马帮的怨气。

正品茶间，却见街巷大乱，听到了自己刚才正谈论的钦差王褒的名字。两人以为是在做梦，放下热乎乎的茶杯，走近窗户往下一看，一群穿着便衣的人从楼下经过。孙云认出了其中一位是刺史王襄，另一位是钦差王褒。

孙云拿出随身带着的箭朝王褒射去，在箭快射出的那一秒，关峰挡了孙云托箭弓的手，可箭已射出。

孙云对关峰道，何不趁机杀死王褒，那金马碧鸡就无人与我们争了，慢慢去也是我们的，还何消辛苦马帮拼命往前赶？

这马帮头孙云真是见识短，不知长安的形势。关峰对孙云苦笑道，王褒贵为钦差，手握圣旨，形同宣帝出巡一样，杀了刺史可以，若杀了钦差，皇帝号令天下之人来捉拿，这就是钦差之命贵也，刺史的命贱。你我再有多少五铢钱，死了就一棺木埋在马帮路边。而这王褒钦差一死，就要惊动皇帝，现在只能靠你我马帮商人练就的硬功夫，赶在钦差之前找到金马碧鸡，让他王褒落个空。而王褒又在皇帝面前立下军令状，请不回金马碧鸡就是死罪，到那时不用你我去杀他，宣帝也会治王褒死罪。

孙云望着关峰赞叹道，还是你们天子脚下的人聪明，杀人不见刀，借刀杀人。这灵关道我熟，掐指一算明天越嶲郡的马帮就将过来，后天就可继续赶路了。

孙云的箭被关峰挡偏了一点。

两人眼巴巴地望着王褒被便衣护卫拉着进了一家丝绸店。

两人心里各有各的盘算。

关峰道，今晚你叫马店店主给马匹多加些饲料，五铢钱我会多付给他。孙云听后立即转身下楼去了马店。

孙云从马店回来向关峰道，那二十多匹马又恢复了精神，马蹄我也吩咐店主修一修，该换马掌的要换最好的铜钉，赶路没问题。

关峰笑道，天下之大，山川之间，各有各的道。你这马帮主精通马性，听说你们是马帮队中最好的马帮，连马蹄材质都跟别人用的不一样。

孙云也笑着应道，我们马帮在一起就是谈马匹、女人和五铢

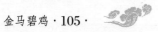

钱，比谁的马匹管得好，比谁家妻子贤惠，比谁一年到头苦的五铢钱多。

我们商人在一起比的是谁家财富多，谁家商铺多，谁家妻子漂亮，儿子、女儿美不美，谁拥有的财富多、美人多。我们也苦啊，你们靠苦力挣钱，我们靠望不见的财运赚钱。有时有货又无价，有时有价又无货。碰上有货有价之年，还要不碰上战乱之年，如遇战乱，连命都难保全，所以长安城里，富豪一年比一年少。

孙云叹气道，还是朝廷官员好。

好什么，关峰反问道，官小时比官大，官大了想攀皇上，攀上了想当丞相、大官。像那霍光，一家除了皇帝都是自己的人，什么霍皇后、霍丞相、大司马，连守未央宫大门的都是霍家的人。听说当年宣帝连自己的皇后被毒杀了都不敢作声，太子被吓得害了大病。这王钦差就是靠治好了太子刘奭之病，才被封了个大官。霍光一死，皇帝连睡在自己床上的女人都不放过，灭了霍光家族，真是伴君如伴虎。

难啊，为何要比这比那，比完女人，比财富。

等你回去搂着你妻子你就知道了。说着两人碰了下酒杯就下楼回各自住处休整去了。

一大早，王褒告别县令杨昌离开临邛县，钦差队伍一行风尘仆仆，王褒一身黑色长袍，更显英姿勃发，春风满面，向西南行走了两日一百里，朝武帝天汉四年置的位于青衣江的蜀郡西部都尉治地青衣县而来，道路在横断山南北纵向的河流峡谷中。此地战国时期属青衣羌国，魏惠王十年归附魏国，秦时置青衣县。行走在崇山峻岭中，同行的北方护卫有些害怕，都走在后面。青衣县令派来迎接的衙丁走在最前面说，这条青衣道，是司马相如开的灵关道的第一段，官方称青衣道。北起成都到临邛，再到我们

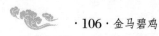

正在行走的青衣。青衣虽是县，在官道重点路段，还设有都尉，重兵守护。再向前经严道到达旄牛县。一听说有都尉守护，护卫们看着峡谷大山，一颗心也落了下来，轻松自在地跟在王褒后面小心地行走着。远处的石岩上时有金丝猴、羚羊、岩驴一闪而过。来迎接的兵丁提醒说，今天走得早，没有来往马帮，我们说不定会遇上大熊猫。北方的护卫一听说大熊猫就来了精神，打马冲上前去，只为一睹大熊猫芳容。

行走在群山环抱、沟壑纵横、风光旖旎，用青石板铺筑的古道上，心情一放松，马也走得慢了。一护卫大胆说道，王钦差的洞箫能治太子之病，何不吹一曲治治我们的辛苦。王褒道，进京前三年我曾受好友周平陈惠夫妇之邀，来这西北靠吐蕃的青衣县游玩，登上过前面那座云雾缭绕的蒙山，品尝过这里的云雾仙茶和贡品绿茶、龙爪蕨菜。那时也像今天一样行程辛苦，但那时是无目的的游山玩水，玩到哪山住哪山，山民们也淳朴，热情好客。游玩半年我写了《益州记》。同样的青山绿水，鸟语花香，今日却钦命在身，想着那远在天边的金马碧鸡，哪有心思吹箫？

又一护卫道，钦差大人，同行之人都是为圣旨赶路，无小人在此，你就放心吹奏一曲，让我们也享受享受，放松放松。

王褒经不住几人的言语，拿出洞箫吹奏起了《鸟归林》《苍鹰临空》。乐曲在广博的大山中如天籁之音，引来一群苍鹰在天空中盘旋翱翔。二十多名护卫随从有的跟着乐曲点头，有的晃脑，有的拍手叫好。

为了再提起护卫们前行的精神，王褒对一行人说，这青衣处在临邛和旄牛县的大山中，是一块风水宝地，更是一处军事要塞，虽是小县武帝天汉四年在此设置蜀郡西部都尉配有都尉重兵，南来北往的客商都愿意在此停留，成了要道上的一个重镇。到了都尉衙府，我让都尉请你们吃贡菜，品贡酒。快起来朝前

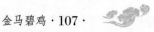

走，进了都尉府才安全。

一行人听了，来了精气神，快马加鞭朝青衣西部都尉府赶去。

蜀郡西部都尉郭飞和青衣县县令李杰将王褒钦差迎进西部都尉府衙。见宣帝身边红人到来，二人拿出贡菜、珍藏的贡酒招待钦差一行。护卫、侍从第一次吃到贡品，行了这么多日也第一次感受到了钦差大臣的官味。王褒放下钦差架子，与众人一起观看来自青衣羌国的傩戏，品酒猜令。

次日出了青衣县城，顺青衣江而下，行了十里，眼前一座六七十丈长的竹藤编织而成的窄桥横于江面，护卫、侍从们见到这窄桥十分惊奇。王褒也惊叹羌人的智慧。马匹第一次过晃动着的窄桥，站在桥头只嘶叫却不动，桥头守卫的哨丁过来用黑布蒙住马的眼睛，牵着马一一过了晃动着的窄桥。

一路过了南道驿、汉昌驿、虎皮驿、潘仓驿，来到了严道县衙，正逢集市。京城来的护卫、侍从第一次见到满身是毛的牦牛驮着金红色的铜锅、牛黄、麝香、熊胆等药材，感到十分新奇。

严道县县令张洪边走边解释，严道县原属蜀国，靠近雪山，冬天地冻天寒，天造之物牦牛身上长有长长的毛，不怕寒冷，冬天雪地也能驮物运货。

王褒接张洪县令话道，严道县在春秋时期属蜀国。秦吞并蜀国后置严道县。秦惠文王后元十三年，将同父异母的弟弟樗里疾分封于此，封号严君。在朝时宣帝知这铜多，口谕我考察铜市，以备铸五铢钱。

张洪县令领钦差一行来到县衙，县衙虽小，可建造得比一路所见的县城辉煌、精致。城墙基脚用色泽艳丽、质地优良的严道花岗石砌成，地上全是花岗石，堪比皇宫。

张洪县令看着钦差一行怀疑的目光，连忙说道，严道西靠吐蕃，南邻越巂，东面是灵关道，北有旄牛道，西进吐蕃，南出身

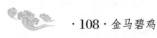

毒。市上有西南夷人、吐蕃人、身毒人，有丝绸、珠宝，再加上这随地满山的红石头，就有了这有别于其他县的县城。就地取材而建，别无奢华之处，一方水土养一方人。就如钦差前往的越巂郡蜻蛉县，也出了京城没有的金马碧鸡。

看着钦差一行消除了疑问，张洪县令的心才放松下来，生怕钦差判自己奢华享受之罪。这钦差在京城之外是手握生死大权。

次日清晨，张洪县令将钦差一行送到大相岭山脚，指着天边道，过了此山今晚只能到九襄关休整，明日顺流沙河而下，沫水交界处就是旄牛县。旄牛县于天汉四年置，武帝通西南夷灵关道军事、商业要地。汉商夷贾的丝绸珠宝、民乐物帛就在此交换。西部吐蕃牦牛帮队伍、北来南往的马帮在此相聚，成为欣欣向荣的灵关道上的一道奇观。未央宫宣帝、皇后、皇子、公主吃的贡雪梨、贡椒挂在道边一株株树上。过了沫水就到密林哨堡，王褒一行沿灵关道南下，行了一日来到建在沫水边的旄牛县衙。城门外一队牦牛方阵分两列迎接着钦差一行的到来。

到了旄牛县衙，王褒心中不禁暗自高兴，迎回金马碧鸡之行的越巂郡就在沫水边小相岭山的那边。宴席上，王褒拿出随身带的洞箫吹奏起了《关山月》。

关山夜月明，秋色照孤城。影亏同汉阵，轮满逐胡兵。天寒光转白，风多晕欲生。寄言亭上吏，游客解鸡鸣。

护卫和侍从听着王褒的曲乐，痴迷了，忘记了一路的辛劳，忘记了思念远在千里之外的亲人。

旄牛县县令马秋借着酒兴请王褒为旄牛县题诗一首，王褒看着远处小相岭的雪景，停下洞箫，吟道：高阁凝云闭，虚窗带雪开。鸟寒空辩鹭，树暝总疑梅。遣兴惟诗句，衔情秖酒杯。遥知函丈下，已遣二生回。

旄牛县县令马秋令主记官海山将王褒题诗一一记录下来。

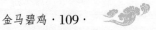

　　不知是上苍安排，还是文人王褒命中注定，这一离开旄牛县南去越巂蜻蛉就再也没有回来过旄牛县衙。

　　第二天酒醒时，旄牛县县令马秋已在县衙等候相送。门一开，王褒一身紫色长袍风度翩翩地走了出来，县令马秋上前施礼，将王褒送到了沫水北岸。离别时，主客二人再三辞谢，船夫们已在摇着船，唱着船夫号子：大树堡，李子坪，晒经关，白马堡，抬头望河南，河南站吃杆烟，八里堡，平夷堡，到大湾场，一进深沟五洞桥，尖窄陡坡到海棠，要吃饭河南站，要吃酒海棠有。

　　旄牛县县令马秋道，这船夫唱的海棠就是蜀郡与越巂郡的交界地，进入越巂郡，钦差离迎请的金马碧鸡就更近了。

　　下了船县令马秋还要相送，王褒道，我是钦差，可这护卫队中有丞相黄霸的亲信，一切都按大汉礼乐办，不可越礼相送。

　　旄牛县县令马秋叹着气道，此去越巂郡最北边与旄牛县相连的灵关道县，就在眼前这座小相岭的北边险峻处。它与大雪山相连，一山分四季，十里不同天，山高谷深，高山有雪，谷中有猛兽，独特的气候，使大山中常有一种瘴气，京城来的北方人适应不了，常生怪病，这雄关漫道上钦差遇哨则停，遇关就息，不可急命前往，要保重身体，才能完成钦差之命。这从成都来，过灵关到身毒的官道被宣帝定为灵关道，此去越巂道更险，瘴气逼人，西南夷民风民俗与汉人习俗又有不同。

　　两人依依惜别，一步三回头。当走出很远，王褒回头望去，县令马秋还站在沫水岸边，印有大汉的旗帜在江风中飘扬。王褒也情到深处，流下了眼泪。送君千里，终有一别，官服在身，身不由己。

　　小相岭崇山峻岭，山峦起伏，山高谷深。北面大雪山高约一千二百丈，与河谷高差相差了一千丈，山峰有八十多座。元鼎

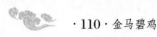

六年，武帝在小相岭南面山腰置灵关县，隶属越巂郡。

这一地段，山峦起伏，路窄林密，箐沟纵横，前行十分困难。灵关道上的一草一木，却记住了千百年来每一队马帮走过的足迹。

天上一群秋雁南飞，灵关道上，王褒一行马铃叮当、马蹄嘚嘚，向南跋山涉水，朝蜻蛉而来。

过了沫水河南驿站，进入小相岭，地势更加复杂，两侧悬崖峭壁，路无马迹，林无鸟声，道路远处偶尔还传来几声猛兽的吼叫。向山上行了三十里，远远望见灵关县，县城不太大，两岸壁立千仞，峡内的河水匆匆奔流。一个眼力好的护卫上前观察回钦差道，城门头上有"灵关"二字。

王褒听后大喜，大声对众人说道，过了千山，渡了百河，今天终于进入越巂郡地，要见到司马相如开发的灵关了。

深秋的小相岭，天气变幻莫测，雨雪纷飞。棱棱雪气，簌簌风威，群山寂寂，穆穆棣棣，凭陵中有一股杀气，车马踟蹰不前。说话间，从小相岭山飘下一阵雪雾，身后突闻人马之行声，群鸟鸣叫着飞起，一大队驮着货物的马帮从后面追赶而来。扬起阵阵雪片，不知何故王褒从马背上摔了下来，始料不及的身边护卫大声叫道，钦差摔下马了！钦差摔下马了！护卫和随从们下马朝王褒跑来，护卫长黎红立在马上观察着四周地形，随后叫来两名护卫，交给他俩一面钦差令旗，让他们快马去向灵关县县令求救。

护卫长望着远去的马帮对护卫们说，这队马帮不像正经的行商马帮，走得这么快，驮子上的货物也不像是盐茶。

十五

王褒苏醒过来时，已在灵关县衙住所。灵关县县令王云、护卫长黎红守候在病床边。王云县令端过一碗汤药让王褒喝下道，夷医说这一地带，秋季多雨雪，阴凉多雾，空气潮湿，时有蚊虫蚂蚁，北方人到此会水土不服，易染瘴疾。你得了夷区瘴病，一时腿脚无力、神志不清便从马上摔下来，幸好旁边有护卫接了一下，摔得不重，昨晚喝了治瘴气的药今早你好多了。朝廷来的北方钦差都要过灵关道瘴气这一关。当年的司马相如、司马迁两位武帝的郎将都在这里得了瘴气病，好在他俩带有军队之药，又有夷医调理，住上一月半月就能好了。

王褒心情沉重，忧心忡忡。强撑起身子下了床说，我一直不信西南夷之怪病专害北方人之说，我当年能治太子之病，却不想会在这节骨眼上得病，今征途未半，前途茫茫，怎对得起宣帝托付？说完朝小院门外慢步走去。

灵关县县令王云跟随其后，将钦差王褒扶进了书房品茶。品了几口茶，王褒神情清明了许多，抬头看见墙上挂着当年司马相如招抚西南夷的檄文。檄文能在边远的灵关道县衙见到，王褒倍感亲切和惊喜道，这是司马相如以文采征服西南夷的见证。西南夷虽地处南荒，却服礼制。当年武帝发西征之兵，派武将唐蒙出征夜郎和西南夷，想以武力征服，致使西南夷众惊恐造反。司马相如力谏，西南夷人虽习俗不同，无君长，但礼理之数，造反非造皇上之位，是有民怨。武帝听从司马相如的建议，元光五年，拜蜀中才子司马相如为中郎将出使西南夷，发檄文责罪唐蒙，宣扬天子爱民之意。安慰各族长重拥皇帝之心。武帝下诏遍发司马相如檄文，并安民告示。一时间司马相如所到之处，连当年看不起自己女婿的大户卓王孙都杀牛献酒出门相迎。一路南下，邛、笮、冉、駹、斯榆各君主派使臣来灵关道拜见使官，向汉朝称臣，铲除了阻碍司马相如出使西南夷的障碍。司马相如一路西南行到了蜻蛉，今蜻蛉县又出了金马碧鸡再次惊动天子，让我以钦差身份前往，请之回宫。

灵关县县令王云道，当年司马相如经过的沫水桥就在县城下沫水北岸的沫水关，是马帮、官道南北相通的重要关哨。

听到沫水关，王褒热血沸腾，出了一身汗，又觉病好了一半，说走，去看看沫水关。

灵关县县令王云听了钦差之言，摇着头又不敢拒绝，出门上马行了十里来到沫水关。沫水关两岸山岩林立，树木苾茏，江水漂激，身处旷野，王褒令护卫拿出圣旨，走到沫水关南边，面北背诵起了司马相如的檄文。

告巴蜀太守：蛮夷自擅，不讨之日久矣，时侵犯边境，劳士大夫。陛下即位，存抚天下，集安中国，然后兴师出兵，北征匈奴，单于怖骇，交臂受事，屈膝请和。康居西域，重译纳贡，稽首来享。移师东指，闽越相诛；右吊番禺，太子人朝。南夷之君，西僰之长，常效贡职，不敢惰怠，延颈举踵，喁喁然，皆乡风慕义，欲为臣妾，道里辽远，山川阻深，不能自致。夫不顺者已诛，而为善者未赏，故遣中郎将往宾之，发巴蜀之士各五百人以奉命，卫使者不然，靡有兵革之事，战斗之患。今闻其乃发军兴制，惊惧子弟，忧患长老，郡又擅为转粟运输，皆非陛下之意也。当行者或亡逃自贼杀，亦非人臣之节也。

夫边郡之士，闻烽举燧燔，皆摄弓而驰，荷兵而走，流汗相属，惟恐居后，触白刃，冒流矢，议不反顾，计不旋踵，人怀怒心，如报私仇。彼岂乐死恶生，非编列之民，而与巴蜀异主哉？计深虑远，急国家之难，而乐尽人臣之道也。故有剖符之封，析圭而爵，位为通侯，居列东第。终则遗显号于后世，传土地于子孙，事行甚忠敬，居位甚安逸，名声施于无穷，功烈著而不灭。是以贤人君子，肝脑涂中原，膏液润野中而不辞也。今奉命使至南夷，即自贼杀，或亡逃抵诛，身死无名，谥为至愚，耻及父母，为天下笑。人之度量相越，岂不远哉！然此非独行者之罪也，父兄之教不先，子弟之率不谨，寡廉鲜耻，而俗不长厚也。其被刑戮，不亦宜乎！

陛下患使者有司之若彼，悼不肖愚民之如此，故遣信使，晓谕百姓。

檄文如沫水关下江水，时而静如止水，时而汹涌澎湃，时而浪花四起，时而有鲜花漂过，时而有鱼儿跃出水面。

洋洋洒洒的檄文随口吟出，浑身的瘴气也从脚后跟——向上从口中流出，飘到了空中，王褒一身轻松。

看着钦差的病不治而愈，县令王云兴奋不已，几乎忘了这几日的辛苦道，县衙还存有当年司马迁的手稿。元封元年司马迁拜为郎中，奉命西征西南夷，跋山涉水来到灵关道前往越巂到叶榆，回程在灵关道停了一天，留下了珍贵的整理记录西南夷的手稿。

王褒看着灵关县县令王云道，这灵关道果然是雄关漫道，天险之关，道中咽喉，我们回城拜读司马迁文章去。

灵关县县令王云拿出司马迁《西南夷传》的手稿，一股竹简香味扑鼻而来。王褒闻着书香如吃了神药一般，容光焕发，发白的脸色立刻变得红润。想起在朝任侍郎时，司马迁外孙平通侯杨恽在朝向宣帝上谏，力谏祖父司马迁的《史记》。王褒陪侍宣帝读《史记》，好在宣帝英明务实。在五日一次议朝的朝会上

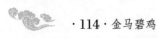

向世人公布了《史记》。在出使之前，自己又连夜通读《西南夷列传》，对其文能倒背如流。可不想这手稿能在此偏僻的灵关县珍藏。

王褒提笔在白蜀锦上一一记录唐蒙、司马相如、司马迁和此行的路线：出未央宫、汉庭、成都、南门万里桥，经邛崃、临邛、青衣、严道、旄牛、灵关、筰秦、邛都、会无、三绛、遂久、大筰、蜻蛉、云南到叶榆的灵关道。

王褒平静地喝了一口茶，起身整理了一下长袍，慢慢坐下说，灵关一带，夏、商、周时为华阳国地，黄帝儿子昌意娶蜀山美人生子高阳，是为帝颛，封为侯伯，地称天府，原名华阳国。周灭后，秦孝文王元年任知天文、懂地理的李冰为蜀郡太守，李冰开始修凿民间旄牛马帮的商道。李冰善治水、架桥，向南开道、架桥，到青衣水，白沙河，过大相岭、沫水，上小相岭，因山势险峻，瘴气时生。西南夷地方几千里之大，没有君王，善于打猎、牧畜、迁徙。遇事以夷经、刻木、投石、结草问计，好结盟。汉人入则瘴病或死或逃。此地十分神奇古怪。李冰知其利害，在山交界处命名灵关，驻守新开的官道、民道，确保商道北达京畿，南通西南夷。后经武帝派两司马先后出使，才有了现在繁华的灵关县。虽属小县，可未央宫中的帝王也时常说起这神奇灵验之地。

灵关县县令王云听得连连点头，这神奇边地如此有来头，有王钦差、李冰、唐蒙、公孙弘、两司马六名重臣到此，真是名如其地，灵关也。更奇的是在县治东有一碧鸡山，登高可望千里西南夷地。

一听到碧鸡山，王褒钦差就如有神仙相助一样，变得意气风发。王褒心想我这一生都与金马碧鸡有缘，不光家乡有金马山，今在灵关县又遇碧鸡山，真是命中注定。随即命县令王云备马前

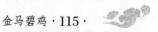

往碧鸡山，一行人向东南行了十五里登上碧鸡山顶。放眼望去，越巂郡大地就在脚下。县令王云道，这山中有铜矿，曾有夷民在一个山岩洞中捡到一个铜绿色的像凤凰又像鸡心的，闪闪向外放射着绿光的怪物，此事还惊动了朝廷，就将此山命名为碧鸡山。只可惜，钦差关心的金马碧鸡没有神现在这里。王褒叹着，西南夷多出神仙事，因其夷地难开，而山不时放出毒瘴。

从碧鸡山回来，王褒的病是好了，护卫长黎红、侍从又水土不服染上瘴病，连出行大旗都扛不动，只好又回灵关县请医师看病休整。王褒心急如火，可又找不到什么好办法，一百多人的钦差队伍病倒一半以上人员。

正在此时京城快马送来丞相一道令，说宣帝因思念金马碧鸡及王褒，夜不能眠，龙体欠安，神情恍惚，梦中常念王褒名字，令王褒火速前往越巂郡蜻蛉县迎请金马碧鸡，以解帝忧，让龙体早日康复，如迎不回金马碧鸡，王褒将永不得入京，并按旨当处死罪。

虽为钦差，将在外，却没半点解释的机会，朝廷之令如山倒。

王褒读着快马送来的丞相令，看着一大片卧床不起的护卫，想着宣帝送别情形，眼泪直流。他手抚出行大旗道，宣帝对我恩重如山，将我一落魄文人拜为钦差，一路风光，可西南夷地山高谷深，气候莫测，一山分四季，十里不同天，天公不作美，地神又降病。想自己一身文采，能感动宣帝，却迎请不回金马碧鸡，如空手回去，恐令满朝文武见笑，让天下人见笑，毁了一世英名不说，还要面对黄霸丞相的死罪军令状，更连累妻儿。王褒随即招来县令王云，派几名轿夫抬着护卫长黎红，扛着钦差旌旗，留下重疾二十人，带上夷医，一路向越巂郡而来。

越巂郡太守骆武自从益州刺史王襄府赶回后，也急得像热锅

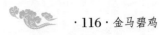

上的蚂蚁，上边是王褒钦差马不停蹄赶来要见金马碧鸡，下面是蜻蛉县令报金马碧鸡已藏于禺同山地下，一连十多日没有再神现，钦差来了如见不到金马碧鸡，欺君之罪大家如何承受得了，于是一连下了三道太守令命蜻蛉县守住禺同山，不要让金马碧鸡跑了。

商人关峰、孙云两次暗杀王褒都未能成功，就利用马帮中人对灵关道熟悉的优势，快马加鞭赶在王褒前面到了越嶲郡城，在城南门找了一家马店住下，暗地里派人到郡里打听王褒一行情况。

随行的一个马帮探子在东门蜀锦市场得到一点王褒情况，听说骆武太守昨天已准备出北门去迎接王褒钦差，可王褒却在灵关得了瘴气病，还在小相岭治病休整。骆武太守派了一名医师在一队兵丁护卫下前去看望王褒。城里邛海学堂的学子也等待着想听王褒讲学。多少学子希望能像王褒一样靠一奇文得宣帝器重。

关峰听了探子打听的消息后，放下送到嘴边的酒碗道，吉人自有天助，这瘴气病是西南夷地区的一种怪病，在灵关道初通时多少想发财的商人都死于这怪病。西南夷地区也因瘴气让多少想吞并这一带的豪强望而却步。南方人长期生活在高热、潮湿的大山大箐中，经过多少代人，已适应了这一环境。南来北往的马帮也渐渐适应时热时冷，蚊虫叮咬，变幻莫测的神秘气候，自身又带有一些防病防虫的独特药方。就是每一个马帮随身带着的旱烟锅，经几十年的使用，也使旱烟锅产生一种驱赶蚊虫、毒蛇的气味，让带着瘴气毒的蚊虫也难以近身。三年马锅头，练得一身精。

关峰知道，瘴气毒于蛇，王褒得了这瘴气病，一天两天肯定是好不了的，他心里还发着毒咒，让王褒死于瘴气，让老天除去与自己同奔向金马碧鸡的死敌。关峰命马帮一行尽快处理掉货

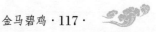

物，带上五铢钱、旱烟、酒、粮，轻装赶往蜻蛉。

商人关峰、马帮帮主孙云非常熟悉灵关道上的气候特点，到一个地方就换当地马帮，马熟路熟，而且当地人不得瘴气病，他们虽在王褒后五天出京城，却先赶到泸水边驻扎下来。听到王褒一行得了瘴气病，高兴得举杯庆祝，也放慢了前行的步伐，思谋着如何进蜻蛉禺同山得到金马碧鸡。会无县当地马帮也只熟悉灵关道上的关、哨、堡，对神奇的禺同山却一点不知，偌大个深山老林，何处能找到金马碧鸡？一行人赶到江驿，渡过泸水，在芦头哨一家马店停下。探哨来报，王褒一行还没到越巂郡衙，按他们的行程，至少还有五天的路。

关峰暗自得意，这五天可做的事多了，天助我也！

他们行了两日，来到了蜻蛉县城。

关峰、孙云白天驻扎在蜻蛉县南城外马店，晚上才出去观察情况。

关峰、孙云两人乔装打扮一番，装作丝绸商人潜入蜻蛉县城打听金马碧鸡的下落。问了好多的马帮都不知道禺同山的地势地形，说只有县尉的议事厅里有，可一般人是进不去县衙的。这可急坏了两人，一般人连县衙门都难进，除非击鼓叫冤，可是这会暴露了身份。一名马帮探子说白县尉的公子白江在学堂读书，他过目不忘，画功又好，那上报的金马碧鸡就是他画的。这人虽傲气，但为人行侠仗义，喜欢财钱美色，出手大方。

马店店主说，这学堂里的人很少出来，见面很难，除非买通守学堂的门丁约他出来。一个马帮人说，那门丁陆海是东门外人，晚上会回来，可到他家。关峰到了门丁陆海家，使了二百个五铢钱，门丁妻子就带口信给门丁说自己生病了。等了一个时辰，门丁陆海回家了，见妻子好好的，生气道，学堂不允许随意离开，听说你重病才请假。正生气发火中，门外进来两个人，妻

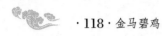

子忙关上门引两人进客房。妻子将原先与关峰商量好的事向门丁说了。门丁说，这事很难叫白江出来，这人虽贪财但有些清高。关峰道，这不是不义之财，就求他一幅画而已。说着，又送上二百个五铢钱。妻子不等门丁回话就上前一步急忙将二百个五铢钱接过。门丁看着二人道，那我今天回去告诉白江，约他明晚来见你们，说有人要高价买一幅金马碧鸡画。关峰说，你这人聪明。门丁陆海说，在学堂待久了，也学了一些说话艺术，知他们文人品行，不义之财不要。

关峰第二晚按约定时辰来到门丁陆海家，等了两个时辰也不见门丁陆海回来。关峰二人十分焦急，怕门丁办事不力又生出其他事端，就退出了门丁陆海家。门丁妻子说，开半扇门为信号可进家。二人等到门开了半扇才又小心翼翼进去，果见门丁与一名文弱公子在坐着品茶。

关峰说了一堆客套话，话题转到禹同山上，说是想高价买白江画的金马碧鸡，可出五百个五铢钱。白江拿出笔墨，想象着当时水芝描述的场景，当场画了一幅栩栩如生的金马碧鸡。白江拿着钱要走，关峰说还要再画一幅。白江说，学堂管得严，要准时回去，答应明晚再送一幅来。关峰内心虽未满足，但还没达到目的，就口里说道，望才子明晚早来，好好画一幅。白江答应着和门丁陆海一起回学堂去了。关峰二人又回到了马店。

如何开口请书生画禹同山地图，二人想了一个通宵，也没有想出一个良策。钱是没问题，就怕书生起了疑心，反向上告，一路从长安而来的计划就如竹篮打水一场空。直到公鸡叫了三遍，二人才谋划出一个主意。

晚上关峰二人又如约来到门丁陆海家，见门开了一扇关了一扇就径直走了进去。等了半个时辰，白江拿着画一个人走了进来说，门丁陆海昨晚离开学堂今晚刘先生不准假了，怕其他学子也偷偷溜出，跑的学子多了不好交代。近几日听说王褒钦差要来，刘先生说要请王褒到学堂讲经。王褒钦差当年就是靠办学堂，凭着文采，让王襄刺史力荐到了京城，用一箫治好了太子刘奭的病，如今当了钦差，是学堂学子的典范。我也想一睹钦差尊容，学他一步登天。这几日学堂管理严格起来，我向刘先生说是父亲大人请回去有事，才得以出来。

关峰说，你父亲做什么事？可否求见？我父亲在县衙任县尉，平日不交朋友，死板得很，和我都是有一说一，有二说二，从不多说半句。自古衙门重地，无事很少有人进去。我父虽死板，但还是讲法令之人，城里人说连狗都怕他三分。我一次闯进他的议事室看他墙上挂着一些地图，第二天回家就被他骂了一通。

关峰问，那你还记得那幅图画了些什么？

记得，父亲得意的就是我过目不忘，才同意我学画。听说这次画的金马碧鸡送到越巂郡大家很满意，盼着王钦差来为学堂学子们讲经，推荐贤良，我们十年苦读，就等出头这一天。白江说着就打开早已画好的画。

果然比昨晚画得飘逸灵动多了，还着了色彩，如真的一样。

白江有点飘飘然道，金马碧鸡飞出那日，我们学堂还在闭门读书，现场的金马碧鸡场景还是禹同山上美丽女郎水芝告诉我们的，禹同山真神奇。

关峰顺着白江的话道，你们禹同山真神奇，不仅惊动了皇帝，还派了钦差大臣王褒来，王褒看了你的画定会欢喜，带回京城呈给宣帝一看你也就一步登天了。

难，难，难，听父亲说王褒一行水土不服，又着了瘴气疾，这病在北方人身上很难好起来，我们学子也盼他瘴气之疾早日康复，快点来到禹同山。

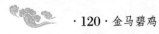

关峰看着画说，这画再画上禺同山就更美了。

我没进去过那神奇美丽的原始森林，只见过县衙大堂里的地图。白江叹气道。

你还记得那禺同山地图，真是少有的才子。

记得，那地图弯弯曲曲，时高时低。

这金马碧鸡如画上禺同山就如有源之水，就更值钱了。

是的，我也这样想，可就是没有进去过。白江道。

这难为你了，不过你把那看见的地图画进画里，不就成了吗，这画就又升值两百五铢钱。

真的画上就能增值两百五铢钱吗？说着白江开始回忆县衙议事厅看到的地图。

关峰转身从马帮头孙云手里拿过五铢钱，放到了白江手上。

白江看着两百个五铢钱，静静沉思着，提笔，回忆着议事大厅里的地图，落墨在金马碧鸡脚下。想着，如这画被钦差看到了能像这位贵人一样高兴赞同就尽善尽美了。

关峰二人看着白江补画出的禺同山地图，心里像成仙了一样飞起来。表面却不动声色道，你真是个才子，定能在王钦差面前一鸣惊人，以后这画到了京城传开，你的画可就值千金了，大富大贵时，可别忘了今日上门求画的难兄难弟哦。

听到这，白江觉得这两人来得蹊跷，就问，友人贵姓？如真如你说的，我到京城后定来拜访。

二人交换了下眼色，望了一眼远处的门丁妻子小声说，我姓杨名光，他姓冷名石。有了你这画，我们明天买了盐、茶、珠宝就取道赶回京城了，我们在京城等你。

白江收起五铢钱拿给门丁妻子说，明天我来取，带回学堂不好存放。他想着一幅画多卖了七百五铢钱，心花怒放，高兴得哼着小调返回学堂去了。

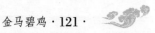

　　关峰二人得了地图，匆忙告别门丁妻子走出了大门。门丁妻子送他俩出门，心想这两人名字怎么一天一个样，自己是不是听错了，可一个妇道人家又不好向两个男子多问。

　　关峰二人拿到有地图的画，回到马店，就叫起一帮弟兄付了马店钱，走出城十里到禺同乡一马店悄悄住下。二人看着地图仔细计划着下一步如何进入禺同山。

　　关峰和孙云为得到禺同山金马碧鸡飞出地方的地图而高兴。派人到城里买来一只羊，在马店里杀了，犒劳跟着自己从京城来的马帮一行。

　　次日，天空没有一丝乌云，太阳越来越烈。一行二十人由商人关峰带着休整，马帮头孙云带上三个人，带着地图乔装打扮成猎人过了蜻蛉河，进入禺同山。按着地图顺山脚小路向山顶爬去。地图上的路和山林小路总有区别，唯一不变的就是往上冲，冲到山顶。时而横走，时而下坡，时而上坡，累得孙云汗流浃背。好在马帮有看太阳辨方向、定时辰的能力，迷路但不迷方向。第三人在后面用约定好的红色小石头每半里放两个，为大队人马夜晚行走留下标记。

　　禺同山真是神山，古木参天，人走在林下，太阳一直在头顶上跟着人走，像不会落下一样。约三个时辰后，三人来到了飞出金马碧鸡的禺同山顶，此时太阳光已经从西向东斜射着。三人以太阳为参照物，确定着记录下金马碧鸡飞升起的地点。金马在北，碧鸡在南，分出东南西北，一一确定金马碧鸡藏身之地。翻到禺同山顶六七十丈的一个小山坳处，在遮天蔽日的大树下安营扎寨。第三人放下红色石头标记，三人烧火做饭，美餐一顿。一行人隐蔽在山林之中，搭上简易窝铺，按照计划行事。

　　关峰掐指算着，今天是十月十二，刚进入子时，马帮店主都已休息进入梦乡的时候，关峰叫马帮兄弟取下马铃，带着一行人

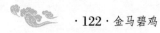

悄悄向禺同山顶走去。

关峰和孙云从商二十多年，走南闯北，跟官员、地方族人、地方恶霸、混混、叫花子、方士、书生各色人物都打过交道，虽读书少，但人情世故、易学风水样样都知一些。

到了禺同山顶，关峰、孙云环视四方就把挖金马碧鸡的马帮安顿在可退可守的地方，既可以观看蜻蛉县城动静，又可观察禺同山的妙山营。

关峰说，这里四面环山，地势险要，又十分隐蔽和清静。两人还做好了最坏准备，万一盗挖金马碧鸡之事被官府发现，只要城里一有动静，站在妙山营，马帮里眼力最好的千里眼李吉就能看到城里出兵，大家就可以顺禺同山梁子走到弄栋逃到叶榆，顺蜀身毒道逃到身毒国，宣帝再大的本事也拿他们没办法。

关峰点着马帮人员的名，将二十来号人分为四组，每晚派两组去轮流挖，每组挖两个时辰，要的是挖的进度，一组白天去放哨观察，一组在营帐里休养。第二晚轮下一组休养，确保每一个人都有充沛的精力，锤子、錾子、锄头都是最好的。队伍是最好的，领头是最好的，工具是最好的，就等着最好的结果，赶在钦差王褒前挖出金马碧鸡散伙走人，隐藏起来，去过富足的人间生活。

晚上借着月光到禺同山挖金马碧鸡。金马碧鸡飞出的地方山势陡峭，石头坚硬。头天晚上用一麻绳将两个壮汉拴着慢慢放下去，打了两人能蹲着进去的洞口。錾子一锤一锤地凿，麻绳又在抖动，一个夜晚下来，四个壮汉也只凿进了一尺。关峰、孙云平时指挥人惯了，鞭子一打，马帮就要奋力朝前跑，可这在岩石上凿洞挖金马碧鸡的活从来没干过，也只能顺其自然了。关峰孙云又不敢下去看，嘚嘚的响声像敲在自己身上，又痛又舒服。毕竟这是在挖实实在在的金马碧鸡。

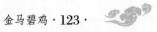

　　冒火星了，绳下的壮汉传来惊叹的叫声，点点的红色火花让他们更加坚信金马碧鸡就住在里面。月光照在新挖的岩石上，白亮白亮的，凿的两人更来劲，可力气总有使完的时候。一个时辰过去，手也酸了，脚也软了，放下锤子、凿子，抓着绳子爬到孙云、关峰身边叫苦，边休息边描述洞口的金黄色岩石。听得两人恨不能长了翅膀飞下去看。催促两人再下去挖，可两人连抬脚的力气都没有了。空中作业，绳子抖动，一锤下去，落在凿子上的力只有一半，实在是事倍功半。一晚上一尺，何日能挖到金马碧鸡？

　　关峰叹气道，想象的总比现实美好，这进度得想个法子解决。王褒是钦差，他的病有得力的医师在治，病一好他就能往这禺同山赶，出行大旗一挥，各县根本不敢怠慢，会选最好的快马给他骑。如此一算留给我们的时间不多了。说着话，远处的鸟已开始鸣叫，关峰一行又偷偷返回妙山营住处。

　　在一棵四周无人的古树下，关峰、孙云二人绞尽脑汁在想，得尽快在王褒赶来前挖出金马碧鸡。上天已经对自己眷顾了，让王褒得了瘴气病停在灵关道路上，自己已经神不知鬼不觉找到了金马碧鸡飞出的地方，天下的好事都被自己占尽了，唯独这山岩太硬太陡，又是暗中行事，光天化日之下不敢行事，晚上才敢去挖。心里明白，想来抢这连皇帝都想得到的几千年才出现一回的金马碧鸡多么不易，人都是娘生的，谁不爱财啊，上至皇帝，下至平民，只是汉律规定不准偷、不准抢。好在这金马碧鸡不是哪一家的，她又出现在远离皇帝几千里外的蜻蛉禺同山山肚里。如出现在京城，皇帝、丞相、文武百官怕早就迎请到宫里了，连几千里外的西域歌舞都被搬到了京城，更何况这金马碧鸡呢？孙云道，我有一个办法可提高挖的进度，从蜻蛉河背水去浇在岩石上，让岩石变软一点，同时再带两个人去，两人一班轮流凿石，

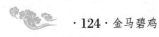
节约了力气，劲头会更大。

你这主意好，现在我就睡得着了，下午给大家加鸡肉、美酒大餐一顿，每人奖二十个五铢钱，从京城出来二十多天了，一路的希望，距离见到金马碧鸡就只隔着一层岩石了，说不定今晚就能挖到这无价之宝，你我发了大财，兄弟们也该发点小财，悄悄告诉大家，谁先发现金马碧鸡奖赏一万五铢钱，顺利回到京城又再重赏。君子爱财都讲个道理，我们商人也定个规矩，不偷，不抢，一个人发财，大家受益。你我得了金马碧鸡也不能亏待为我俩卖命的兄弟们，我看这次来的二十多人个个都有一技之长。

王磊爱马如命，把每一匹马喂养得油光水滑，马鞍打理得美观好看，特别是那带头骡子，真是马中领袖，马中精品，人指哪点它走哪点，其他的马也听它的。别人闲下来了，王磊还一匹匹马去检查，连马掌马蹄都十分细心地去查看。

张方爱财，爱在正道上，每匹马上驮的货物，每次出发前都一一盘点，一路上从未丢失一粒米、一个五铢钱，只是嘴碎，爱唠叨，刀子嘴，豆腐心。一个马帮有这样的人也好，代你我去得罪人，不然你我还得一个个去说，去骂，搞得大家不团结。大家当面恨张方，私下还挺佩服他。

杨飞爱酒，每到一站别样不忙就忙吃的，忙他那一两小酒，每到一处他总是知道哪家酒好，哪家的老板娘风骚。你我有时不喜欢他，可他那酒一买回来，他往那儿一坐，大家都围着他坐，有时在路上无下酒菜，大家也抢着吃他的转转酒，有时他大骂要大家拿酒钱来，可大家真心把酒钱拿给他时，他又说谁要你的酒钱，说可别小看我杨飞，酒钱是苦得到的，一个男人连酒钱都没有两文，还叫什么男人，常吃常有，不吃不有。杨飞的酒有股无形的力量，在吸引着这一队马帮人。酒解千愁，酒能消除劳苦，酒能使男人间隔阂消除。他酒一下肚，有时也不把我俩放在眼

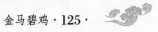

里，大家称兄道弟，骂三骂四，可第二天酒一醒，又一事都没有的样子。

还有那个花叶，满脑子尽是风流事。每到一处，哪里有好看的女人他都知道，才子佳人故事也全在他那张嘴上。

黑脸的伍石，人如其名，如石头一样沉默寡言，可脑子特灵，每到一哨、一驿上，哪有风吹草动他都观察得到。对从自己马帮旁边走过的每一个人，他能察言观色，判断出是好人还是坏人，每次都八九不离十，也是个人精。

孙云听着关峰这么分析每一个人，心想着关峰平时不多言语，看人还真有一套，他说的每一个人都说得到位。马帮里三个男人是一帮，四个男人是一伙。这二十多人各怀绝技，为了钱财，抛妻离子，大家舍命走到一起，除了外表和嘴里的言语，谁也不知谁在想什么，可关峰却能揣摩出别人的心思。虽然关峰没说到自己，可在关峰心里也装着一个自己的样子。想到这，心里不免一惊，有一点胆寒，关峰不是一个简简单单的商人。好在两人在京城也从未相互为敌，多次合作，关峰深明大义，从不占小恩小利，也不算计别人，合作还算愉快。这次来找金马碧鸡也是关峰先来找自己，一路费用关峰也是出大头。孙云想着想着就不敢再往下想了。

十六

钦差王褒来到蜀郡与越巂交界的行程，随太守骆武的一道令传到了蜻蛉县衙。县令胡平在议事厅召集县丞杨进、县尉白晓、主记官谢笔商议迎接王褒之策。金马碧鸡飞出所现胜景已画，在哪一年，哪一月，哪一日，哪一时辰，都是真实存在的，就是钦

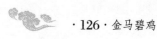

差王褒来了，也会调查了解到金马碧鸡情况。可现在确定禺同山金马碧鸡藏的地方，偶尔还会发出银光。白县尉指着右边墙上的禺同山地形图说，这山就在东城门外，蜻蜓河东岸，它如一条神龙盘在那里，头在泸水，尾在哀牢山林，太阳每天都从它身边升起。自从接到钦差要来的圣旨，我已通知各乡派人把守通往禺同山的道路，麻街亭将功补过的陆林每日巡山。前日回报说有猎人发现神似碧鸡的绿孔雀向南边飞去，但至今没有找到。

县丞杨进静坐着思索说，金马碧鸡在我们县境内是真实的，可王钦差来了我们拿什么向他交代。拿书生的画吗？虽然逼真，可那是白蜀锦上的画。现在发现了绿色的孔雀，令陆林和书生去蹲守捕捉来县城，方可交代。上次到郡府太守骆武说，王褒贵为钦差，也与丞相立下生死状，请不回金马碧鸡将以欺君死罪论处。他钦差请不回金马碧鸡都得死罪，那我们也会在钦差之前先入狱。汉律大家是背诵得出来的，现有两个计谋：一是守好禺同山派猎人追捕发现的碧鸡绿孔雀；二是了解钦差身边人，知他为人处世之道后，顺其意而行事。历来钦差都手握生死大权，当年钦差司马相如讨责前任唐蒙，就是靠了解我西南夷诸头人的心思，靠一纸檄文笼络了人心，未动一兵一卒让西南夷臣服。王褒是才子，他一箫能治太子的病，他的文采也能唤出藏在深山里的金马碧鸡。

县令胡平听着点头道，甚妙，知己知彼，百战不殆。杨县丞再至越嶲，以上报禺同山猎人发现碧鸡为由，目的是找太守骆武了解王褒身世。事急，准备好就出发。白县尉安排一批人与猎人一起追捕碧鸡，一定要捉到一只，这关乎县衙所有人的性命前途。也许王钦差一高兴，你我就会前程似锦，甚至到飞马门待见宣帝。而钦差一发神威，大家就可能被罢官免职，甚至命丧黄泉，就只能去地下寻金马碧鸡了。有金马碧鸡神助我们，何愁事

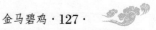

不成？谢主记官监督学堂学子苦读，面见钦差时要学子们代表蜻蛉展示才华，他们长脸了，也就是长我们的脸。更何况学堂里有大家的孩子。大家都是命系钦差，命系金马碧鸡。

此等上关朝廷，下系蜻蛉前程的大事，县丞杨进不敢马虎，立即令麻街亭亭长左云叫见过碧鸡的猎人陆林来学堂，让他讲述见到碧鸡时的情境。学子们写的写，画的画，将见到碧鸡时的过程记录下来。

杨县丞拿到画，找了四匹快马启程前去越巂。四人走了十天来到越巂郡衙，递上令牌，等候骆武太守召见。骆武见是紧急令牌也不敢耽误，放下待批阅处理的公文召见了杨县丞一行。听完关于碧鸡一事的报告，骆太守大喜，王钦差几日后将到越巂郡衙，正好又有碧鸡图可献，也算见面礼，总比空口无凭好。

杨县丞拱手拜道，蜻蛉县上至县衙，下至学堂都等着钦差到来，只是蜻蛉地处边疆，以西南夷礼恐难令钦差满意。此来想请太守告知王褒钦差的为人处世之道，回去我们好有所准备。

提起钦差，骆武太守也来了兴趣。说以前与王褒见过几次面，但都是他乡之客，没有机缘深交。宣帝本始年间我在益州别驾杨鸿手下任职，随别驾杨鸿到资阳县办差，见到过做县掾的王褒。

骆武第一次见到王褒时，感觉他是一个温文尔雅、风度翩翩的文官。而今却是名满京城、文武兼备南巡迎请金马碧鸡的钦差大臣。

记得地节元年武都白马羌起事，我奉命前去平反，经三年战事，平了叛乱，王襄刺史上报朝廷，拜为越巂郡太守。元康四年我到益州衙公差，在王襄刺史府品茶时第二次见到王褒，那时王钦差已二十八岁，因文采受到王刺史赏识，又恰逢宣帝下诏各州举贤得以飞马门受宣帝诏见，我多次听王刺史讲起王褒发达前的事情。

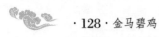

王褒在资阳县时钟情于钟家之女,因为谗言,丢了掾史之职,成了落魄文人,只身回到家里,三代耕读之家眼看着就要落败,王褒心愧难当,自知给母亲丢了脸,而自己一身才华无从施展。在母亲一再追问时,坚强的男儿也流下了两行遗憾又不愿向世俗低头的热泪。

地节四年,一群好友钦慕王褒文采,资助他建了德星堂。二十五岁的王褒就在德星堂收弟子讲经度日。

为了一生不被埋没在资阳大山的褶皱里,王褒一面讲经,一面奋发读书。

平时和好友品茶、喝酒,读诗作对,德星堂因其清雅,聚集众多才俊,名气逐渐增大。

一日,益州刺史门下议曹史周平送来名帖拜访德星堂。接到名帖,王褒命学子们把德星堂打扫得干干净净,带着书童到大门口迎候。书生相见,惺惺相惜,品茶,互相有说不完的话题。

下午王褒留周平在德星堂品酒。几杯酒下肚,两个因怀才不遇的人又是天南地北,海阔天空。说到家事,两人抱头痛哭。王褒、周平都是早年丧父、丧母,无兄弟,无姐妹,都靠祖上留下的良田度日。王褒至今单身,而周平到了而立之年娶了知书达理、喜好乐器的陈惠为妻,帮其打理田产。看着整日游手好闲的周平无意去谋取功名,周平貌美的妻子陈惠整日催他读书上进求功名,在好友推荐下,周平凭所学在王襄刺史门下任了个议曹史,专修益州过往历史。埋头苦干三年,凭所学才干完成了刺史王襄下令之事。周平开始借写大山、大川之便,四处游玩。游玩到资阳时,借机下名帖拜访同为读书人的王褒。

酒至半酣,王褒拿出苦闷所著之乐,唱与周平。周平一听,想起王襄府里的平庸之辈,视为仙乐。周平心想,益州还有如此人才在这乡村以教授学子度日,甚是可惜。刺史门下虽文人众多，但自己一见如故的没有一人，遂在德星堂住了下来。直到有一日妻子陈惠派仆人找上门来，催其回去，周平才想起自己是有公差、有家室之人，舍不得离开才华横溢的知己王褒，就邀了王褒去益州家里做客。王褒自建德星堂讲学授经律以来，在偏僻的乡村没遇到过真正知心的朋友。王褒、周平身世相同、情趣相投。王褒安排好学堂，带上书童随周平一路乘船沿沱江而上，到金堂，到了周平家。周平邀请益州文友、商界朋友前来为王褒接风。席间气宇不凡的王褒乘兴作诗朗诵，拿出随身所带的洞箫吹奏。能赋能乐的王褒得到益州文友的认可和喜爱，一时间周平府邸成了益州文人相聚的场所，门庭若市。

周平家底殷实，夫妻二人暂无儿女。周平带着失意的王褒到各县游山玩水，让王褒忘记了人间烦恼，专心写作。王褒在大自然的刺激下文思泉涌，灵感大增作了《益州记》。

二人无牵无挂看美景、品美酒、读美诗的神仙日子过得潇洒，都把读书人求取功名利禄搏取前程忘得一干二净。

宣帝神爵三年春日，周平约一帮文友游玩到了武阳，在客栈正品茶之际，书童送来了一张红帖。周平打开一看是武阳县县令彭云亲笔手书，邀请自己和王褒前往县衙做客。二人便在官寓住下，品茶、喝酒、作诗。文人出身的县令彭云厚爱二人，也忘了县衙之事，一连五日都未上堂理事，这让王褒二人十分感动。

一日，一群文友正激情四射、神采飞扬的吟诗作赋、吹箫抚琴之际，主记官金方兴冲冲跑进来说，刺史王襄微服私访到了县衙堂上，要召见彭县令。

武阳县县令彭云听罢吓出一身冷汗，忘了放下王褒刚作的《中和颂》手稿，随主记官到了大堂，却不见刺史，又跑到议事厅，才见王襄威严地坐在本应自己坐的主位上品着茶，见有人进来也不理会。县令彭云见到王襄，忙跪下行官礼，道，下官多有

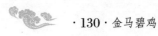

失礼，不知刺史前来，未曾前去礼迎。却忘了手中还拿着王褒诗稿。王襄见状忙问，彭县令有何状要告，这么匆匆送来状纸？彭云县令抬头一看自己高高举起的双手上还拿着诗稿，吓得直摇头，说不出话来。王襄侍从过来从彭云县令手中接过手稿，呈给刺史。

王襄刺史接过手稿看了起来，也忘了叫彭云县令起身。王刺史读着手稿，心情慢慢放松下来。他读完《中和颂》，眼前一亮，心里非常高兴。

这状纸写得好，这哪里是告状？它是颂我益州大好河山，颂民间繁荣、法律通畅。好状纸！状纸出于何人之手？

彭云县令还跪着，说这是议曹史周平文友王褒之文。

他现在在何处？王襄刺史追问。

彭云县令不敢说出大家正娱乐之事，急急回道，在旁边寓所。

王襄面带笑容道，读着好状纸忘了叫你起身，快起身，带我去见，如此贤才刺史府正缺。

彭云县令领着刺史王襄来时，一群文友还在品酒论诗之中，大家忙起身行礼。彭云县令也忙搬来太师椅请王襄就座。

王襄扫视了一周，见到了门下议曹史周平，问道，你怎么也在这儿？

周平道，受彭云县令红帖之邀，赶来朝贺武阳山水、街市。

王襄拿着《中和颂》手稿问，在座的是谁写出此文？

王褒回道，是在下王褒。

我也是读书之人，偌大个益州，第一次读到这样的佳作。这手稿我收藏了，王褒乃我益州奇才，周平你何不早报与我，我思贤如渴，你作为议曹史知否？又转问王褒，还在作何文，诵读与本官听听。

王褒初见王襄，对他有一份奇特而又崇敬的心情。王褒拿出刚刚作的《乐职歌》递给王襄。王襄读罢，看着王褒道，本官虽不是伯乐，但今天读你这两篇文章，你乃旷世之才，你就是本官要寻找的千里马。转向周平道，明天你领王褒随本官一起公差。又对彭云县令道，彭县令，公事公办，你不理衙门事，聚文人饮酒作诗，罚你抄背王褒之作，此事到此为止。

　　彭云县令忙行礼道，谢刺史不责难之恩，我当升堂加倍办案。

　　彭云县令领着一群读书人将王襄送出大门，又回到原座。彭云县令端着酒杯道，是王褒文才救了我一命，保了我的官职，日后当重谢，你的文章我得好好用心去抄去背，这是王刺史之命。

　　周平端着酒杯起身道，王褒文采名扬益州，既救彭县令，也让刺史放过了我，这真是塞翁失马，焉知非福。明天开始陪王刺史公差，就看王褒你的文采了。

　　与王襄当年同在一个学堂的文友刘山插话道，王刺史也是文人出身，见了王褒的妙文，唤回了他当年的文人情怀。看来，这千古文脉是相通的。王刺史平日一副威严的样子，今天见了王褒的妙文，又回到了当年的学堂，难得王襄的文人风骨犹存。王刺史与我当学子时也是活跃之人，常为难先生，他任了刺史后就深居简出。今天王刺史微服私访，也是武阳人杰地灵，王褒遇上这样的良臣，前途可期。

　　王褒受了众人赞许，不知如何回答。自己一个被县衙赶出的掾史落泊文人，靠几句出口成章的诗句，云游各地。今天差点连累了武阳彭县令，还好因自己一篇佳作才逢凶化吉，真是大起大落，好在刺史心胸开阔，但又不知如何回应各位文人的话题。只能叹气道，文人者文气也！

　　文人者文气也！好句！周平夸赞道。

　　文人者文气也！妙语！彭云也举杯赞同。

文人者文气也！这一文气点睛，击中要害。一富商说，我天天在五铢钱里混，第一次听到这么高雅的话。王褒这文气冲天，明月可鉴，乌云难挡，山河传颂，一文值千金，下次的文坛宴我做主，请周平红帖下邀峨眉山上见。

文归文，诗归诗，话归话，文坛之论到此结束。王褒、周平明天去陪王襄刺史考察民情，考察山河，我还得磨墨抄背王褒的诗文，天下没有不散的筵席。听本县令一句话，读不完的书，喝不完的酒，道不尽的情，花开一山，各自回家。彭云县令话音一落，一群文人拱手作揖，千叮嘱，万保重，迈着方步，走出了大门。

王褒、周平两人已醉，互相搀扶着到了县衙寓所住下。

自从见到王褒的那一刻起，位高权重，一般人很难入自己慧眼的王襄被面容清瘦、气宇轩昂、善于言辞的文弱书生的才华所打动，一心想邀来府上为自己所用。

第二日，王襄刺史邀请王褒、周平一起去芦山微服私访。王褒上前立足敬拜后，提笔成诗，颂扬江山，以山川之美托出益州政通人和，国富民丰。王刺史满心欢喜，一连私访了四天。回到刺史府邸，王褒将所见所闻写了三千多字的《四子讲德》。王襄一看连连称奇。是年神爵二年，时逢宣帝女儿与西域和亲，宣帝召令天下各州、郡向朝廷荐才。王襄到未央宫议事，将王褒的文章举荐给丞相魏相，丞相看了也连连叫绝，文章在宫内传颂，太子、公主都喜欢上了王褒的文章。宣帝一日看望太子，看见太子在背诵王褒的《中和颂》。宣帝接过一看，果然是篇好文章。回到宫殿，宣帝一一批阅邴吉送上的各地举荐的人才，在王褒名上点了红印，一共点了近百名各地人才，命丞相魏相在京城张贴告示，秋季过后在飞马门待诏，宣帝亲自试才录用。

宣帝诏见王褒的消息传到益州，王襄将王褒召进刺史府等

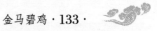

待，就怕王褒在外一时把持不住，生出别的事端不好向朝廷交代。

宣帝在未央宫思贤如渴，每每下诏举贤，没有一个让自己满意的，唯独读了王褒的《中和》《乐职》《宣布》后，顿悟了为帝之道，懂得了天下间的人生真谛。

世事如海，无巧不成书，这宣帝的身世也和王褒相似。七岁就是太子的刘据娶妻鲁国史良娣，元鼎四年生子刘进，刘进娶妻王夫人，征和二年生子刘病已。武帝垂暮之年，操劳国事，思谋权力交接，又防小人，征和二年在建章宫养病，深居简出，信起了巫蛊之术。此时，赵敬肃王的门客江充，因告发太子刘据的一些隐私得武帝信任，与太子起了矛盾，江充怕日后太子继位对自己不利，就在太子宫里埋木人陷害太子。一日，太子刘据驾车前往甘泉宫面见父皇说明江充之事，而江充却阻拦父子见面。事情紧急，太子令护卫逮捕了江充，将其斩杀，并烧死了胡人巫师，情急之下，漏掉了江充的手下苏文、章赣。二人逃出长安赶往甘泉宫陷害太子造反，武帝利令智昏，听信二人编造的谣言，信以为真太子造反，命丞相刘屈氂发兵捉拿太子。太子被逼无奈，打开京城武库，由石德带领释放的囚犯抵抗，激战五天，死亡了几万人。太子兵败，从南门带着两个儿子逃出长安躲藏在湖县一百姓家，又逃往新安县，被县令李寿抓到，太子刘据无处可逃自杀身亡，随行的两个儿子也被李寿手下的张富昌杀害。

刘进之子，太子之孙、武帝曾孙，当时刚出生五个月，还在褓褓之中、嗷嗷待哺，就被关进了监狱。武帝年老昏庸，听巫师说长安狱中有天子气，武帝疑心过重，恐皇权落入他人之手，下令处死狱中所有关押犯人。监狱官邴吉舍命拦回皇帝诏书，说等第二天刘病已满一周岁再杀也不迟，来杀之人心一软，心想迟杀也是杀，就回宫报武帝。

武帝第二天醒来发觉不对，收回了杀狱中婴儿的诏书，刘病已才得以活了下来，却成了无父无母、无爷无奶的汉朝狱中的孤儿。

邴吉在狱中找了两个女囚喂养刘病已。刘病已六岁那年，武帝杀了身为巫师的乘龙快婿乐通侯栾大，从巫蛊之祸的谎言和骗局中醒悟，为太子刘据平反。刘病已被救出狱到鲁国祖母史良娣家。善良正直的邴吉悄悄把刘病已的身世报给当年刘据家吏的宫廷官署掖庭令张贺，上了皇室的族谱。邴吉、张贺私下偷偷救济刘病已，为他请先生教学。生长在民间的刘病已与王褒差不多前后出生，小王褒两岁，也同王褒一样喜欢歌舞，游玩行侠，斗鸡走马。刘病已十七岁那年，朝廷又出变故，昭帝驾崩于未央宫，丞相霍光与皇后立昌邑王刘贺为帝，行帝权仅二十七天，因淫乱宫廷，霍光、皇后就废掉仅行帝权二十七天的皇帝，派士兵连夜赶到乡下刘病已家，给刘病已沐浴，换掉平民衣服，赐穿皇家官服，用皇家马车将刘病已偷偷迎进缺了三天皇帝的未央宫见皇太后。

一天之内刘病已从一介平民被太后封为阳武侯，大臣霍光献上皇帝玺绶，领他去祭拜神庙。次日刘病已登基为帝，改年号为本始，大赦天下。

宣帝一夜之间由一介布衣，变成号令天下的皇帝，他无父无母，师授诗、论语、孝经，操行节俭，仁慈爱人。虽小王褒两岁，却同生一个时代，冥冥之中，看着王褒的文章，心灵神交，恨不得立即相见，下诏令王褒飞马门待诏。

未央宫与益州相距一千多里，山高路远，任你皇帝心急如焚，快马也得跑十天。

王褒在王襄刺史府等宣帝下诏召见时，也是心急如火，恨不得早日飞到宣帝身边取得功名。周平家仆便了来报，说王褒好友

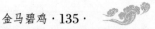

周平忽生疾病仙逝了。王褒想起周平的知遇相助之恩，便立即告别王襄，火速赶往资阳周府。在周平灵前上香跪拜，王褒一时急火攻心，昏厥过去，这可急坏了周平的妻子陈惠和王襄刺史派来的护卫。

十七

王褒可是宣帝要飞马门待诏见的红人，自己才刚死了夫君，今日夫君好友不能再出任何意外，陈惠急忙找来还未离去的医师。医师把脉道，这是急火攻心，让其休息片刻便能回过神来。陈惠一颗心这才落了下来，叫便了照顾王褒，自己继续去打理丧事。第二日，王褒精神好了起来，与陈惠商量，想按周平生前遗愿将周平安葬在资阳仙女山的摩崖之上。

一连几日的劳累，周平妻子陈惠生了大病，卧床不起，王褒为感周平之恩，便留在周府打理周平丧后之事。一日王褒使唤便了，便了不理会王褒，王褒骂了便了一顿，便了便仗着主人刚死，跑到周平灵牌位前大哭，说王褒借周平一死赖着不走，想娶陈惠为妻。

王褒听到此事后，一向文弱的人暴跳如雷，劝陈惠把便了卖与他人。陈惠想起便了平时对死去夫君周平的忠诚，不愿卖便了，何况便了暴躁的性格无人敢买。王褒说自己正要进长安，无人侍候，卖便了与我。陈惠思索片刻道，你与周平亲如兄弟，这样也好。

王褒便写了《僮约》将便了买下，这一天是宣帝神爵三年正月十五。

陈惠自见王褒后就很仰慕，今夫君一死，自己又无儿无女、

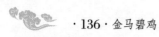

无兄弟姐妹，孤身一人，便有意将千万资产送给王褒打理。王褒刚买了好友仆人便了，今日好友贤妻又要赠送资产。但想起昔日好友，王褒谢绝道，吃水不忘挖井人，往日周平与你待我亲如兄弟，我若接受你资产，于心不忍，还会让便了嘲笑我，近日我将到长安等待宣帝待诏，如无功名，再回来帮贤妹打理资产。正商议间，同来的护卫来说，刺史已传信来，令我们火速赶往刺史府，宣帝的诏书已到益州。

王褒告别了陈惠，叫买下的仆人便了留下照顾陈惠。便了听后一张愁着的苦瓜脸笑了起来说，我们等着你回来看管这千万资产。

陈惠看着王褒拒绝了周平留下的千万资产，毅然离去，想着自己一下失去了两个心仪的男人，悲伤不已，潸然泪下：夫君去了阴间，王褒去了朝廷，只留下一个新寡的我守着这无情无义账单上的资产生活。近年来，陈惠时时与周平、王褒在府内品茶、品酒、论诗，一个有宝财，一个有文才，陈惠感觉人生完美无缺。现夫君一死，夫君好友也告别而去，陈惠顿觉人生空空荡荡，毫无意义，搞不懂世间男人到底是在追求什么。

陈惠想起王褒与周平在一起品酒时常说的一句话，天下最真者，莫若伦常，最假者，莫若财色，于是对王褒更加敬重起来，发誓此生不再嫁人。

王刺史见王褒平安归来，满心欢喜，自己力荐之才子得到皇帝下诏待见，又是自己好友，一举两得。王褒急忙跑进书房看了圣旨，一时间他感觉自己就像变了个人，一生所学沉藏在自己身上的文章都飘出了身外，就如一块厚重的铁，经多年磨炼，成了一把闪闪发光的宝剑，挂在身上，既是身上之物，又似身外之物。

王襄看着王褒也觉他脱胎换骨，超然洒脱，向外散发着才气。但一身才气几经情感波折仍孑然一身。想到夫人身边有一名貌美的丫鬟曾莲，温厚平和，是当年左挑右选来的，只是出身卑微，自己几次想纳为小妾，怎奈夫人不同意，便有意将曾莲许配与王褒，与夫人一提，两人都想到了一起，便将文静而腼腆的曾莲叫来书房服侍王褒。王褒品着茶，看着立于窗外院中纤腰袅娜的美人发起呆来。曾莲面颊绯红，似春风中的一朵桃花，更加美丽动人。王褒看着，想着，美人一会儿像当年在县衙见过的钟芹，亭亭玉立，裙衫轻摇，抚琴低唱，蝶飞花舞。一会儿又像新寡的陈惠，艳如牡丹，风情万种，驻窗而立，托腮含笑。

　　曾莲执壶来到文质彬彬、益州第一才子王褒身边，笑盈盈道，才子请品茶。王褒呆呆看着美人，顿觉失态，脸上一热道，好茶，实在是好茶。说着目光从曾莲脸上移开，回到椅上坐了下来。曾莲退到书桌右旁如一朵花一样，轻轻立在那里，低头看着自己的一双绣花鞋。

　　曾莲想，平时听王襄夫妇说，王褒一表人才，满腹经纶，游山讲学，狂妄不羁，今日见之却呆若林木，弱似箐竹笋，淡言寡语，如学堂的学子一般乖顺。曾莲也不想打破眼前的氛围，听着王褒细微的品茶之声。想着王褒手托的茶杯是自己清洗、轻擦的，刺史第一次从藏室拿出的梅花图案的瓷茶杯，那茶杯除了自己和王褒，谁也没碰过。茶也是平时王夫人用于招待来往贵客才开封启用的益州资阳上等好茶。听到王褒茶杯放在书桌上的细微声响，曾莲轻轻抬头，眼波流转，含情脉脉地看着端坐着的王褒，轻轻移步为王褒沏上茶，又移步离开。

　　王褒闻到一股清香，转头看着离开的曾莲小声说，好香啊。

　　曾莲低头，不知王褒说的是书香、茶香，还是平日王夫人夸自己身上的体香。心想，真嫁了眼前这位身材修长、气质潇洒的

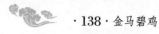

才子也心满意足了。

王褒在刺史府住了两日，王襄刺史准备好马匹，带上近三年治理益州的文案和贡品——蜀锦、筇竹杖、茶叶，一行二十余人浩浩荡荡向长安而去。

一路上有了曾莲的陪同，王褒身心轻松了许多，所到关卡、驿站、哨所，听说进京待诏的才子王褒到来，都前来迎接，想一睹才子风采。一路风光无限，一行人越过淮山，涉过淮水，人乏马累。按行程来到王襄刺史所统辖的汉中郡，去了郡衙太守王赏邸中。刺史命人马在此安顿休整两日。太守王赏设宴欢迎刺史一行。席间王赏向刺史一行展示汉中文化。

汉中郡郡衙所在地褒中是刘邦斩蛇起义、建功称王之地，有着项羽与刘邦汉水之战，项羽霸王别姬的悲情历史。夏朝时期夏禹治水有功，封为褒国君，后在此建国。夏、商、周在此建国称褒国。今王褒过此，皆是国盛文昌之道。今日二位到了褒中，这一路去长安沿褒斜道五日可到。这条道路在秦昭王时，曾花费大量人力、财力凿石、架木，修筑栈道，打通了秦岭南北。秦惠文王更元十一年，张仪、司马错开通了此道，在此休养生息，招兵买马，与项羽在汉水决战，后高祖从张良计烧了此道，成就了大汉伟业，有了宣帝明君，也才有了我们三个姓王的后代在此相聚。此去长安三百余里，我已通知沿路各县修复道路，日行八十里四天可到。宣帝五日一朝，你们到长安后还可休整一日。王赏太守领着王襄刺史和王褒考察了褒中城关。登上城关箭楼，想起当年高祖在此地养精蓄锐，王褒诗兴大发，一连咏出盛赞汉水的诗赋：千载一会，论说无疑，翼乎如鸿毛遇顺风，沛乎若巨鱼纵大壑。

休整了一日，人马都消除了疲劳，一行人又充满憧憬地上路，向北面朝骊山而去。行了两日，爬上了骊山顶，北望长安，

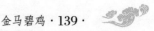

一马平川。以骊山顶为界，南面为益州郡地，北面为右扶风地。

王褒第一次见到天子所在之地，心中感慨：远山白云里，近山青天上。嵯峨麓峰色，下瞰汉水深。圣代尧舜治，夔龙共招寻。

王襄刺史看着丽日当空、白云飘飘，对王褒道，遥望长安城，有祥云飘来，王才子此进长安定能飞黄腾达。

但愿此行能得明君提拔，止我半生颠沛流离。王褒说着回望了身后的曾莲一眼，曾莲回他一个笑容。

王襄刺史叹道：芸芸学子，如骊山之木，遇盛世建都，选栋梁者一二也。好在王兄奇才，诗文已在宫中传开，我益州千万学子还在寒窗苦读。

王褒胸有成竹道，故世必有圣知之君，而后有贤明之臣，虎啸而风冽，龙兴而致云。遵游自然之势，恬淡无为之场。

二人说着下了骊山，来到右扶风与京兆尹交界的渭城县住下。靠近长安城，过关进城盘查的关卡多了起来，王襄刺史亮出腰牌，各关、哨立即放行。

王褒掐指算着：离飞马门白玉堂待诏现还有四日，行路两日，长安休整一日，往日闲谈中的未央宫不消四日就可到了。

神爵三年十月二十五，宣帝在丞相邴吉、太子太傅黄霸等朝臣拥护下来到飞马门白玉堂议事，召见各州、各郡举荐的良才贤人奇士。宣帝身着龙袍威坐，文武百官分立两边，近百名待诏良才学子在飞马门外听客曹官唱名，进白玉堂受宣帝诏见。

王褒一身白蜀锦长袍混在近百名待诏人才中，并不起眼。各地所举荐之人都是学富五车、才高八斗，是旷世之才。他们中有达官贵人家的公子，有地方富豪的哥儿，也有像王褒一样出身平民的布衣。好在这出身牢狱、长于市井的皇帝体恤民间疾苦，知民间也有良才、饱学经书之士，开全国举贤之风，全国形成一股

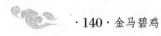

苦学苦练，一心涌向飞马门一展才华之风，让在德星堂靠授学度日的王褒有展现才华、面见宣帝的机会。王褒平日与周平、赵舟称兄道弟，游山玩水，既有文人风范，又有游侠习气。在众多人才当中，他落落大方，潇洒自如，自有一股才气。可在礼仪官客曹手里的名单上也只是王褒两个字，王褒在等他唱出自己名字。

不知道这名单顺序是怎么定的，是按文武种类、按大汉十三州顺序，还是按举荐上报时间先后？王褒在人群中等了一上午也未听到自己名字，等到飞马门外太阳偏西也未听到。身边的人越来越少，王褒孤零零站着，恨不得王襄刺史能从地下钻出来指点自己一二。

倒数第三人进去了，又面无表情地出来，客曹官才叫出王褒名字。同他一起进去的最后一位名字叫孙云。

王褒强装镇定，整理了一下衣冠。王褒第一次跨进飞马门，踱着方步，眼睛平视，大大方方走进白玉堂。

王褒立在宣帝之下，文武百官中间略靠后的位置，三呼吾皇万岁、万岁、万万岁。

仰视了一眼高高在上的宣帝，只见宣帝一袭黄龙袍，黄闪闪的金腰带，威坐在龙椅上，姿容端华，眉目如画，真如神人一般。

邴吉丞相问，你可是益州王褒。

我乃益州蜀郡资阳人王褒，今日得圣主举贤纳士良才得以进未央宫面见皇上。

宣帝俯视群臣，从头到脚审视着王褒，见下面之人落落大方，一表人才，言之有据，来了精神认真上下打量，三十岁左右的年纪，颀长身材，脸瘦略黑，四肢匀称，目光睿智，一身洁白蜀锦长袍，头上白飘束成人冠礼帽，谈吐大方。

文武百官也在细细打量着这位身着白蜀锦长袍的布衣青年，

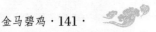

看他如何面对宣帝的诏见。今日来面诏者近百名才子，皇上赞者只五六人，这最后两位也不知才学如何。益州蜀地出丝绸、茶叶贡品，风流才子司马相如山野匹夫，何才之有？

宣帝曰，今朕领群臣在飞马门白玉堂议事选贤，今尔展才华于众，由文武百官共评。

王褒跪下三呼万岁。

宣帝曰，平身。

王褒起身抬头仰视宣帝，用余光打量着两边大臣，对曰：夫荷蒉被毳者，难与道纯绵之丽密；夫玉者贵在玉德……洋洋洒洒，千言以对，听得文武百官频频点头。

太子太傅黄霸首先开口道，此乃今日朝上最好奇人才子，益州又出才子也。

宣帝听毕，龙颜大悦曰，王褒一表人才，又有文采，今我大汉数出神爵、凤鸟嘉应，盛世太平，汉德惠民，唯缺才子，歌颂天下。今以尔之才华，封为侍郎，三日后进未央宫，见丞相赐官服上朝。

苦读人生无人问，一朝奇文惊天下。三十岁的王褒成了宣帝身边侍官，天天陪宣帝品茶、打猎，因能言会道，口出奇文，谋出奇计，又敢于直言，一年后封为谏大夫，官至皇帝三公之下的九卿。

大汉十三州处处传诵王褒奇事，千个学堂列为榜样，万名学子追为典范。远在千里之外的益州刺史王襄也为王褒高兴，好友赵舟召集昔日好友们举杯隔空祝贺。唯好友周平新寡之妻陈惠闷闷不乐，想家中千万资产等王褒回来打理已成为空谈，只能靠回忆王褒来周府做客往事度日。

县丞杨进听着太守骆武的回忆说道，王褒这一生真是大起大

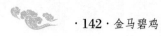

落，才艺、侠义两样都被他占全了。宣帝与他身世相同，两人都是满腹诗书，心怀天下民众，王褒有宣帝爱才如命的天时，有益州敬才如己的地利，有皇上拥天下才俊的人和，三年拜为九卿之列的谏大夫，也是人间奇迹。在下不才，苦读一生还在小县奔波。

太守骆武安抚道，蜻蛉现金马碧鸡，惊动天子执意前来，被一群大臣劝退后，封王褒为钦差前来。钦差若请回金马碧鸡，也是你我的一大功劳。钦差满意，你我也能加官晋爵，回去定要守好禹同山，别让那金马碧鸡飞走。

了解到王褒的不平凡身世，县丞杨进立马起身返回蜻蛉县衙向胡县令报告太守骆武的口令，坚决守住金马碧鸡。

明晃晃的太阳投下热烈的光芒，如一只无形的手抚摸着神秘的禹同山。

金秋的蜻蛉，连绵起伏的群山千里碧波，弯弯的蜻蛉河两岸芳草萋萋，在阳光的照射下更加美丽。

县尉白晓带着猎人陆林，向导水芝，学堂学子白江、黑山、蔡红和四个衙丁在禹同山寻找前几天刚出现的碧鸡。一路上泉流水清，鸟鸣蝶飞。

水芝牵着一匹枣红马驮着所需生活用品，来到陆林看到碧鸡出现的地方，用树木搭了个简易帐篷，烧了火，安顿下来。白江心想，这次一定要亲眼见着碧鸡，画一幅灵动的碧鸡图。自己心仪的水芝在为他们烧火做饭，白江常来火堆旁帮忙，添柴加火时，两人的手无意间碰到了一起。白江第一次触摸到水芝手背，心中竟生出一种莫名其妙的情愫，他看了水芝一眼。水芝红着脸斜眼看了他，一下站起来走开去喂马。白江目光追随着水芝，身体还一直蹲在火堆边。书里常说男女授受不亲，这一次两人的手

无意间触碰，让他对水芝生出一个念头，渴望和她时时在一起，恨不得自己也变成那匹枣红马，让水芝的双手抚摸在自己身上。同样是妙龄女郎，县衙里那几位女郎看着个个楚楚动人，水灵可爱，但身上就少了点水芝身上这种带点野性的生气，活鲜鲜的不做作的甜甜的，让人难以忘怀。

陆林凭着从水金师傅那里学到的打猎技术，在禹同山寻找着碧鸡留下的痕迹，来到了打卦山顶。顺打卦山顶到了羊角乍大山，碧鸡痕迹就没有了。陆林一行连守了三天三夜，碧鸡都没有出现。为了守到碧鸡，县尉派衙丁原路返回去扎营处带饭来守候。守到第四天天刚要亮，从山脚突然传来碧鸡空灵的鸣叫声，不懂鸟语的县尉也听到了不一样的鸣叫声从河谷中向山顶传来。陆林再侧耳辨听，对蔡红说，我亲眼看到的碧鸡在林中就是这样鸣叫呼唤同伴的。一行人在羊角乍大山顺着声音传来的方向寻找着下去。

下到山脚，一行人看到了一个神奇的景象，两条宽约十丈，高约六十七丈的白练一样飞溅着水珠的瀑布挂在碧玉般的水塘上面，一群碧鸡在高悬空中的水塘边嬉闹玩耍。陆林说，那就是禹同山上的碧鸡，失踪一个多月，原来是飞到这儿了。

碧鸡这么美，我一生从未见过，上一次禹同山上飞的就是这碧鸡吗？白县尉回望着陆林问。

飞升的就是这碧鸡，模样比这大十倍，在太阳下碧玉一般绿光闪闪。可惜你们天天待在县衙里什么也没看到，人间烟火看不到，金马碧鸡看不到，碧鸡游玩的仙境也看不到。陆林回道。

白县尉惊叹道，我蜻蛉县境还有这水落三段、碧鸡飞舞的仙境，快让白江公子画下来。衙丁回道，白江公子他从未出过学堂，到了七棵树就双脚肿疼，不能行走，只在帐营里画画。可惜这位公子了，一身才华却被这双脚困住了。自古道路在脚下，这回他总信了吧，心比天高，路比脚长。又望向黑山道，你的画也不错，快把这碧鸡画下来。陆林，你想办法去捉一只碧鸡上来，送到长安，让宣帝看看这真实的碧鸡。

黑山拿出笔、白蜀锦，看着眼前的碧鸡戏水画了起来。红色的山峰一样的鸡冠，黄金一般尖尖的嘴壳，一张一合含着玉石，长长的脚一只抓在冒着水汽的岩山上，一只弯着准备前行，一对绿色的翅膀展开，一左一右欲向上飞翔。有五铢钱一样花纹的绿色尾巴像扇子一样打开，空中飞下的珠宝一样的水珠不时落在身上。

真是美到极致，真乃人间仙境。白县尉惊叹道。

十八

风吹着树叶沙沙作响，蜻蛉河水哗哗地向东流去，河谷上空的鸟也在鸣叫。

陆林、蔡红和一名衙丁攀着岩石上的藤条向下爬去，瀑布落下的水声盖住了他俩行动的声音。眼看越来越近，蔡红凭借多年的经验躲在一棵松树背后，观察着碧鸡的习性。到了午时，太阳当顶，一束阳光从天空中直射下来，三道瀑布更加美妙，每颗飞落的水珠都映射出一道道小而微妙的彩虹，斑斓纷呈，五光十色。随着太阳偏西一阵水雾飘起，在东边的山上出现了一道大而壮观的彩虹，一头在三潭底部，一头扎在三潭顶上第一潭。几只飞鸟飞出山林，似乎想落在彩虹上，脚却怎么也立不下去，只能顺着彩虹飞下山来。一阵风吹来，瀑流被风吹得摇动起来，一股风穿进三潭碰到岩壁，风反弹回来，把瀑流吹开形成无数水珠向外飞落，形成一阵阵雨雾，粉亮粉亮的，如天女散花般落下，滋润了峥嵘陡峭的岩石上的苔藓、兰草。水雾多了，在草尖、叶片上形成水珠，掉落下来，一滴两滴，汇成千万个水珠掉落下来，又形成雾雨，依次跌落，如一道道水帘。黑山躲在岩洞里，透过水帘继续观看，碧鸡借着水珠洗浴着碧玉般的身体。潭水、绿地、碧鸡，天然一色，只是绿得深浅不同。碧鸡在白色水珠的击打下更显美丽，水珠多了，碧鸡使出浑身力气拍动全身羽毛。一时间，众多水珠相互撞击，交相辉映，赏心悦目，非常壮丽。

陆林长年守山，知道这碧鸡贵为神鸟，喜欢人迹未至的静谧之地，而衙丁第一次见到，看得惊呆了，忘我地感叹一声，啊，真人间仙境！这一声惊扰了美丽的三潭，打破了碧鸡洗浴时需无人惊动的环境。领头的碧鸡咯咯咯叫着飞起，其他大小不同的碧鸡也咯咯咯叫着依次朝上飞起。此时更加如画一样，瀑流为背景，水珠为伴，阳光为色，碧鸡为世间之主，山林为看客，丝丝飘雾相送。

完了，完了，碧鸡飞走了！抬眼望去，眼睛却被水帘打湿了，等擦干水珠走出岩洞，碧鸡早飞出十里以外。陆林骂到嘴边的话又咽回肚里，毕竟自己才是衙丁领着的小兵。想说的话变成了一股气跑到脚底，恨恨地在软软的草地上跺了几脚。衙丁知他生气，也跟着跺了几脚。一身被水珠打湿，冷凉冷凉的，懊恼地向着山顶爬去与白县尉等汇合。

黑山也看到了这碧鸡腾飞的美景，并深深映在了脑海里，画在了白蜀锦上。白县尉看到画，如刚看到真的一样，惊奇道，惟妙惟肖，忘情地伸手去摸，用力过猛，刺通了一个洞。黑山看县尉弄破了画，摔笔想骂，看着县尉又无可奈何，摇头转身捡起画笔，回到画前，画更神奇了，一束阳光从县尉刺破的小洞中穿透而来，画面更多了一道色彩，也多了神秘的成分。白县尉看着黑山兴奋的样子，更摸不着头脑。

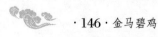

黑山提笔将那刺破的洞画成个圈，周围画上万束针尖细的光芒，破洞变成了太阳。县尉觉得画更美了，心里暗自佩服黑山的才艺和创作灵感。

县尉白晓赞叹着黑山的画，更盼望陆林能将碧鸡从山下捕捉回来，宣帝喜欢金马碧鸡，钦差又在路上，如此，自己也会升个官了，做副郡尉也是十拿九稳的事。自己见了飞着的碧鸡，钦差到蜻蛉也要让他亲眼目睹，钦差诗兴一来，赞了蜻蛉，诗文传遍整个大汉，这就成天下大事。凭黑山的能力和精壮的身体，做个衙丁也是十拿九稳、板上钉钉的事。

白江帮助水芝守着火堆，火堆虽在背风处，可又不能让火焰太大，也不能让其熄灭。在山上打猎，火堆熄灭了是件不吉利的事，所以一般情况下是没有人愿守火堆的。看似轻松却吃力不讨好，特别是雨天，有时要用身上的衣服去保护火种，不然落得一阵臭骂不算，下一次就无人约你出来了。这是水芝告诉自己的。乡下人真麻烦，水芝关心火堆和枣红马比对自己更甚。枣红马一有什么动静，她就立即跑过去查看，喂水，喂料，摸摸马头，说上几句话。枣红马就动动马蹄，甩甩尾巴，仰头嘶鸣。水芝与马能对话交流，与自己除了安排捡柴、添柴外，多余的话一句也不说。自己那次添柴火碰到她的手后，她又不来添火堆里的柴火了，这事全由自己一个人干，她不时来查看一下，说一句自己听不懂的话，什么人要实心，火要空心，柴要顺着烧，人要朝前看，说黑山评论他的画有点飘，画碧鸡还可以，画金马就脚不踏实。这是第一次听到别人评论自己的话，而且是在这大山上从水芝口中说出的。看着水芝樱桃似的小口一开一合的，每一个字落到自己的耳朵里传到心上都是甜甜的，希望她批评得更多。水芝对马好，自己看枣红马时间多了，也感觉水芝说的是真的，只有脚落地的马才能奔跑。马飞奔时最高兴，后脚蹄坚实地蹬在地上，借大地的反弹力一跃而起，而前蹄收起，当前蹄落地时，后两蹄在空中收起向前。马头抬起，两耳竖起，马鬃一排竖立，随风摆动，如生长出飞翔的翅膀，腾空一跃，全身毛都向外放射出力量。一马飞腾，阳光照在枣红的毛上，如黄金一般，金光闪闪，光芒万丈。充满力量，充满希望，生龙活虎，无拘无束，自由奔放，勇往直前的金马呈现在眼前。一片片白云从山脊飘来，一阵阵雾气也从山腰飘来，簇拥着金马。一时间天地连成一片，分不清哪是天哪是地，只有枣红马时隐时现，仰头嘶鸣。

白江看着枣红马出神，一时忘了添柴助火。水芝抱了一抱柴向火堆走来，白江睁大一双眼睛看着水芝，小声说，美，真美。美人的脸上挂着莲花般的羞涩清纯，眼里闪烁着纯净如水的光波。

激情四射、神采飞扬的白江起身去帮水芝抱柴，想趁机去摸水芝的手。

水芝有意无意间避开白江的目光快速地把手缩了回来说，连火都看不住，怎么去捉那碧鸡，快烧柴煮饭。

白江脑子转得飞快，手拍了下脑袋，尴尬地低头看了水芝一眼。

白县尉去了三个时辰，按理应当回来了，我骑马去接他们，山上的画眉鸟叫了，再过两个时辰太阳就落山了。

白江望着水芝道，你走了那我怎么办。水芝将土锅端来放在火堆边，里面有晚上吃的肉，慢慢煮着。火就是你的伴，大白天你怕什么。我怕的是县尉一行迷路，我骑马去，听到马的嘶鸣声他们就知道方向了。

白江装可怜道，我想与你一道去，一个人在这儿很怕的，那狼来了我一定会被咬吃掉的。

水芝看着在学堂里神了武了的白江，此时像个求人小孩的可

怜样，心也软了说，那你一个人去，我守火塘。

可我认不得道路，白江委屈道。

这老马能识途，当你迷路时，掉转马头，马就自己找着回来了。水芝认真地说。

白江在两难选择中，骑上枣红马向羊角乍大山走去。走了一个时辰，按水芝说的把马停下，拉着缰绳，马一跃而起，仰天嘶鸣，向白县尉一行传出导向的信号。

当陆林气喘吁吁、一身汗水向白县尉走来时，白县尉看到衙丁两手空空，脸一下子就阴沉下来，不可能什么也没有啊。看着越走越近，确定真的是什么也没有。机灵的衙丁抢先说道，景色太美，碧鸡太美，那些都是天上下来的仙鸟，在三潭洗沐，容不得凡人看见，更容不得凡人靠近。我俩在溶洞里观察了多时，想不出捉它们的办法，碧鸡听到点声响就随水雾飞升去了，两个书生没去实在是太遗憾了。水天一色，三潭碧鸡一景，我一生从未见过，说得一脸喜色。可白县尉还是一直阴沉着脸。自己要的不是过程，要的是结果，是碧鸡，自己没有在现场，白县尉相信衙丁说的，但接受不了现实。身在大山，希望的现实却早跑到千里之外的越巂郡、益州城、长安城、钦差身边。要在县衙，眼前这二人得受军令处罚，轻则罚打板子，重则进牢房，军中无戏言，捉碧鸡的豪言壮语变成了两手空空。

山顶上传来的枣红马嘶鸣声打破了尴尬，蔡红收拾着画卷说，水芝骑马来找我们了，我们顺着马嘶鸣的声音上去就到山岭岗，顺山岭岗走五里就到七棵树安营驻扎处。

太阳挂在西边，天边飘着一片片云彩。吃过晚饭，按计划要下山回城，白县尉面无表情地说，两手空空回去不好向县令交代，明天大家再去找一天，偌大群碧鸡，不可能说飞跑就飞跑了。黑山、陆林你俩再想想碧鸡的生活习性，白江、蔡红你俩也

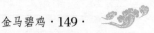

构思一幅金马碧鸡图，这次钦差已在灵关道上了，我们总得有个交代，如捉了碧鸡，又展示了才华，对蜻蛉县来说是一举两得的美事。我也看见了那碧鸡凌空飞起的景观，可有真实碧鸡做证比一百句空话、一幅画作强十倍。太守骆武与我一样是个武将，也是喜欢直来直去，要的是金马碧鸡。我今天见着我是信了，在场的只有白江没有见着，白江你一介文弱书生，第一次进大山，走山路也是难为你了，可你也不可能在学堂一辈子，总有走出学堂的一天，现在整个县都把找到金马碧鸡与应对钦差的事放到你们这帮学子身上。

夜幕降临，繁星布满天空，夜色茫茫中，大家都有话要说，但又不想说，男人们围着火堆和衣而眠。黑山帮水芝拉过枣红马来让水芝躺下，黑山将羊皮衣放在马身旁，水芝头靠着马肚子和衣而睡，可彻夜不眠，一直眼望着自己的宝马。不一会，月亮从禺同山东边升起，月轮圆满，像玉盘般洁白明亮，光辉四溢，将整个禺同山罩上了一层明亮的面纱，照得大地白亮亮的一片，虽累了一天，第一次在大山上露营，除了白县尉外几个年轻人闭着眼睛却怎么也睡不着。蔡红与白县尉家公子常在一起，知白县尉外严内弱，平日对自己也像对亲儿子似的，便大着胆子说，白县尉讲一个故事打发下，知道这话为难了白县尉。白县尉是一个武将，少时家里贫寒，没有钱读书，靠打柴卖为生，练得一身力气。一次在越巂城卖柴时遇摔跤比武招兵，上去比试，抱着对方高高举起，对方求饶，他就被考官收为武兵，看管城门门闩，后又被骆太守看中派来蜻蛉县当县尉。白县尉常听县令、县丞这些人说越巂蜻蛉西南夷历史，他虽没读过书，记性却不错，一听就能记住。心想今晚领一帮年轻人出来自己不能成哑巴，明天还得靠他们办事，便开口说道，我给你们讲一讲这益州的传说。大汉之前远古时代一统天下，有一年洪水滔滔淹没大地，等洪水退后

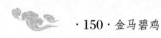

形成大小九条河、九大山，出现了第一个始皇帝，生了九个儿子，分封治理九条河、九座山，名九州。越巂蜻蛉属梁州，到了黄帝，其子昌意，看上了美丽动人的蜀山氏的女子，娶为妻，生了个儿子高阳，长大后回到母亲老家，封为侯伯，封地东接于巴国，南接于越国，北与秦相接，西至奄峨嶓，朝廷叫华阳小国，民间称为天府之国。到了秦朝，将梁州改为益州，而靠西南越巂蜻蛉一带的夷人，一开始没有君长、官员，以放牧打猎为生，没有固定的住处。有数十个部落，最大的徒部、笮部，男女都留长发，梳辫子，穿牛皮、羊皮衣服，推选聪明达理、能言善辩的人为头，名为耆老，领着大家一起生活。平日有打猎、生死等重大活动时投石结草、询问鬼神意见，喜欢用咒语发誓为盟，团结做事，自成一体。对法律、礼仪从不相信，过着无忧无虑、自由自在的生活。武帝时平定了西域，派唐蒙、司马迁以钦差身份来安慰这一地区，置郡、置县，也才有了今天的蜻蛉县。

白江听着讲述，感觉说故事的县尉父亲不是平日沉默寡语、一脸威严的县尉，而是一个上通天文、下懂历史的文人，只是当了武将，穿着兵服，身份变了，心理习惯就变了。平日在县衙、学堂里，在家里、在他眼里自己就像他管的牢狱里的囚犯一样，自己怕他，回避他，虽身为儿子有时见了他，也远远地躲开了。今天在同一火塘边，父亲又把自己当成了他的兵、他管理的下属，言行中透出一种慈爱和希望。他听着故事的同时，心里却还在想着靠在马背上拥衣而眠的水芝。

白江一点不懂的是水芝的心，知道水芝是同一学堂里黑山的恋人，可自己自从在学堂院子里看到她第一眼起，就莫名其妙地喜欢上水芝那自然的带点野性的美，特别是那双眼睛，不像县丞女儿杨小燕一样在礼教里洗礼出来的美丽柔情，而是清冷又纯洁、自由且奔放，像三潭的两塘水一样，水汪汪的，又像万里无

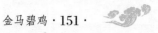

云的蓝天一样纯真。里面什么都有，又什么都没有。昨天有时呆呆看着她，她也不喜不怒，就像自己是一朵花要看任由你看，就是不容许别人靠近触碰。水芝是他人生中出现的第一道风景，是他想走进和想得到的风景。而水芝只把他当作路过的看花的看客，不容许他走进她的心。

白县尉看了公子白江一眼继续讲道，太守骆武是中郎将赵充国的部下，英勇善战又心系百姓。汉宣帝地节三年夏，武都地区因地方官欺压百姓，征收高额税款，导致民不聊生，头人率众抵抗，因山高皇帝远，宣帝鞭长莫及，难以调兵前往，武都羌民势力不断扩大，益州刺史王襄一时无策应对，又怕宣帝斥责，便如实将军情上报朝廷，而此时朝廷正在举行大典立刘奭为太子，并大赦天下。丞相魏相，御史大夫邴吉忙于内朝事务，被赐封关内侯，为讨皇帝、太子欢心将军情压下，武都白马一带羌民趁势而起，兵临益州城外，刺史此时不敢掉以轻心，理了军情加急快马上报。宣帝大惊，天下太平之际，刚立太子，又出内乱，忙召集丞相魏相、御史大夫邴吉二人商议平讨之策。御史大夫邴吉奏道，羌人善骑马、飞奔，高原深入时出时没，进时我退，我退他进，武帝以来征讨多次都未取得民心，此时正值太子加封赏了天下民众，民心渐顺，应效武帝派一能文善武者带兵前往安抚。丞相魏相道，朝里将军平陵侯范明友、营平侯赵充国都已是老将，此去西南千山万水，非半月不能到达，朝中真是无人可用。御史大夫令手下拿出刚加封的武将名册，在大册上勾了骆武偏将军的名字。丞相道，骆武虽官是偏将军，但随营平侯赵充国征讨过西南地区，平民出身，有爱民之心，可封为中郎将出使征召。宣帝接过奏章，看到骆武名字大喜，下诏赐封骆武为中郎将出使征讨安抚武都子民。

骆武接到圣旨，召集部下商讨出兵之计，总结历届将军征讨

武都之策，羌人经常口服心不服，平几年又反，只有借朝廷立太子大赦天下之机理一檄文告知武都一带，今天下太平，帝立太子，天下大事，臣服者赦其罪，投降者封赏。

骆武恩威并施，带精兵前往，攻下城池，并不滥杀无辜，久守多日不见武都首领来投，又大兵前移攻打营寨，数万精兵围住营寨，围而不攻，数月敌兵粮尽，弃营而逃。骆武进营对老弱病残者一一抚恤，休整数日又派兵前进，步步为营。以攻心为上策，一面贴告示，贴帝立太子，大赦天下的檄文，对其攻下的城寨实行"以其故俗治，毋赋税"，休养生息。

经过一年征战，部落首领俄尔勒在骆武平判政策感召下，平息了战争。御史大夫邴吉、丞相魏相征召骆武入朝封侯拜将，魏相向宣帝进奏，此西南夷区山高，江大，地域广阔，物产丰富，民能丰衣足食，民俗无君尊王者，以长者、智者为首，民风淳朴，历届以武将镇压守之，不懂治民之策。骆武的以其故俗治，深得当地民众欢迎，前来归拜者一波接一波，退往深山老林者也出山进寨回家安居，又受立太子赐封，享皇恩沐民，现虽安平之像，此文武兼备之良才是皇帝的大幸，应拜为太守，镇守西南夷区。

宣帝下诏，奖励骆武所率安抚之军黄金万两，布千匹，按功行赏，拜骆武为越巂太守，安抚镇守越巂郡。太守骆武到任后，兴修灵关道，设关，设哨，设甸，一时间道关通达，货物流通，十多年之内物阜民丰，军民相安无事。

夜再长也就几个时辰，一个朝代，三公九卿，文武百官，千军万马，王侯，众臣，十三州一百五十八郡有无尽的故事。天上有多少星星，地上就有多少大小地盘。经星常宿皇宫内外官凡一百一十八名，积数七百八十三星，皆有州国官宫物类之象，国皇星，大而赤，状类南极，今西南有六贼，司诡二星，故道险、

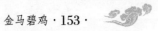

谷深，民俗多异。

蔡红听着这神奇的故事，大着胆子问白县尉，我是哪一颗星星。

白县尉神秘一笑道，你抬头认真数，数到你数不动时的那一颗就是你在天上的星星。

蔡红用手指一一数着，不知不觉就睡着了。

山中一阵阵鸟鸣将一行人惊醒，新的一天开始，大家又去寻找碧鸡。

十九

王褒离开未央宫的第二十天，宣帝在内宫召集丞相黄霸商议国事时，突闻白鹤馆被火烧了。黄霸赶紧派兵去救。大火烧死了馆中宣帝打猎骑的汗血宝马四匹，伤三匹；烧死了宣帝打猎所获的观赏的白鹤异鸟；烧死了各地朝贡的奇花异草无数。经两日抢救，火灭了，仅剩赛马的马道，到处一片狼藉。黄霸下令追查火灾原因，守园之人尽是皇亲国戚，互相推诿。宣帝闻之大怒，下诏重罚守馆之人，令黄霸火速重修白鹤馆。黄霸夜以继日，人分三班，昼夜赶工，经半月重修了白鹤馆。昔日白鹤馆匾额已被烧，新修的匾牌要文人题字撰联，时遇五日一朝会，宣帝高高端坐，却无一人出来撰作新馆对联。宣帝曰，如王褒在朝，何须众卿劳神。

文武百官面面相觑，不敢出声。建策上书，出兵打仗都是贤才良将，可这留世新馆之联，朝有文才王褒，谁敢出文。王褒回朝佳作一出，岂不是自找丑出。宣帝大怒，要杀守白鹤馆之官，丞相黄霸力谏，说天灾人祸自古有之，馆长虽致灾有罪，但罪不

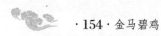

至死，灾由油灯引起，是夜狂风大作，吹倒油灯在案桌布上，布遇油火，越发大作，火借风势，越烧越大，官兵速救，无奈是夜晚，火光冲天，烟雾一片，东西南北，四方难辨，又水缸水少，终成大灾，议事朝廷不宜杀人。周朝天子有五听，一曰辞听，二曰色听，三曰令听，四曰耳听，五曰目听。再有八议，一曰议亲，二曰议故，三曰议贤，四曰议能，五曰议功，六曰议贵，七曰议勤，八曰议宾。又有三刺，一曰讯群臣，二曰讯群吏，三曰讯万民。更有三宥，一曰弗识，二曰过失，三曰遗忘。还有三赦之法，一曰幼弱，二曰老眊，三曰蠢愚。今白鹤馆火灾是风起吹倒油灯，属天灾，若要杀守馆之人，恐日后无人敢担当此任，且守馆之人多为有功国家残疾之臣，应效古法赦其重罪，以礼敬天地。

众臣听之有理，一齐上前朝宣帝跪下，齐声道，丞相说得有理，皇上息怒。

宣帝起身，整理了一下龙袍，看着下面齐刷刷的群臣为馆长请免死罪，便道，众爱卿请起，死罪可免活罪难饶，馆长下狱一年。

群臣道，是。

宣帝见群臣归位，怒气微收道，下诏选一良辰吉日，朝中礼乐到新修白鹤馆敬天谢地，愿天下风调雨顺。

丞相黄霸奏道，那对联还没人写。

宣帝大手一挥道，先礼乐，后等谏大夫王褒回来，撰作又礼乐挂上。

西南夷路途遥远又道路艰险，听快马回报，谏大夫王褒还在灵关道上休整，离蜻蛉还有千里路程，前有泸水阻断。

听到王褒名字，宣帝龙颜大悦，褒乃奇才，此时却在千里之外，区区一副对联也无人出对。对丞相黄霸道，下一诏令，命郎

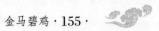

中将王褒火速敬请金马碧鸡回来，未央宫连连不顺，须金马碧鸡回宫镇守。王褒夸下海口，立了生死状，只可惜新修白鹤馆没有王褒写的颂赋，等王褒回来另写白鹤馆赋，以赞天地对我大汉的恩赐，也许王褒在朝中，天地之神也不会动怒，让大火烧了这白鹤馆，还有我那汗血宝马。说着宣帝又悲伤起来。

丞相黄霸怕皇上因汗血宝马之死另起杀心，连忙劝道，汗血宝马虽死了四匹，但还剩三匹，等蜻蛉金马请回，比汗血宝马还威武，那才是大汉的神威，是皇上的恩德体现。

皇上听着心里舒坦，让退朝。

话说白鹤馆新建，宣帝领文武百官设坛祭祀，献牛，献猪，献羊，立天地神位，天子叩拜天地灵位，七十童男童女歌王褒《得贤臣颂》，百官随皇帝肃然而拜。

丞相黄霸宣读祭文：孔子曰"安上治民，莫善于礼"，圣人之所以乐也，而可以善民心，其感人深，其移风易俗。夫民有血气心知之性，而无哀乐喜怒之常，应感而动，然后心术形焉。天地之大，而民肃敬。大海荡荡水所归，高贤愉愉民所怀。天地并况，惟予有慕，爱熙紫坛。今以宫、商、角、徵、羽五声，生黄钟之律以敬天地。以龠、合、升、斗、斛五量之五谷以拜天地。以铢、两、斤、钧、石知轻重敬天地。诗言志，歌咏言，声依咏，律和声，八声和谐，四夷兴旺，百姓富足，政教清明。古有击石拊石，百兽率舞，鸟兽且犹感应。人间雅颂之兴，敬奏天仪，日月星光，云云雷电，降甘露雨百姓蕃滋，百卉繁开，百官济济共天地事，千童歌舞齐祝万物顺生。礼乐成，灵将归。托玄德，长无衰。海内更始，民人归本，户口岁息，平其刑辟，牧以贤良，至于家国，既庶且富，则须庠序、礼乐之教化矣。受天地之礼之威仪，天下太平。国运昌盛，大汉家兴。

颂毕，宣帝领群臣行三拜之礼，乐队奏颂乐。

三日后，下了一阵小雨，白鹤馆上空出现了一道美丽的彩虹，随后又飞来一群嘴赤尾青的白鹤。宣帝十分高兴，下诏大赦天下。

又过了数日，宣帝感应到敬献天地礼乐的秋季还有秋花齐放，百树发枝，倡导民间应有礼节，又下诏：夫婚姻之礼，人伦之大者也。酒食之会，所以行礼乐也。今郡国二千石或擅为苛禁，禁民嫁娶不得具酒食相贺召。由是废乡党之礼，令民亡所乐，非所以导民也。《诗》不云乎？民之失德，乾糇以愆，勿行苛政。

诏书内容传到民间，天下百姓享受到了礼乐之欢，乡巷间酒布兰生，万民之乐，子孙老者满面笑容，成人劳作亦歌，天上日月星辰扬金光，民间遍地唱欢歌，上天施知民间苦，穰穰丰年四时荣。

白鹤馆虽建，但仍缺一副对联，众臣皆知王褒才华，虽跃跃欲试，却不敢将想出的对联示之宣帝，怕王褒回朝做出的对联胜过自己，那岂不自取其辱？

二十

丞相黄霸又下了一道令到益州，内容为宣帝想念谏大夫王褒心切，令王褒速请金马碧鸡归京；若有半点闪失，将以欺君罪论处。

一道又一道令催得王褒惶恐不安，想自己一世才华，深得天子赏识，而人生的坎又在这灵关道上。想这灵关名字古怪，这灵关道上达成都、京城，下达越嶲蜻蛉，司马相如、司马迁都能前往，唯让我王褒病困于此，卧病在床百思不得其解，命县令王云

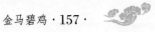

找来史料求解通过灵关之法。

灵关县掾史王玉道,武帝对西南夷十分感兴趣,西南夷一带传说人骑白象,骑绿孔雀,吃山珍,无王无官,自由自在。后置灵关道,专门管理西南夷地区,在元鼎六年又设了灵关县,隶属越巂郡,来到灵关道就意味着进入了西南夷地区。武帝把经过灵关道到越巂蜻蛉的官道称灵关道,加强此道管理。到汉元鼎五年灵关道全线畅通,派官募民一路上填坑补洞,逢河架桥,绝壁凿道,条石铺路,五里一哨,十里一堡,派兵驻守灵关道。从此,宝石、玉器、茶叶、象牙、孔雀翎源源不断运往长安。

成都丝绸也从灵关道运往越巂,到身毒,到罗马,灵关道一时间也成了商品要道,蜀地丝绸、南方茶叶,南来北往,灵关道就成了今天钦差看到的繁华之地。只可惜此地北有沫水,南有大相岭山、小相岭山,地势险要,且地无三尺平,寸土寸金,是各路马帮、马店必争之地。加之大小相岭山处在南北分水岭上,低处在沫水,高处在小相岭,一山一世界,天气变化无常。外来的人,特别是北方来的人根本适应不了这一山有几种气候、一天有各种变化的情况,就容易得这瘴气病,又无药可医,只能听天由命。

听着灵关县掾史王玉的话,王褒连连摇头,叹气道,我是成都人,灵关道能容司马相如、司马迁两位钦差,也一定能容我王褒,天无绝人之路,我能医太子刘奭之绝症,上苍也能治我王褒之病,更何况还有金马碧鸡在前方等候。说着抬头看了一眼在窗外飘扬的大旗,大旗凝重得如波浪般一阵阵慢慢飘动。

命,一向自视甚高的王褒,此时却很相信命,希望自己的命能得到上苍的眷顾,得到上苍的垂青。如果命运之神就在眼前,他愿意像跪拜宣帝那样跪拜她,请她像宣帝对自己一样保佑自己,让自己身上的瘴病像一阵风一样,一吹就过去,让自己沉重

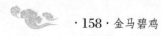

的双腿长出如燕子一样的翅膀，飞到金马碧鸡身边。

此时王褒非常相信方士王红所说的命运。

沫水的命运，

大相岭的命运，

小相岭的命运，

远在禺同山金马碧鸡的命运。

灵关县掾史王玉望着王褒道，你是钦差，有天子保佑，昨天过了大相岭来到灵关县，前面的小相岭看着虽比大相岭高，但大山与沫水的走向是一样的，呈东西走向，只要翻过小相岭山岭岗，大山就爬完了。最高处夷人称为俄尔则俄，是神龙出没的冰雪之山，我们灵关县就在这大山的山腰，离小相岭主峰不远，那里一年四季白雪覆盖，四季白云缭绕，时晴时雨，山顶有泉涌出，除了来往的贩货马帮、巡山兵丁，一般人很少前往。秦始皇曾听说那里有神龙出没，便派兵修了这条灵关道，顺山盘旋而上到了山顶。修路的将军站在山顶，看到了小相岭山的南面更广大的世界，就是现在的西南夷。在秦以前，我们灵关就是大秦的最南面，秦始皇派大将前来，一直走到大秦的最南边，奏请皇帝，把士兵开发的这条道称为蜀身毒道。

王褒昏昏沉沉中听到掾史王玉的讲述中有"身毒"二字，便以为是说自己身上中了大毒，吓得出了一身冷汗，浑身发抖，这可吓坏了守在床边的县令王云和掾史王玉。县令王云叫来医师，赵医师把脉后说，脉不旺，也不乱，只是跳得厉害，身上真的中了瘴气毒，你们说他身上有毒可能是真的有毒。

县令王云望了一眼掾史王玉对医师说，掾史说的身毒不是说王褒钦差身上的毒，是秦始皇开发的蜀身毒道的身毒，是从小相岭向南行五千里的身毒国。

五千里外还有个身毒国，我以为越巂郡就是最南端了，居然

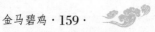

还有比这更南的南方。身毒，身毒，王褒身上有毒，遥远的南方有身毒，毒毒相克，今王褒钦差身在灵关，派人去小相岭山顶采雪中灵芝，灵灵相克，王褒钦差定能过得了这一关。

医师说着用食指在王褒鼻子前停了一会，又望着县令王云道，气息有点弱，要抓紧时间救治。

县令王云一脸愁容道，你一定要救钦差的命，千万不能有闪失，如有闪失，宣帝得不到金马碧鸡，怪罪下来，你我都是死罪。

赵医师看过成千上万的病人，第一次看这么金贵人的病，但又要搭上自己的命。便道，县令你另请高明吧，我一生命薄，医不了钦差之病。

县令王云一听勃然大怒道，平时听说你是灵关一带第一名医，是半仙，可今天见了钦差生病你又说你命薄，分明是在说谎。那你说说，灵关一带的高明之人在哪里？

赵医师摇着头说，高明之人我也不认识。县令王云大声道，你不给钦差看病，就先把你捆了下狱，等钦差醒了，看钦差如何治你的罪。

万一钦差一睡万年呢？赵医师看王云县令一眼小声道。

万一钦差一睡万年，你就陪他去一睡万年。王云县令又叹着气道，不能有万一。

我是活也医，万一也得医，我一贱命怎么会与钦差拴在一起，这真是命运安排，是祸躲不过。

赵医师不敢看县令王云脸色，扯了扯掾史王玉的衣袖把他叫到门外，小声对掾史说，刚才探了钦差的气息，他体弱不能再拖，小相岭山顶雪中有雪白的灵芝，今钦差身在灵关道，两灵相冲才能救钦差之命。你们左说一个身毒，右说一个身毒，这在民间叫犯冲杀，只能再找一个冲杀才能救他的命。命悬灵关只有小

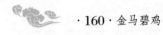

相岭神龙池的灵芝能救钦差的命，可去小相岭山顶来回要一天，命大可以等，命小就等不了了。

掾史王玉急得直跺脚道，赵医师快说你有什么好的办法。刚才县令说的你也听到了，万一钦差一睡万年，你我就得陪他睡去，你医不好钦差，天大的好事都将变成天大的灾难，我新婚的娇妻刚有身孕，我可不想年轻轻就陪你。

我一世好名声，救了成千上万的人，人称赵半仙，不想遇到钦差这病，我也想医好钦差，借他金口一夸半仙传万世，看不完的病，收不完的五铢钱，可这命运又捉弄我。我是老了，可以陪他一睡万年，可我一生辛苦行医得来的半仙美名就算毁了，你们还要让我下狱。

别再叹气了，想出一个办法来，掾史王玉催道，县令的脾气你是知道的。

只有一个办法。

什么办法？

将钦差抬到小相岭山顶去找药，不能在此等药，时间来不及了，只有这样才能有救。

可这盘横山道，钦差那身体受得了吗？

我见的病人多了，钦差是驱温致湿，生疾造热，中了瘴气，有生命之危，好在内体还行，虽有生命之危，但只要快就有希望。到山顶一天，连夜去找雪中灵芝，吃了就会好转了。赵医师说道。

我去转告县令，你在这等着。掾史王玉说道。

县令王云听了掾史的话，点着头道，只能这样，反正病好了也要过小相岭山顶，叫兵丁抬着轿子立即出发，把赵医师也一起抬上去，治好了放他走，治不好也有个说法。他在心里暗暗祈祷：王钦差你一定要好好活下来，我们等着你在太守、刺史、皇

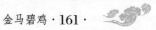

帝面前说我们灵关县的好话。前两位司马钦差来到灵关道，两位
钦差回去后沿路县令都被提拔了，我们等着你风光回去，小相岭
神龙会保佑你，金马碧鸡会保佑你。

县令王云命令兵丁用轿子抬着病中的王褒和赵医师艰难地向
小相岭山顶攀爬而去。沿途遇着一潭又一潭的清泉，泉水碧绿，
高山杜鹃也在盛开。仙境一样的山路，非常颠簸，昏睡中的王褒
渐渐苏醒过来，发出哎哟之声。

听到王褒的动静，赵医师叫停下轿子，他拉着王褒的手切着
脉问，王钦差感觉如何？王褒虚弱地说，好，好，这是在哪里？
我只听你们说什么身毒，身毒，我就睡着了，我真的全身中毒
啦？我还没迎回金马碧鸡如何向宣帝交代。

县令王云靠近王褒小声道，王钦差不是你身体有毒，我们说
的是你走的这条路是大汉开设的蜀身毒道，通往身毒国。

身毒国，身毒国，我知道，朝廷里有身毒国送的大象牙、绿
孔雀羽毛，那可真是人间稀有的珍品，还有那夜明珠。我现在在
哪里，景色这么好，我怎么睡在轿子里。

县令王云忙解释，我们出灵关县城正走在小相岭至司马相如
钦差开设的灵关道上，要前往越嶲郡，去蜻蛉县寻金马碧鸡。

那我怎么了，昏睡了这么久。

王云县令心中十分着急，却不知如何回答钦差问题，支支吾
吾着。

赵医师面带微笑，轻声说道，钦差着凉了腿脚不便，到小相
岭山顶吃了白灵芝就会好了。

灵关、灵芝，你们这里怎么这么有灵气，一会是灵关，一会
是灵芝，王褒有气无力道。

听到王褒夸奖，一行人精神极为振奋。王云县令抢着回答
道，本县是有此灵气，谢谢王钦差金口。

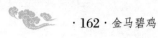

王褒来了精神道，灵关道就是以马帮道过灵关县由武帝钦定，在京城比越巂、益州有名气，今天一睁眼就看到此仙境，真是名不虚传。说着便想下轿来。

赵医师吓得赶紧扶住王钦差小声说道，你初来灵关不知道，你已进入南方，北方南方不同，南方露水多，山高箐深，地气潮湿，你们北方人刚来会不适应，易得一种叫瘴气的病，等到了小相岭山顶吃了雪水煮的雪灵芝，病就会好了。

这瘴气我在成都时就听马贩子说过，这病可要人命了，轻则不能行走，重则夺去人命，想我圣旨在身，愿瘴魔放过我。

王云县令起身拜道，王钦差是天子钦点，不会得这南方怪病，以前两位司马钦差都没有得这病，王钦差你也有皇恩相助。

天大由天，只是不能在我见金马碧鸡之前有一点闪失，金马碧鸡才是天命。王褒叹气接着问道，到小相岭山顶还有几个时辰的路。

掾史王玉回道，还有两个时辰，我们见到大片大片的花海，就说明离有名的夷人神山俄尔则俄不远了。钦差就是钦差，你一来，山花都开了，开得比往年还多。

崇山绵长的小相岭，被随风飞舞的雪花打扮得千姿百态。小相岭横卧在孙水桥前，高山峻岭就成了蜀郡与越巂郡之间的一道天然屏障，山势险要，树林茂密，道路狭窄，小相岭丫口，天然是一个马鞍形，千百年来经马帮走成一个关口驿站，是到越巂郡的必经之地，是灵关道上的第一雄关，万里千山，山连着山，只见树木不见天。一行人闻到了被雪覆盖着的青草向外散发着的清香气息，王褒也格外喜欢这里的泥土味。

灵关道就是有灵气，王褒想着坐在轿上闭目养神，心里知道自己得的病并不轻，而金马碧鸡还在更南边的禺同山。

雪花飘飘，冷风萧萧，这是到处散发着雪的清冷气味的雄

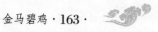

关，走过大相岭，来到险象环生的小相岭，此时一双脚第一次踏在了越嶲郡的雪地上。风在吹，吹开乌云，大地一片洁白，天空中出现了太阳，此时阳光还算灿烂。王褒此时非常需要阳光的温暖，这是人的天性。王褒又恢复了气宇轩昂、多才多艺之身，又恢复成文武兼备的皇命在身之钦差。出行的大旗也在冷风中猎猎作响。

兵丁继续用轿抬着王褒向白雪皑皑的小相岭山顶行去，盘山古道曲曲折折，坑坑洼洼，但随处可见道两边岩石上的凿痕，王褒钦差的护卫扛着大旗随行，少了往日的威风凛凛。走过一段石头路，路上尽是数不清的马蹄印、人脚印。山雾一阵一阵往身后飘，大家都希望早一点到山顶，让王钦差早一刻吃上仙境中的灵芝。嗒嗒的马蹄声犹如人指挥的鼓点一样在马帮道上敲响，仿佛这蹄声是王褒写出来的一首诗。清脆的蹄声让王褒听到了向前的希望。每向前一步就更接近金马碧鸡一步。太阳当顶，山雾越来越少。一行人过了满是大石头的山坡，又过了满是不知名花儿的花海，再过一地雪花的白海，就到了望天坡，山顶就在前面不远处。这时太阳越来越红，雪花停时，空气中没有一丝热度，风一吹，能感受到雪风刮过如刺一般的冷。只有赵医师一人感受到雪风中带来的白灵芝的药味，有了活命的希望，其他人都在希望这雪风像出发时的雾一样，尽快消失。

生在南方，成名于北方的王褒，这时来到了延绵不断的小相岭，高耸入云的大雪山立在眼前。变化无常的天气，王褒从不惧怕，但此时快到越嶲了，却怕起这缠在身上的瘴病。

王褒受瘴病困扰，一身无力，面部失神。

又走了约一个时辰，隐隐约约两个斗大的"灵关"二字出现在山丫口的石岩上。掾史王玉说，我们的目的地到了，这就是小相岭丫口，今天的山坡爬完了，这是灵关马帮道上最高的地方。

赵医师下轿小心翼翼地说，这不是小相岭最高峰，这人来人往的，哪有带仙气的雪山灵芝。说着望了县令一眼，目光又落到王褒身上，想自己一个民间医师，不想命却和这贵为钦差的连在一起，真是想笑笑不出，想哭又无泪，人生真是如这灵关马帮道一样曲折。

　　县令王云看出了赵医师的心思，走到王褒轿前，王褒此时面色好了许多，示意县令王云将自己扶到灵关道石刻前。王褒读了灵关大字最左边的落款小字，是武帝二字，他如见皇帝本人一样跪下行礼。口中轻轻道，微臣王褒叩拜先帝真迹，望保佑我平安到达蜻蛉禹同山请回金马碧鸡。

　　一行人见王褒念到武帝的名字，如同有人指挥一样，齐刷刷跪下，倾听王褒虽弱但带着悲壮的声音。

　　王褒对石刻行完礼，在众人搀扶下登顶眺望，眼前云海茫茫，气象万千。

　　望着眼前弯弯曲曲的马帮路像一条灰白的丝带飘在大地上，指向了远方，路边的一木一草记录了成千上万马帮走过的足迹。

　　赵医师见王褒一时忘了病痛，心旷神怡，脸上有了久违的笑容，心里又放松了一截。心想，钦差你千万不能万年睡在这里，你万年睡了，我也没命了，我一生救了多少人，他们千万条命还不如你一条命贵，我也曾医死过人，却没人敢怨我一句半声。那是上天的安排，你好端端一个人，从宣帝身边来南方，不服水土，这是这条道上的常事，偏偏你是钦差，命比别人贵，这椽史王玉又偏偏在千百个医师中找到我，让你土钦差的命拴住了我的命。把你医好了，你也要在宣帝面前美言，让我也如你一样，飞黄腾达，享受京城的荣华富贵。我医了一辈子还没见过谁像你王钦差一样的犯冲四象，身毒、身毒国、灵关道、灵芝药。中医道，一物克一物，蜈蚣克麻蛇，冲克两消。见了雪中灵芝，你病

就冲消了，像雾见了阳光一样就会化为乌有。想着走到掾史王玉身边小声说，是时候派人上山顶找雪中灵芝了。

掾史王玉又走到王云县令身边，王云县令见王褒有了精神，却忘了今天的大事，一脸严肃，望着赵医师道，我立即派八个兵丁由掾史王玉带去小相岭山顶俄尔则俄采雪中灵芝。

仲秋时节的小相岭天气神秘莫测。天边云蒸霞蔚，天空灰蒙蒙地罩下来，群山苍茫茫向王褒一行拥过来。似乎有一场大雪隐在天幕后，随时在迎接着钦差一行。

掾史王玉领着八个兵丁走向鹅毛大雪铺天盖地旋转飞舞的雪山，本想带上赵医师，但看着赵医师走路无力的样子，加上县令早前吓了他，已无精神爬大山。好在赵医师原来带他来采过雪灵芝，他知道小相岭雪灵芝生长在一个阳光很少照到的出泉水、阴暗、长年有雪的一个背阴山坳里。自己十多年没上这山了，来一次都十分困难，除了挖救命药，谁愿意好好的来这雪山找苦吃。只有年轻时的赵医师喜欢上山来采灵芝。采一次雪山灵芝管十年、八年，能救百把上千个人的命，能收回几千五铢钱。他赵医师在灵关县神来神去就神在这里。

掾史王玉的记忆力特别好，沿着当年走过的路，半个时辰后就赶到了雪风刺骨雪灵芝生长的地方。雪白的一个小山坳中，隐隐约约冒出几朵灵芝，淡红色的，开始只是一点，扒开雪就是一朵。八个兵丁也比较卖力，每人找到两朵，手就被雪冻得通红，与灵芝一样。掾史王玉拿出准备好的绸布将这些灵芝包好，叫一个身强力壮的兵丁背上，沿路返回。下雪山可比上雪山难多了，雪是白色的，下面却不知深浅。背灵芝的兵丁一不留神就滚下了山坡。在山顶东南西北清清楚楚，滚下山坡却又滚到了另一个方向。这可急坏了掾史王玉，他骂了那兵丁一顿，可还是得派人下去把灵芝捡回来。掾史王玉派一个精瘦的兵丁下去，一个人在原

地喊着，指挥着。下去的兵丁捡到灵芝，又比划着手势叫他向西横走出来。白茫茫一片雪，四目一望，到处都一样，走一步看一眼手势，费了九牛二虎之力才走出来与掾史王玉他们汇合到一起。掾史王玉心想不能再浪费时间了，就拿过包来自己背上。其他人相互望望也不敢再吭声，知道掾史在生闷气。

眼前的雪凭风飞升随风飘飞，霜雨交织的树枝挂着冰丝，寒风凄凄，走在树木之间清清冷冷。

赵医师掐算着时辰，雪灵芝按时找回来了。赵医师拿出一个研药的石臼，将新鲜的灵芝捣碎，倒进铜锅里在火堆上煮，煮了半个时辰，倒出汁来端到王褒轿前说，王钦差是钦差之命，你要什么有什么，这灵芝仙龙守候，九年才出一回，雪水煮的灵芝，你吃了病立马就会好。王褒接过灵芝水，一股清香也扑鼻而来，想着赵医师为自己也是煞费苦心，他闭着眼将一碗冒着热气的灵芝水喝下。

赵医师道，这雪灵芝吸纳天地灵气，王钦差是有福之人，能在茫茫雪山中遇上雪灵芝。

一百多人的眼睛都望着神魂恍惚的王褒，没有人说一句话。急急行走了几个时辰的上坡路，就为了王褒钦差这碗灵芝水。赵医师号着钦差王褒的脉，王云县令看着钦差王褒的脸，掾史王玉在给钦差王褒捶着双脚。

王褒也感觉有些喘不过气来，他闭目调节着自己的气息，感受着自己的病情。在众人的期盼中，王褒慢慢睁开双眼，看到自己带来的兵丁都跪在面前。

王褒挥着右手低声说免礼。护卫长黎红一起身，其他士兵也起身，整齐立于道路两旁。县令王云、掾史王玉扶着王褒下了轿子，他试着走了几步，感觉双腿有力了。

我能走了，我能走了，王褒大声喊着，雪灵芝真灵，我又闯

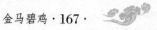

过一关，还是在灵关道上。

赵医师又端着一碗灵芝水走过来道，王钦差是真龙天子钦点的钦差，药到病除，好命好命。我医了成千上万的病人，你是第一个吃了雪灵芝立马就好的人。

县令王云、掾史王玉也齐声高兴地说，王钦差安康。

皇恩浩荡，保我命不该绝于此。王褒说道，天无绝人之路，我们继续前行。

县令王云上来劝道，今日时辰已晚，此去越巂郡还有两百里路，又不能朝后退回本县衙，我们就在此避风处休整一夜。王钦差你刚好起来，晚上再补充一夜体力，身体要紧。说着看了赵医师一眼。

赵医师心领神会，也上前劝道，王钦差虽已药到病除，可连病几日，元气大伤，需休养一夜再前行，病来如山倒，前往寻金马碧鸡的路还长。

王褒远眺南方，金马碧鸡的方向，一双智慧的眼睛，闪烁着深邃光芒。

王褒病愈初醒，闭上眼睛感受了下身体，睁开眼说道，听赵医师的，原地休整，明天向南下山去越巂郡。

望着满山雪，王褒心中急如火。

凌凌的雪风和陡峭的山路阻挡不了王褒前行的脚步，钦差的病虽好了一些，但身体非常虚弱，他头重脚轻，昏昏沉沉，跌跌撞撞，有些喘不过气来，明明想朝前，四肢却又无力支撑。

这灵关是益州境内小相岭从西向东走势，把蜀郡和西南夷分开的第一道由大山形成的天然屏障，过了小相岭就是一山一世界的西南夷。小相岭山向西延伸就是吐蕃地区的牦牛道，向东而下就是越巂郡与巴郡交界地区，再往东过了泸水就是夜郎国领地。春秋战国时期，成都就是南方之国，秦始皇打到灵关，也以为小相岭就是秦国的南方了，只有往来于大山密林中驮运蜀锦的马帮贩子知道，出了小相岭还有更远的南方。一条江又一座山，一座山又一条江，南方永无止境。司马相如到了蜻蛉，南方就是蜻蛉。司马迁到叶榆，南方就在叶榆。出发前，王褒、黄霸与宣帝在地图上指点，王褒曾经也以为蜻蛉就是骑在战马上战旗一挥就能到达的地方，宣帝想要金马碧鸡之心强烈，恨不得伸手就抓到。王褒求功心切，也恨不能生出一双翅膀马上飞到禺同山。

天有天道，

地有地法，

人有人伦。

能治太子重病的王褒却不能治西南夷大地上的瘴气怪病，才华横溢的钦差，面对神奇的大自然也无能为力。

是夜，星月皎洁，群山寂寂，王褒做了一个梦，梦见小相岭山上的神龙来拜访他，要听他赋颂。梦中，王褒作了一篇赋，赋毕，神龙送了王褒一个药丸，药丸一吞下，王褒一身轻松，他起身送龙王到门口，一阵冷冷的雪风吹来，王褒醒了，站岗的兵丁叫住王褒，王褒这才清醒过来，他问兵丁是否见着神龙，兵丁说，只见钦差口里念着什么，我们没见什么神龙。王褒道，可我作给神龙的赋还历历在目，忙叫兵丁拿来笔墨，他把自己写给神龙的赋写了下来。

孤踪何须问芳容，负杰偏又雅客逢。

不以东风怜俗士，独乘明月伴诗翁。

静心目断寒山处，远韵神驰湔水中。

吟得神篇无限意，好留佳句与君同。

题罢，王褒进帐篷休息。第二天，县令王云早早起来，看到王褒床前的诗，拿起轻轻一吟，觉得奇异，这时王褒已醒，县令王云一看，钦差和昨天相比，像脱胎换骨变了一个人，王褒神采

飞扬，精神抖擞。看着王云县令手中的诗稿，王褒道，此乃藏龙卧虎之地，昨晚神龙来访，我送到帐门就不见了。

县令王云躬身应道，这一带的夷人靠山吃山，吃的是大山里的野菜、野味，穿的是自己种自己织的麻布，住的是用木头垒起的木垛房，婚不指配，路不拾遗，日出而作，日落而息，村无长者，唯对这山如汉人敬帝王一般。传这山有神龙，视为祖先，敬献拜之。除了采药打猎，一年四季夷人很少进这山。秦始皇初修灵关道那一年，来了很多兵丁，他们听说雪山上的雪灵芝能长生不老，便进雪山中采摘，进去时晴空万里，艳阳高照，但兵丁们进到雪山后，老天却突然变脸，狂风大起，大雪纷飞，下了三尺多厚的雪，兵丁们再没有走出神山。带兵的大将将此事报给秦始皇，秦始皇封此山为白龙山。当地夷人叫陆普勒俄阶。我在此任职十年，从未进过此山。王钦差乃真龙天子的钦封大使，你我同宿一营地，你能与神龙同游，我却不能。

第二天凌晨，王云县令备足粮草，准备上路前行。

敬畏自然，敬畏神灵，这里的人做得比我们好。昨晚虽是梦游，可为神龙吟的诗却留在了白蜀锦上。

二人说着话来到了武帝刻的"灵关"二字的岩石前，王褒准备将诗稿烧了。王云县令道，如此好的诗烧了可惜，可留与下官作纪念，此一别不知何年何月能相见。

我迎请到金马碧鸡还要回贵县，王褒道。

铁打的衙门流水的官，钦差回来时，我不知能否还在此相迎。这灵关道地处几路马帮路交会之地，虽地处偏远，却也繁华，县令之职难任，却也换得快，历任县令任期最长的就数本官。王云县令充满期望地对王钦差道。

此地虽山高皇帝远，我在朝时偶尔也听宣帝提起灵关道，今日一见果然名不虚传。贵县要加强防范，增强哨务，这是通往西

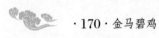

南夷第一雄关，山石之城管理井井有条，十年无匪患，实属不易，见了太守定向他提出防卫之事。

此乃本官一家之言，不妥之处请钦差海涵。王云县令回道。拜完灵关石岩，东方的太阳越升越高，照在灵关石刻大字上，熠熠生辉。王云县令扶着王褒指着脚下的群山说，最远处的大山白云下面就是越巂郡府，大山那面有一条泸水，过了泸水就是蜻蛉，蜻蛉一出就是叶榆，过了叶榆有一水是兰沧，过了兰沧就是身毒国，那才是大汉最南的地方。

冷风吹着，王褒看着眼前的山川河流，长天阔地，他的精气神越来越好。王云县令回望了王褒一眼，王褒红光满面，官帽的丝带在风中飘扬，一双明亮的眼睛注视着前方。王云县令心里希望瘴病不要搞垮这一行队伍。

太阳越升越高，把小相岭照得一片明亮，群山时隐时现。翠绿欲滴的群峰，让久病初愈的王褒心旷神怡。

一阵风吹来，王褒身上的寒气也被一同吹走，神奇壮美的大汉山川，在雾海云涛中，在一轮红日照耀下如诗如画。王褒更觉钦差之命比自己命更贵，这一场病让王褒知道了自己寻金马碧鸡之皇命是和自己的性命连在一起的，金马碧鸡的命运就是本人的命运。出京城前，宣帝对金马碧鸡的渴望，是一个大汉君主对国运盛兴中神现的金马碧鸡的喜悦和希望拥有的渴望。

一路风雨，道路险阻，真是吉人自有天助。王褒有惊无险闯过了瘴气这一劫难。王褒迎风面雪，抱病前行，向着金马碧鸡而来。

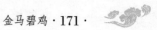

二十一

　　关峰是靠挖铁矿起家的，他的祖辈都是西征西域的兵丁，是营中的马官，善于养马、医马，到了宣帝时，西域被收服了，于是收兵放马，休养生息，发展经济，在各州制五铢钱。关峰开始靠组织马帮给制五铢钱的郡太守驮运五铢钱，后看到开挖制五铢钱的铁矿比运五铢钱更容易发财，就用积攒起来的财富，从颍川到邛崃开矿制铁，成了成都大户，开始在京城置办房产做生意。不想矿里又挖出了玉石，请来工匠打造玉石，运往京城，一边开矿一边做起珠宝生意，做的珠宝成了京城达官贵人的抢手货。靠着祖传的养马技术，他从运五铢钱、挖铁、炼铁，到挖出玉石，真可谓顺风顺水。多年的征战，关峰知道朝廷的政令有时会朝令夕改，一时大富大贵，一时又满门抄斩，他深知富贵在天成事在人的道理，他对为自己挖矿、运矿、挖玉、制玉的工匠很体恤，手下弟兄也愿意为关峰一家卖力。一小块，一小块的玉石，让他看到了、想到了更大的发财机会。可这机会迟迟不来，更何况天子脚下的京城也不是久居之地，要有一个既能发财，又能保全自身的地方，财富才能传至后代。连一人之下，万人之上的霍光都免不了一家人说没就没了。武帝时几代富商都被下诏捐钱养兵养马，在西征讨伐中，钱财不算钱，自己连最值钱的命都掌握不了，几代人都是九死一生。好在宣帝在民间长大，知民间疾苦，不好钱，才有了今天的太平盛世，也才出现了人间奇迹金马碧鸡。

　　关峰家乡颍川多铜，因铸五铢钱而铜贵，宣帝设盐、铁官掌

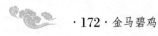

管铸钱，民间因铜贵，民众纷纷去找铜，采铜，良田无人耕种，导致第二年谷价上涨。宣帝召百官商议钱和谷之关系。一大臣奏道，夫寒之于衣，不待取暖，饥之于食，不待甘旨，饥寒至身，不顾廉耻。人情，一日不再食则饥，终岁不制衣则寒。夫腹饥不得食，肤寒不得衣，虽慈母不能保其子，君安能以有其民哉。夫珠玉金银，饥不可食，寒不可衣。是故明君贵五谷，而贱金玉。古法律贱商人，今商人因五铢钱而富。

宣帝听从其言，将制五铢钱之事收归朝廷专管。宣帝的铸钱法令，让关峰知道民间铸五铢钱已被朝廷明令禁止，遂退出了铸钱行当。重集马帮到京城做起了蜀锦玉石生意。与关峰一起铸五铢钱的商人，人心不足，继续私盗铸五铢钱，私藏钱财，贪得无厌。宣帝自小生活在民间，知天下之民对钱之爱，商人对钱之贪念之心，下旨各州郡整治民间私铸五铢钱，一批私铸五铢钱的富商被收狱治罪，重的满门抄斩。关峰因早就退出铸钱，以马帮经商而逃过这一抄家灭身之祸。因存下了几十年经营的钱财，成了京城富商，做事也一向低调。将钱财都用于买马，置蜀锦，深知钱益多而轻，物益少而贵。钱财如命，但命重于钱财。

民间和各路商道利用自己的私心，为了发财，私下偷偷盗铸五铢钱。哪知人算不如天算，关峰在颍川铸五铢钱，黄霸任太守，明察各地盗铸五铢钱的奸商，关峰被同行举报曾铸过五铢钱，被黄霸收入狱中，派人抄其家产，抄家的人去搜了关峰前院后院，却只抄到十万五铢钱。原是他深知，历代帝王对钱财管理较严，只是宣帝初即位，忙于出兵匈奴，朝廷的时间和精力都用在战事上，将私铸五铢钱的钱买了宝马，组织马帮，关峰罪不至死被关在狱中，自知余生可能在狱中度过。关峰白天出苦力，晚上回忆自己经商的经历，想着经商真如火中求财，说有就有，说无就无。在狱中深知钱财如粪土，有钱也无用的地方。特别是太

守黄霸，治民严厉，严罚偷盗奸民。几年下来，颍川童谣传：田者让畔，道不拾遗，养视鳏寡，赡助贫穷，狱无重犯，民于教化，兴于行谊。关峰家人用卖了十匹宝马的钱财去打点黄霸，却被黄霸没收并下令关峰坐狱终身。狱中关峰得知，叹天下皆贪官，唯我入狱遇黄霸，天天在狱中盼黄霸早日因病而死，自己也才有出狱之日。

关峰在狱中没听到黄霸有什么异常的消息，得到的消息却是黄霸治理颍川有功得到宣帝的封赏。关峰感觉此生已没有出狱之日，想死的念头都有了。但又想想自己比黄霸年轻，如死在狱中，就成了不白之冤案，牵挂跟着自己的马帮兄弟、年轻貌美的妻子、未成年的儿女，如自己在狱中一死，几代人走南闯北得到的万贯家产就此败在自己手上。现在自己是朝廷罪人，死了还要成家族的罪人。想想自己一生命好，说不定哪天时来运转换了皇帝大赦天下。想到这心里又盼着朝廷变天，想到这些立马起一身鸡皮疙瘩，不敢再想下去。如让黄霸知道自己这大逆不道的想法，那自己连坐狱的日子都没有了。

关峰在狱中度日如年，也不知过了多少日子。一天干活在水沟中看到自己的影子，自己都被吓了一跳，人不人鬼不鬼的，哪有当年号令马帮、除了钱财目空一切的富商子弟的模样，真是除了命什么都没有了。

不知是哪一年哪一天的早上，狱丁打开牢房大门说，关峰你可以回家了。

关峰以为自己在做梦，用头撞了一下牢门的大锁，牢门真的开着，自己的头真的很痛。

狱丁说，关峰你真是命好，当年要杀你没杀成，想把你关到老死，又遇上宣帝立刘奭为太子，大赦天下，现在你可以回家了。说着一脚将关峰踹出牢房大门。

关峰在牢里关久了，回家连路都找不着，昏昏沉沉就到了南城外的一家客栈。客栈老板是从洪州来的旧友孙云，他见到关峰，连忙来打招呼。关峰你真是命大福大，朝廷杀了多少私铸五铢钱的，黄霸明察你钱财不足以杀你，街市都流传你要关死牢中。今天你遇上大赦天下，快回去找你的娇妻。

关峰道，兄弟别取笑我了，我连回家的力气、勇气都没有，你弄点吃的给我，找套衣服让我换了，再找个熟悉我家路的马夫送我回家，到家我会给你五铢钱。

老板回道，你我当年是商道同行，你在狱中不知，这几年黄霸做太守，生意难做，种田还有回报。说着领着关峰进了店里，泡了一壶茶，沏了一杯给关峰，叫一伙计去找了一套衣服来让关峰换了。又叫厨子做了一顿好酒好菜给关峰吃，边吃边说，你我当年兄弟一场，这也算给你接风了，以后有什么财道可别忘了我，毕竟你关峰家府上财大业大，听说这几年你家中卖了几匹宝马在维持生计，这年头马市场比较好。

关峰看着老板——以前的马帮头孙云，他对自己还是如原来一样，躬身谢道，如有发财机会一定先想到兄弟。说着端起酒美美地喝了一口。好几年没喝到这么美味清香有味道的酒了。

二十二

话说当年宣帝口谕让王褒医治太子郁郁寡欢、无精打采、不思上进的病。王褒回到府上，摊开白蜀锦，磨了墨，提起一支修长的箫竹制的毛笔，他想着太子的病，思量半日却又落不下半个字，笔头干了又放回砚池。如此来回数次，仍无一点灵感。王褒将修长的竹笔管放在口中狠狠一咬，笔管裂开一缝，到几乎看不到的细细竹节处就没有裂下去，而舌尖却体会到了细小裂缝中残存的一点点箫竹的清苦香味。王褒一时间想到了家乡房前屋后一丛丛修长而绿意盎然的箫竹，它们生长在贫瘠的山坡石丛中，有的从石板缝中艰难地突破而出，只要一有阳光就疯狂地向上生长，一有露水就吸水而绿，一节一节向上生长。遇有被周围杂树包围，也努力突破杂木枝叶，冲向顶部有阳光的天空。每长一个竹节都比自身的竹竿粗出一丝丝一毫毫，有的六七个竹节上无一竹叶。竹竿第一年是青绿色的，第二年、第三年就变成青黄色，三年以上历经风吹雨淋，争得一点点阳光，箫竹就慢慢变成金黄。文人们对这如少女修长手指般美观的箫竹甚为喜爱，更爱这竹子在风雨中清风淡雨、不随势弯曲的笔直灵性，将其选为文房四宝中笔的笔管。从平淡无奇中走进充满生机的学堂，走进达官贵人的书房，到了县令、太守、刺史的案桌，成了评判是非、曲直、为民申冤的一支判笔。走进皇宫就成了皇帝诏令天下，金口玉言，一言九鼎的书写圣旨的御笔。可任它如何升迁变幻，那竹节依旧丝丝如环，不变节气。想着自己清贫颠沛的前半生，一时潸然泪下。一滴滴泪水滴在砚池中，溅起一个个细小的墨花，落在灰白的白蜀锦上，一字排开如一个个细小的天窗。王褒环视书房，看见了好久没吹奏的家乡带来的竹箫。一直站着不敢出声的书童知道王褒的性格，虽然前生清苦，后半生发达了却一直也不放下做一个文人的骨气，一是一，二是二、是是是、非是非，就是在一人之下万人之上的丞相邴吉面前也一直扬着文人高傲的头。这次被要求治太子的病就是在太子太傅黄霸面前不愿低头惹的祸，当时只要在宣帝问话时说，文墨书香哪能治病，也就推托过去了。哪知王褒却傲气一笑回道，太子乃天下奇人，奇人有病仍是奇人，奇人自有天福，病会不治自愈。

太子太傅黄霸在王褒身边小声道，太子之身贵如帝王，如有闪失你小命休矣。王褒你不可儿戏，毁了你一世才华不说，还会赔上你的性命，赔上你年轻美貌的妻子、幼小的儿女。你我都是朝臣，到时我也只能按律执法。

王褒回以微笑，望了太子太傅一眼回宣帝道，明天我随太子太傅面见太子。

宣帝下诏，命王褒与太子太傅黄霸一同陪太子读书治病。

书童也知道王褒的心思，顺着王褒的目光看去，也看见了修长有节的磨得光滑的从成都老家带来的被王褒视如生命的竹箫。书童走过去轻轻取下，用蜀锦轻轻一弹，除去灰尘，把锃亮锃亮放射着明月光泽的竹箫送到王褒面前。王褒从书童手中接过竹箫，一会横着看，一会竖着看，慢慢观察起来。他把竹箫立放在平时放毛笔的笔架上，修长的箫幻化成了太子的身影，在王褒面前就如德星堂里的学子一样。王褒回想着太子一生离奇的身世，大起大落，曲折荣华，失势得势，一时灵感勃发，想着竹子、竹箫和太子，他提起萧竹毛笔，入砚弄墨，笔落蜀锦，写出了旷世好文《洞箫赋》。

第二天，书童随王褒一起到太子东宫，书童看到了病恹恹的太子，没有一点生龙活虎、充满朝气的样子。

王褒将《洞箫赋》放在太子书房的桌案上，又陪着太子走出书房。

王褒以竹为引子，一边谈，一边背诵《洞箫赋》里的语句。

太子一面听着王褒的语句，又看着园子里如刀尖一样初出的竹笋，有一股情绪莫名其妙触动了思绪，回想起被人毒死的母后，抢先为自己试毒的乳母，一路走一路摇头。王褒细心观察着太子的一言一行，心想面前这位太子前生的命运也如这苦竹一样，在风雨飘摇和后母皇后的压制中长大。希望竹的灵性能唤起太子对生命的渴望，对家国的情怀，对未来的憧憬。

　　王褒走后，太子回到书房，看到了放在书案上的王褒的《洞箫赋》手稿，轻吟了起来。

　　话说当年在飞马门白玉堂待诏的不仅仅只有王褒一人，各州郡都按宣帝举才的标准推荐各类贤人。孙云因在洪州有能算的奇才也在那一天飞马门待诏的众才子之中，宣帝在诏见王褒与孙云时对两人同出了一道题：论玉。

　　王褒、孙云两人同时悄悄仰视了坐在高高龙椅上的宣帝一眼，收回了视线。心中都灵感一闪有了各自的答案。自古皇帝都爱文采也爱财宝。王褒、孙云所拥旷世奇才都是宣帝所爱，无财无以立国，无才无以治天下。两人也知世道的炎凉，无才无以立身，无财无以立家。春秋战国孔子以文采周游列国，蔺相如以财宝之玉换十五座城池。这文才与玉财自古就是国之命运，人之命运。

　　王褒以荀子论玉开篇，玉不琢不成器，故君子应修德，玉的价值以其纯洁无瑕，生长在乱石中而不改其本色。君子应以玉立身，故古人有重气节者，有成就就以玉佩身。好的宝剑也以玉为剑佩。无论何时君子都要守身如玉。管子曰，玉有九德：夫玉温润以泽，仁也。邻以理者，知也。坚而不蹙，义也。廉而不刿，行也。鲜而不垢，洁也。折而不挠，勇也。瑕适皆见，精也。茂华光泽，并通而不相陵，容也，叩之，其音清博彻远，纯而不杀，辞也。是以人主贵之，藏之为宝，剖以为符瑞，九德出焉。玉石，于乱石沙砾之中，唯以被风吹水流，光泽映射于世。如人之生于社会，生于乱世，唯有学有才识，知世界之大，人之伦常。王褒想到自己在蜀地漂泊半生，以墨练字，书房旁一塘泉也因自己常去洗笔砚成了墨池。如玉，于乱石群沙之中，何日能有出土之日，以碧鸡一鸣，亮于天下。碧鸡之声，如玉之碧玉之

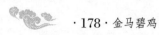

色，天下之玉以碧玉为贵，天下人品以玉为贵。落笔收文心中也嘘之，叹人之一生，如玉之成才与否就在龙座上的帝王之喜爱。闭眼沉思，想夜明珠之光芒也出于玉也。今天宣帝二选一才，或二才、财并题，我也可成也。

而孙云虽以财为贵，成地方一富，也算求财之奇才。今宣帝因先祖连年征战，国库空虚，也求财以补国库之亏空，将铸五铢钱之权收归朝廷，以控制皇室财权。

孙云在大脑里尽是平日里见的金银珠宝，什么玛瑙、水晶、琥珀、夜明珠。往日在市场驮一车车的五铢钱才买回一颗头顶上的夜明珠。知玉之贵，贵在稀有，贵在世间挖玉之费劳。往日见成千上万的人在沙滩挖淘几日才得一颗玉，摸一摸左手戴着的价值连城的珠宝，微微一笑，心里一片灿烂，天下帝王，无不爱珠宝之价值，爱玉的天价。提笔写道，天下之玉贵在市价。

丞相邴吉看到王褒、孙云都已停笔，上前将两人的文章一一递给宣帝。宣帝读了两人的文章。王褒以玉论德，孙云以玉论价，讲得头头是道，也如玉在当世的现状。想想自己的身世也如玉一般，生于狱中，长于市井，后被朝臣拥为皇帝。也想起在自己之前当了二十七天皇帝的刘贺，心里不知什么原因，凉丝丝的，差点失去皇帝仪态，赶紧扶龙椅正襟危坐。这一惊惊出了今天的答案，玉之无价，也贵在德行，有价无德如前之废帝。放下两份答卷，双手紧紧抓住龙椅扶手，目视下方，一一打量下面的两名才子，如若在平常视察民间，都是朝廷重用之人。可今天以玉试才，试的是才能，更是人心。天有情，也有喜怒哀乐，也有自己的偏好，春夏秋冬各有所长，都是天之安排。日月星辰朗朗于天，都有神的钟爱，我一拥天下的帝王，唯有以德昭示于天，汉朝才能长久。想着扫视了文武百官一眼，提笔在其中一份上勾了大大的一笔。官员们都把目光落在了他俩身上，皇帝贵如珠玉的笔墨就落在他俩的其中一位身上，一秒之间就成了皇帝身边的重臣。刚才还是平起平坐，在这一秒后已是天上、地下，千里之差，朝廷与民间万里之遥。

丞相邴吉走向宣帝，从宣帝龙案上接过圣笔勾过的答卷，宣道，圣批王褒。

孙云也是时运不济，偏偏碰上与宣帝身世命运相同的王褒，如遇上其他对手，如遇上个公子哥儿类的才子，那宣帝的圣笔也许就会勾在孙云名下了。

孙云一家也是重视文才的，也请先生教孙云四书五经，可他就是对珠算着了迷，学子中就他珠算最好。家里富裕，别人走路，他自小就有马骑了，慢慢摸懂了马性，喜欢上了马。本可以靠马当武官，又遇宣帝休养生息，他鬼使神差就走上了马帮之路。如今飞马门举荐，可又遇上了对手王褒，落在文弱书生王褒后面。这也怪不了王褒，想自己一身富有，却也时运不济，心里又恨起这王褒来，想着总有一天要在某一方面超过王褒，文才不行，钱财也是一条路。走出飞马门，垂头丧气地在长安城转了一圈，来到未央宫城南门外一草地上，身下的马就不走了，任凭马鞭如何抽打，随从的马也低头吃起草来。抬头一看，南边的天空上一朵晚霞，红红的，黄黄的，还有一道黄红的光从彩霞后射出。如此美景于此时出现，走南闯北略有文采的孙云也吟出一句诗，红光一片天空，映我前途无边，到此马不前行，留此宝地匆匆。随从听到主人念诗，都连连称赞奇才奇才，彩霞当顶，是个好兆头，再看主人一脸红光，马蹄下一片青草地，这是块风水宝地，马都不走了，何不在京城里发挥你能说会算的才气，把老家的商铺迁到这里。随从一语点通了孙云的心里之障，看着满天彩霞说，天意也，明天我就去寻找草地主人，把这块草地买下，建一马帮商铺，一可赚财富，二可与那文人王褒比一比余下人生。

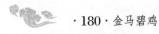

身下的马似乎也听懂了孙云的话，停下吃草，把孙云驮回住处。第二天孙云就四处打听南城门下的那块草地是谁的，却得知那块草地是武帝时卫青放马的地方，后来卫青的马夫告老还乡，卫青的马夫对自己的爱马像对儿子一般，卫青也舍不得马夫离开自己爱马，就将这块草地赏给了马夫。马夫在草地旁建了草屋，把一家人接来这儿养老，继续给卫青养马。几代人过去了，也正想着回老家，现在有人来买这块草地，就把草屋也一起卖给了孙云。孙云怕他反悔，又多加了一千五铢钱给他。随从去买来笔墨写下了契书。马夫拿着钱不几日就回老家去了。孙云叫两名随从留下守候，并交代如有人来问就说是马夫的重孙替爷爷来管理这块草地。自己和其他随从回老家筹钱到京城建商铺，离开老家前又下红帖召集有商务往来的商家和马帮帮主到府上做客，告知各路商家自己在京城建商铺的地址，就是南城门下那块风水宝地。

北方的秋天，群山静绿，溪水涓涓，湿润而宁静，朝阳染红了天地。孙云也真是经商奇才，他让一名单身随从娶了马夫孙女为妻，以防哪天朝廷来过问卫青马夫之事，对外一直称是马夫的孩子，还以养马之名又组建了一个来往于老家运货的马帮。半年时间就建好了商铺，将家乡的丝绸、铜器运来，又将京城的瓷器运回去，生意做得风生水起。偶尔还从未央宫出来采买的人口中知道王褒在宫中又受到太子的器重。还有来往于商铺的一些文人，在马店吟起王褒的《洞箫赋》。王褒乃奇才，连连遇着好运。可孙云自飞马门落败后，从未见到王褒。后来又听说王褒得势后常陪在宣帝身边，封为侍郎，常得宣帝赏赐，靠自己的文才显赫了身世，王褒在城北门置地建了一府，将成都一家老小迁到了京城，进京的各路官员也常到王褒府上拜见，一时间王褒府门庭若市。一南一北，一文一武，两人地位一高一低，在京城互不来往。孙云知道王褒府，王褒却不知道孙云商铺，更不知道是当

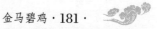

年一起飞马门待诏的孙云。

二十三

走了五里的高山，下了十里的山坡，来到小相岭山脚，冰雪已经融化，河水清流，树绿鸟鸣，又到另一个充满生机的世界。

王褒一行出了灵关道向南来到笮秦县境，来到了孙水河边，秋风阵阵，野草摇动，秋叶飘飞，蝴蝶时飞时落。

一座司马相如修建的大石木桥南北横跨于大河上。桥下水流湍急，一股河水急急流下冲在河中一巨石上，击起一串串珍珠般的浪花。一粒浪花飞落在了王褒的额头，王褒感到一股凉意。水珠快要滚到左眼边，王褒拿出布巾将水珠抹去，驻马立于桥中央，向上游看着水流。

驻守孙水河桥哨的哨丁上前来到王褒面前道，这水名为孙水，发源于两千多尺高的阳糯山，整条河流经灵关、笮秦、台登、定笮、邛都、会无等县注入泸水。这桥叫孙水桥，是当年司马相如奉命南下到此遇河水阻拦而建的第一座石木风雨桥。两边桥墩用巨石支砌，桥面用山上三尺粗的巨木搭建，历时半月建成，是灵关道上的第一座大桥。建成后，司马相如在此设孙水桥关，建有关亭，常年有士兵把守。这一带五里一哨，十里一堡。听闻王褒钦差前来，笮秦县令募民填坑补洞，条石铺路，陡坡凿台，甚得这一带民众称赞。民间传言，金马碧鸡飞南方，孙水桥边有太平。笮秦县治就在这孙水河南岸下游二十里处，笮秦县县令金叶出城十里迎候钦差。

孙水桥边山峦绵延起伏，草木葳蕤，一派葱茏。林木掩映，欣欣向荣，岩壑清幽，峰峦重叠，在残阳如血的余晖下，浓荫馥郁，透射着某种淡淡的忧伤，眼前飞禽在徜徉，小鸟在鸣唱，而远处山猿在吼叫，桥边几株大树，苍劲挺拔而又历经风霜，桥下的水，滔滔不绝汹涌向东流去，把孙水桥的平静与源远流长体现得更为透彻，尽管无情的历史让它残缺，孙水桥的古老演绎了历史的沧桑，但它依旧如建它的主人司马相如一样风姿绰约，与日月同辉。

王褒看着孙水桥感慨万分，想起了司马相如、司马迁不辱使命出使南疆置郡、设县，功成名就，甚得武帝重用。而自己受恩于宣帝，迎请金马碧鸡，一路遭匪患，今又遇重病，真是天不助我，我虽残病之身，心烦志不乱，愿孙水河神保佑，助我前往禺同山。

王褒过了孙水河桥，沿河岸东下，沿途有红色、枣红色、玫瑰红、紫罗兰、蜡黄、油绿、深绿色的花岗岩石铺筑的驿道，经九盘营、登相营、深沟哨、冕山堡、新桥、铁厂，来到了笮秦县城十里之外的司马亭。笮秦县县令金叶已早早在此等候，见钦差到来，跪下并行礼。王褒下马将县令金叶扶起道，贵县乃风水宝地，这孙水桥的事，宣帝也常常提起，沿途驿道五彩斑斓，是一处避暑的好地方，只可惜山高皇帝远，我返回京城定向宣帝上报这人间仙境。

笮秦县县令金叶道，这孙水河是灵关道上的天险，远古时身毒国想进蜀，探子来到孙水河，夜晚宿岸边，见河两岸晚上尽是一闪一闪的千百万只眼睛盯着他，吓得他第二天就返回身毒国去回报国王，说华阳与蜀交界的孙水河夜里有天兵把守。身毒国国王从此再不敢前来。现偶有身毒国马帮运着宝石、珍珠、海贝、琉璃到此都不敢夜宿。第二个司马中郎将司马迁也曾奉命到此，见了孙水河也惊叹孙水之神奇，惊叹司马相如的壮举。你是第四个到孙水的钦差，又是深秋季节，孙水河水位下降，水流稍缓，

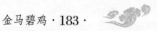

秋高气爽，天干地燥，道路安全，这是钦差给孙水河一带民众带来的好运。

王褒忙道，宝地孙水河，幸得大汉几代帝王垂青，连派四任钦差前来，我有幸亲见，也是托孙水河神之福。现未央宫前白玉堂里的皇帝宝座，也是司马相如带回去的越巂郡的贡品。今日沿途一见，惊叹孙水之物华天宝，如我拜请金马碧鸡命成回道经此，也请县令送这汗血宝石进京献宣帝，大汉之帝，应北有汗血宝马，南有汗血宝石。

孙水河南岸，崎岖不平的灵关道，是大汉边陲，身毒国货物出进的马帮驿站，盘亘于直插云端的小相岭山脉，盘旋在孙水河两岸，左边是陡峭的悬崖峭壁，右边是让人望而却步的万丈深渊，岩上古木参天，道上长满了青苔既湿又滑。突然间高高的山坡滑下，巨石滚落，石尘俱下，响彻山谷，人兽皆惊，一阵混乱，同时红色的灰尘弥漫在河的上空，一个碗大的石头飞来打在王褒的马队中，马队一阵惊乱，王褒从马上摔了下来。县令金叶在慌乱中找到钦差大臣，王褒已受惊，牙关紧咬，昏死了过去，不省人事。几名兵丁将王褒抱到山崖下一个安全的地方靠在一棵大松树下。县令金叶带着几名兵丁守在王褒身边，又令副县尉朱兵带着两匹快马回县衙通知县守兵前来修通被堵的道路，并让将自己坐的轿子抬来接王褒钦差。

筶秦县县尉华杰带领一百名士兵在挖滚落下的岩石，说来也怪，这岩石整块都是肉红色，岩缝间流出的水也是血红色的，像人身上流出的血水，越挖越红。县尉华杰越挖心里越急，自己在县衙半辈子，也从未见过这等怪事，虽一直传说孙水河一带有神仙，自己来往这一带数百次也从未见过。县尉华杰令士兵停了下来，跑到王褒休息的大松树下把县令金叶叫到一边报告，两人面面相觑，沉默了约一刻钟，最后决定还是向钦差报告这等怪事。

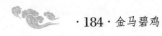

草木无情，秋叶飘零，山川寂寥。

两人正商议间，一名士兵跑来报告，王褒吐血了。听到这个消息，县令金叶、县尉华杰两人脚都吓软了。钦差要是在这有个三长两短，太守骆武定拿我们是问。县尉华杰组织抢修道路，副县尉去找医师，我陪钦差养伤，现已中午，轿子已到，天黑之前我们赶到筰秦县县衙。县令金叶说着小跑着来到王褒身边，见王褒躺在一名士兵怀里，口吐鲜血，忙弯下腰掏出蜀巾帮王褒擦拭口角边的血丝，并观察王褒的脸色。他将王褒的右手腕放在自己的左手心，给王褒切脉。边把脉边自言自语道，脉还稳，可能是从马上摔下时有了内伤。又继续切脉，观察了一下，自己的一颗心也随着钦差脉的稳定而稳定下来。

一个时辰过后，王褒慢慢睁开双眼，面前是掉下的一块块血红色的岩石，再看到自己身上也是红色的灰和红色的血丝，他慢慢回想着刚才发生的一切，我可不能死在这里，寻找金马碧鸡的使命还没完成，司马相如、司马迁两位钦差都能顺利返朝，我王褒承宣帝赏识，官拜侍郎，迎请金马碧鸡之行为何一波三折，九死一生，安危旦夕之间，如此之难。

筰秦县县令金叶看王褒醒来，放下王褒的右手说，钦差受惊了，惊恐伤身，气血而下，头脑胀痛，面部无神，钦差吉人自有天相，刚才前方红岩石掉下是因为一些客商偷采红岩石导致岩体裂开，加之一连几日太阳暴晒，导致红岩石松动，又遇这几日士兵沿途采石铺路，来不及撬下裂开的岩石所致，请钦差在此休整，静养身体。路立即修通，这离县衙仅三十五里。

王褒回道，甚好，甚好，遇到红色石屑、红色岩石也是好兆头，汉朝历代皇帝都喜爱红色，到了武帝，对北方的汗血宝马更是钟爱。

武帝喜欢马，见不到马就寝食难安，每天都要到猎苑看一眼

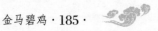

自己的宝马。元鼎二年张骞第二次出使西域归来，带回了乌孙国赠送的宝马数十匹，方士又在《易经》中算出"神马当从西北来"，武帝得宝马后，一高兴在长安设了马苑封一名官员专门饲养宝马。后来又听李广利回报大宛国有比乌孙国更好的汗血马，又派李广利西征，进兵大宛国，大胜而归，带回了一百多匹汗血宝马。武帝得到汗血宝马，带领文武百官来到马苑园，观赏汗血宝马，令文武百官作诗赞汗血马。武帝也诗兴大发，亲自作了《天马歌》：太一况，天马下，沾赤汗，沫流赭，志俶傥，精权奇，茶浮云，晻上驰，驱容与，迣万里。今安匹？龙为友。李广利因获汗血宝马有功被封为海西侯。武帝得了汗血宝马一千多匹，取名西极马。西极马，马鬃、马毛一身通红，强壮无比，跑起来如飞一般，武帝又赐名天马。但这汗血宝马也造就了天下第一冤案。

将军李陵见李广利得汗血宝马受封海西侯，心中也生壮志，太初四年向武帝请战出击匈奴，而战马由贰师将军李广利统领，李陵获功心切，亲率五千步兵从居延出发，急行三十日，与匈奴交战被困，无马难逃，为自保而降。武帝听到自命才能高于李广利的李陵兵败，龙颜大怒，召集文武百官商议李陵受降一事。耿直的太史令司马迁力谏李陵因拥有汗血宝马的援兵未到，已尽力出战，为保全士兵生命被迫暂时投降，并非真心实意背叛朝廷，司马迁将李陵被迫投降匈奴的原因归到得汗血宝马的李广利身上，从而惹怒了喜爱李广利的武帝，问罪为降将李陵说情的司马迁，说要与李陵同等治罪，当杀。在众臣请求下，司马迁被免除死刑。武帝权杖一挥，看着当年奉命出使西南夷的司马迁，心里想着马苑的汗血宝马和那自命不凡自请出战反投敌的李陵，又看着众臣跪着为司马迁求情，才收回成命，将司马迁下狱处以宫刑。

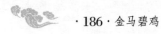

司马迁之事给后世耿直的朝廷文武百官心里留下了一个阴影。

筝秦县县令金叶听了王褒讲的汗血宝马一事顿悟，连忙向钦差跪道，谢钦差，红岩石之阻非本县令之意。

王褒一脸威严道，这汗血岩石迎路而来，乃天意也，是朝廷之盛事，非小县令所能为之也。

说话间，孙水河乡三老朱晶领着一名医师也急急赶到王褒休整的大松树下。一群人的目光都转向了医师。医师先看了下王褒的脸色，又急切地伸手去摸王褒的左手，给王褒切脉。静静地不问一句话。王褒从马上摔下的事，去找他的副县尉路上已向他说了。孙水桥一带驿道用血色岩石铺成，岩硬路滑，北方来的人骑马走不习惯，摔下是常有之事。切过脉，医师抬头望向县令说，钦差是内伤，需要静休调养，孙水河岸边有一种药树，叫血藤，弄断了会流出血一样的汁水，副县尉与我说的断岩处流出的水是红的，就是因为这血藤弄断了浸在水里和水一起流的原因，用这血藤切成片煮水喝，静休几日钦差的病就会好了。

一听医师说要静休，王褒的心里更急，立马又吐出血来。医师的手在王褒鼻子前停了一会，向县令点头示意，还好，王褒气息还稳。

一行人陪王褒休整一个时辰后，血藤已煮好，放凉后县令金叶用木勺一勺一勺喂进王褒口里。又等了一个时辰，王褒才慢慢清醒过来。

这时县尉华杰也来报告。掉下的石块，色彩为枣红色、玫瑰色，十分坚硬，挖通道路的进展缓慢。

站一旁的孙水河乡三老朱晶说道，这一带石岩十分奇特，几年前过往的身毒国客商路过时也作为平衡马驮的石头运回，后传为奇石，本地人因岩石生在悬崖上又有血水流出，视为神石，常来祭拜，不敢采用。说也奇怪，神岩一向好好的，除有猴子常在这一带活动，从未发生过石岩倒塌之事。

王褒命县令金叶去取一块岩石过来，王褒接过一看，心里不觉一惊，这岩石颜色和宣帝猎园中的汗血宝马颜色一样。枣红色，这是自武帝以来朝廷一直在寻找的汗血宝石。

王褒在县令金叶、三老朱晶搀扶下来到乱岩石边，越看越觉得神奇，一个个石头幻化成一匹匹汗血宝马。天助我也，宣帝对我有知遇之恩，宣帝一心想寻找传说中的汗血宝石，今天我就在这里找到，这是我王褒的福分，也是宣帝皇恩浩大，感动了天神，令汗血宝石在此出现。

三老朱晶解释道，传说司马相如当年来到孙水，一向平静的河水突然猛涨，阻挡了司马相如前往西南夷的道路，司马相如无计可施，又不敢抗旨返回，只能望河兴叹。一天，上游漂下十多棵木头堵住了河，飞来几只鸟在木头上一阵叽叽喳喳，司马相如顿时茅塞顿开，叫来县令派出民工到上游山上砍来上千棵一人围抱之粗的木头，在孙水河最窄处支砌了两个石礅，架上木头，架起了钦差昨天走过的孙水桥，解决了孙水千百年来的出行难题。今天汗血宝石拦路也如司马相如遇水拦路一样，这是上苍对钦差的奖励，让汗血宝石出现在钦差眼前。

王褒看着眼前的汗血宝石，呼吸着鲜湿的空气，心情也有些轻快，回道，等我迎请回金马碧鸡到筸秦，金叶县令就派几名手艺高超的石匠，用这奇石打一对金马碧鸡运回京城，立于宣帝的猎苑里，让汗血宝马与汗血宝石同在猎苑里，这是武帝都没有实现的宏伟壮举。

县令金叶小心问道，宣帝知道筸秦么。王褒回道，宣帝只知司马相如建的孙水桥，天下之大，他知道天下十三州，他也只知道个数字，如这汗血宝石运到京城，天下都知道筸秦出汗血宝石，就如当年武帝在泰山封禅，天下也才知道泰山之神圣。

　　正说话间，县尉华杰来报，道路已修通，但只能人马分别通过。县令金叶令县尉华杰找来一名壮实憨厚的士兵，将钦差王褒背过这乱石堆。县令金叶小心翼翼走在旁边，生怕钦差再有什么闪失，这可关乎筇秦县的命运，这刚刚被钦差点破的汗血宝石的命运。走过汗血宝石乱石堆，县令坐的轿子已抬到孙水河边，王褒坐上县令平日坐的轿子向县衙行去。

　　王褒坐在轿中，一时忘了从马上摔下的伤痛，心情也舒畅多了，右手打开轿上的一块布帘，看着外面一闪而过的风景，突然间看到地上有一排石头。王褒感到好奇，叫轿夫停下，轿一停，县令金叶、县尉华杰忙上来询问发生什么情况了。

　　王褒打开轿帘，问道，这一片石堆为什么这么整齐。

　　县令金叶道，这里叫乱坟坝，是孙水河一带修灵关道时死的士兵、民夫的坟。这一带在春秋战国时期是民间马帮互通有无的山径驿道，自司马相如受帝命出使西南夷，看到西南夷地域广阔，青山绿水，物产丰富，从身毒国运来的宝石、玉器、珍珠、琉璃、玛瑙在这山间水道上交易，民虽穷，却戴着富有之物。武帝爱世间美物，听司马相如报告西南夷有夜明珠，便令各地沿司马相如出使路线开凿西南军事交通要道，而北方来的将领、士兵不适应南方潮湿高温气候，死伤甚多。带兵将领吴方文人出身，怜爱士兵，也不敢撤兵，继续挖山修路，就将死去士兵安埋在一处，让他们的魂灵结伴成群，不致成为孤魂野鬼祸害人间。到汉元鼎五年北起成都、南至越巂蜻蛉的灵关道贯通。道路通了，这坟也达一千多座。县衙每年清明都来烧纸祭饭，安慰这些不能回到故乡的鬼魂。

　　王褒听到县令的回答，想起死去的父母，想起死去的好友周平，只觉世事多变，多少亲友阴阳两隔，想到今天走的道路是多

少士兵用血汗、用命修通的。

王褒起身下轿，县令金叶、县尉华杰连忙上前搀扶。王褒一步一拐忍着痛苦走到一排排坟堆前，怜悯之心顿生，他令随从将随身带着的军粮中盛了一碗来，一把一把撒向坟群，口中念念有词：你们是勇士，埋在这荒野，为汉廷修路架桥客死他乡，我这钦差出征西南，虽也多灾多难，九死一生，但有宣帝记惦，你们却成了他乡之鬼魂，待我王褒请得金马碧鸡回朝，定上奏宣帝，设坛祭祀你们的魂灵。褒有一愿，请你们一路保佑我一行队伍顺利到达蜻蛉禹同山。祭毕，王褒仰天长叹，天路之艰，人命之苦，今以钦差之命感受也。王褒返身离去时，一群乌鸦飞来寻食刚撒下的军粮，在石堆坟上空呱呱呱叫着。

秋风飒飒，寒气袭人。王褒在县令金叶、县尉华杰搀扶下回到轿中，一路经过九盘营、登相营、深沟、冕山、新桥、铁厂，傍晚时分到达县城。

二十四

王褒在县令金叶、县尉华杰护送下来到笮秦县城所在地甘相营。见县令金叶回城，守城士兵远远打开城门，城楼上摇旗呐喊欢呼。王褒掀开轿帘一看，这是一路上见过的最独特县衙，道路由石头铺就，墙是石头砌的，城里房子也是石头墙，除县衙是汉瓦外，约一百丈长的街道两旁商铺都是茅草盖顶。来到县衙大门，下了轿子，王褒身心恢复了一半。县令金叶想上前来搀扶，王褒摇手拒绝说，进了笮秦县城就安心多了。抬头看了看城墙，整个城墙一字排开，南北相望，这是一线天城。县令金叶见王褒开口说话，也回道，这城建在两山之间一个平坝上，南北通长，

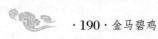

东西狭窄，就地取两山间的石头，就建成了这南北通长的县城，城里有一千多农户，驻扎有五百名守兵，加上各堡哨的守兵有一千多名士兵。这一带笮民无君长，靠种地打猎为生，我来这任县令五年无一起案件可审，日常多接待来往官员、报信士兵，城内有三家马店，偶有带通关文件的身毒国客商。我在此地也算得个清闲之职。

王褒安抚道，边疆郡县经两司马出使，民心被安抚，灵关道被打通，一路到了蜻蛉弄栋，出叶榆，既是大汉的雄才大略展示，也是笮秦民众之福。县令清闲，说明你治县有方，堂上无案，是民众平安。清闲自有清闲的活法，像司马相如一样在蜻蛉多开学堂讲经开化夷人，培养学子，宣帝英明，开了朝廷白玉堂举荐之门，广纳天下文武英才。

笮秦县县令金叶连连点头道，是，是，多谢钦差指教，说着一行人来到了笮秦县衙客房，安顿王褒一行住下。

县令金叶、县尉华杰一路上悬着的心才安定下来。三老朱晶和医师忙着给王褒到处寻找药材，钦差虽不是皇帝，可手中的圣旨到哪里就如皇帝到哪里一样。钦差住处周围有随行而来的卫兵把守，除了医师，没有王褒召见，谁也见不到钦差。

第二天卯时，凉风凄凄，大地上秋霜如珠，秋月如玉，明月白霜，寒气袭人，县令金叶、县尉华杰早早就来到县衙议事厅品着茶，等候王褒的消息。医师此时也不知在何处，两个人呆呆坐着，随手翻看着身旁的书，一句话也不说，心里都在想着钦差的病。

笮秦县县令金叶写了一封书信，将王褒病重的事通过邮哨快马传给越巂郡太守骆武。两天后太守骆武收到县令金叶的信，看完信，太守骆武悄然而悲，肃然而恐，生怕钦差王褒在越巂郡地有什么不测。他一脸的焦急，但一时也想不出什么办法，前面是

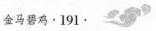

金马碧鸡之神等待钦差带着圣旨去召见。金马碧鸡是天现神瑞，命贵如天子，非钦差手持圣旨都不出现，近些时间，无论蜻蛉县令胡平派人如何搜遍禺同山山箐都无一点蛛丝马迹，传说还有几支商队前去寻找，如请不出金马碧鸡，这欺君之罪越巂郡怎么扛得住。钦差来到笮秦离郡治邛都仅两百里，快马两天。县令之马三天行程。任太守十年，自己从未受过宣帝召见，今皇上钦命近在两百里。如钦差请到金马碧鸡面见宣帝，有钦差之美言举荐，自己也能在白玉堂待诏，如王褒一般一步升天，功成名就。想着想着，手中的县令之信掉在了案桌上。

太守骆武找来郡尉付生在议事厅商议王褒在笮秦重病一事，郡尉付生看了信连连摇头，不敢相信这是真的。两人都看着开着的衙门，漆黑的大门外边有两名士兵在站岗值守，如王褒不病，那这道大门此时已经在热热闹闹迎接钦差的到来，那又将是一番别样的景象。

正在此时，蜻蛉的快马也送来一封加急书信，太守骆武从值守门卫手中接过信打开一看，真是祸不单行，急上加急，蜻蛉县令急告，发现有一帮人马夜间在禺同山东面寻找金马碧鸡，昼伏夜出，十分狡猾，县里士兵一连守了十多日都没守到，请求郡上派兵协助捉拿，火速支援，赶在钦差到来之前将这些人捉拿归案。太守看完后将信递给了郡尉付生。

郡尉付生看完信后说，都是奔着金马碧鸡而来，我们是先找医师去救钦差，还是先派人去捉拿盗贼。

太守骆武说，当然先去救钦差之命，那是命中之命，钦差有个三长两短，益州刺史王襄会拿我们是问，惊动了朝廷，你我别说乌纱，连命恐怕都难保。

郡尉付生道，但若不领兵去蜻蛉捉拿偷挖金马碧鸡的盗贼，金马碧鸡被挖走了，王钦差来了寻不到金马碧鸡，你我也是重罪

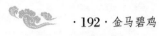

难逃。如钦差发威，拿出尚方宝剑，我们小命都难保。郡尉付生说着说着，身上都出了一身冷汗，身为武官，越巂年年太平，如有匪患，县上已一一处置归案，没有到请郡里出兵的时候。这一回却是天大的关乎自己性命的难题，身为武官、郡尉，捉拿盗匪是首要职责。脑海中想象着到禺同山追杀盗挖金马碧鸡贼的种种场景。他将眼前的两封快马加急信推到太守骆武案桌前说道，还请太守定夺下令。

太守骆武也是人生第一次遇到这天大的两难抉择，郡尉付生前去捉拿盗贼天经地义，可钦差如有了不测，太守是第一个被追责之人，郡尉付生还可以推脱。钦差到了，金马碧鸡被挖盗走了，郡尉付生是第一个被问罪之人，自己还可以推脱一下。心里又想，郡尉付生平日里相安无事时看似一个武夫，事到头上也会算计前程，可郡尉付生说的带兵追盗贼也是情理。

骆武太守左手按在两封快马信上道，两利相争取其重，先去救钦差，钦差身上有尚方宝剑，还有那道圣旨，除了皇帝谁也不敢违背，何况你我都身处边疆。你在此值守郡城，我带上最好的医师连夜赶往笮秦，救活了钦差，他开口说好，一切就都是好的，说不定感恩你我的救命之恩，你我就前途一片光明，也沾了这金马碧鸡之福。

郡尉付生有点为难道，太守说得如此言重，钦差在上，武官的捉匪之责也只能挪后，只是若钦差到了，而金马碧鸡不在越巂郡地盘，到时也望太守明察三分，功过分明，虽不算大难当头，也是前方重案在身，后有钦命在追，一环扣一环，你我一个郡守，一个郡尉，都是命官。

骆武太守安慰郡尉付生道，你说的都是我的心里话，天上日月无两明，我到了笮秦，看钦差病情行事，病好转了即刻迎送钦差来郡衙，一同前往禺同山敬请金马碧鸡，并捉拿盗贼。如病重

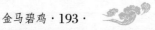

了就不提禺同山盗贼一事，以保全你我一世英名。

郡尉付生听了太守之言，脸上露出了一丝笑意道，太守高见，本官遵令，值守郡城。

太守骆武带上全郡最好的医师张玉和郡城最好的名贵灵药，叫马夫选来最好、最听话的马匹，趁着夜色出了郡城北门。行出五里，骆武太守突然叫队伍停下，快速亲笔手书一封信，令一名随从带回去交给郡尉付生，自己则继续带队借着月光急速向王褒驻地行去。

话说骆武太守一走，郡尉付生让兵丁关了东西南北四道城门，以防不测。回到自己府中，心中有事，倍感烦躁，并无睡意，脑海中尽是信的内容。倒一杯酒来，刚喝了两口，正准备借着醉意去休息，门外却传来急急的叩门声，他的酒也被惊醒一半，自任郡尉以来，从未有人敢半夜敲郡尉的府门，一位武官的门，除非十万火急，十年了，连骆太守都从未来敲过这门。郡尉付生连忙穿戴整齐，手持随身佩剑，走去观察，向下拉了下门闩，拉开一条缝往外一看是值守议事厅的士兵，心这才落下来，放下握着的宝剑打开大门。

兵丁道，这是太守急件，请郡尉付生急办，说完转身离去。郡尉付生关上大门，急忙回到书房，他点灯打开急件一看内容一颗悬着的心才落下来，回房继续休息。第二天早早起来到议事厅按太守昨晚信的内容拟了一道急令，令蜻蛉县令务必尽一切力量查破盗挖金马碧鸡的贼匪，派兵守着禺同山上的金马碧鸡，在钦差到来之前不得有半点失误。盖上郡尉大印，令快马传到前哨，一站一站传给蜻蛉县令胡平。

令一发出，郡尉付生的心里轻松了一半，心里暗暗祝愿王褒钦差身无大碍，尽快来到邛都，自己就可面见钦差，再一起赶往泸水边的蜻蛉县，敬请那千年万年才现一次的金马碧鸡。圣旨一到，金马碧鸡也才会现身。

骆武太守骑上最好的马，日夜兼程来到笮秦，在县衙看到了钦差王褒，心里感叹，王褒已不再是当年见到的那个王褒，忙上前一步跪拜行礼，我来晚矣，请钦差治罪。

王褒笑道，多年不见，骆太守依然威武如初，说着让骆太守入座。

关峰和孙云白天潜藏在山林中。孙云虽人到中年，家里也有充足的财富，可就是冲着当年与王褒结下的梁子，发誓一定要和王褒比个高低，一定要在王褒之前盗走这大山中的金马碧鸡，只要王褒接不回金马碧鸡，那王褒的死对头丞相黄霸就会治王褒的罪，甚至杀了王褒，都不用他孙云费吹灰之力。如今又听来往的马帮说，那王褒进京过惯了北方生活，回来西南夷已不适应这里的气候，水土不服生了大病，后又在孙水河边从马背上摔下来，只是都大难不死。在关峰、孙云看来，这是老天在帮忙，让王褒在寻找金马碧鸡的路上遇上大难。

两人在营帐里当着马帮兄弟的面，心照不宣地连连举碗喝酒，好像金马碧鸡已到手一般，又对马帮兄弟们许诺，如挖得金马碧鸡每人奖一万五铢钱，第一个挖到金马碧鸡的重奖十万五铢钱。在关峰、孙云的鼓动下，二十多个马帮兄弟个个像打了鸡血，群情激奋，力气倍增，恨不得一锤子就挖出金马碧鸡。

孙云为让马帮弟兄养精蓄锐，又扳着右手手指计算道，今天十八，晚上月亮出得早，明天十九，晚上月亮出得晚一些。月亮一出城里的人都熄灯睡了，我们再去挖，到那时就是神不知鬼不觉，天知地知，你知我知，还有金马碧鸡知道，何愁挖不到金马碧鸡，何愁没有你们享受不完的荣华富贵，有了钱，长安城里想要什么有什么。

夜里，月亮升起，妙山营的大森林中静悄悄的，再加上关峰这么一鼓动，除了听到对方心脏的跳动声，人人都不敢出声，拴在树上的马匹也套上了笼头。

月亮从远山的天空中升起，越来越大，又慢慢变小，慢慢变亮，刚才还漆黑的大地，一下子明亮起来，树上的一只夜鸟看到月光叫着飞向远处。

此时此景，在关峰、孙云的心中，天空、大地、妙山营、禹同山、山中那梦寐以求的金马碧鸡以及面前的马帮兄弟，二十里外的县衙，一千里外的王褒都在他俩的算计之中。

丞相黄霸身在朝廷，每天的第一件事就是计算王褒到蜻蛉敬请金马碧鸡的日程。一日，黄霸向宣帝奏过朝事，回丞相府拿出当年司马相如绘的西南夷地图，按一路上经过的郡、县、堡、关、哨计算，王褒应当到了泸水哨一带，离金马碧鸡出现的蜻蛉禹同山应当已近在咫尺了。金马碧鸡祥瑞是满朝文武、京城百姓翘首以待的，可这祥瑞却出现在万里之外的西南夷。请不回金马碧鸡，对爱民如子、文治武功皆备的宣帝来说是一个遗憾。看着地图上的沫水、孙水、泸水，看着一座座大山，丞相黄霸也知王褒一路的艰难，虽是秋天，山高水冷，气候神秘莫测，心中虽嫉妒王褒救太子之功，但想到王褒出使蜻蛉迎请金马碧鸡也是国之大事，金马碧鸡若请回京城，则昭示着天下太平、皇恩浩荡。可王褒出使月余杳无音讯。想起宣帝的龙威，自己虽身处一人之下，万人之上，但金马碧鸡关乎国运，若有闪失，自己也脱不了干系。想到这丞相黄霸提笔写了一道丞相令快马送到益州越巂郡，令王褒速请金马碧鸡回京，宣帝思贤如渴，只等面见金马碧鸡。

道路逶迤，路迥谷深，禹同山遥远。

丞相黄霸在地图上一点，王褒行走着的河流山川却是千里万里。他的快马令送到越巂郡衙时已是十天半月后的事，值守的郡尉付生也不敢怠慢，让最信任的兵差将令送到在笮秦陪钦差的太守骆武手中。王褒打开丞相令，默念着熟悉的黄霸的字，脑海中浮现出丞相外刚内敛的样子，浮现出宣帝出京时的期盼，浮现出太子颂《洞箫赋》时的帅气。看罢将令信传给太守骆武道，朝廷迎请金马碧鸡回京心切，这是第五道丞相追令，叹我王褒虽为宣帝亲授钦差，却一路遭受大雨、雪山、河涨、岩裂、路阻、瘴气、冷箭、摔马之苦，此时此刻我恨不能生出一双翅膀，飞到禺同山上，领着金马碧鸡飞回京城面见宣帝。

　　骆武太守看过丞相令后也连连摇头叹道，万里外的京城，不知越巂郡地之险，本太守守护灵关道无方，让钦差受摔马之难，甘受钦差处罚，前方蜻蛉已令付郡尉下令守住金马碧鸡，寻找仙迹下落，钦差有宣帝圣旨，定能迎请到金马碧鸡。钦差的到来，是郡地百姓之福，望钦差听从医师之言，再服药休息几日，养好病再继续前往。

　　坐在床上的王褒扶着床站了起来，艰难地向前走了几步，扶着门向天空中望去，刚午时，太阳正当顶，一束束阳光洒在小院里，把铺在地上的从孙水河边采来的汗血宝石照得鲜红闪亮。王褒看着蔚蓝天空，迈出门槛，走到小院中对着太守骆武、县令金叶一行人说，你们看我能走，这一点病算不了什么。天上的一轮太阳，此时照在我王褒住的小院，也许也正好照在未央宫，我与朝廷共同享受着同一轮太阳，同一片阳光，宣帝在朝也知我王褒的忠义，知我王褒勇往直前不达目的不罢休的文人气概。说罢令随从拿出宣帝的圣旨，面向朝廷在的北方，在太阳见证下深深地行了一个大礼道，臣在越巂境地，万死不辞，跋山涉水，排除险阻，一心向前，迎请金马碧鸡之心苍天可鉴，太阳可鉴，江河可鉴，青山可鉴。说着又转身面向南方行礼说，泸水静候，禺同山静候，金马碧鸡静候，圣旨在此，不需几日，我王褒定来亲自迎请你们归京城，让你们的祥瑞之福泽润天下。

众人看着站在院中的王褒，他全身沐浴在灿烂的阳光中，卷着的圣旨更加金黄闪亮。王褒仙风道骨，好像只要有一阵风吹来他就能随风飞走。

骆武太守拱手赞道，王钦差真是一代文人榜样，人中豪杰，一身傲骨，迎请金马碧鸡之心不为山河阻隔所动，不畏不惧病魔，臣等一定随钦差一同前行，翻群山、涉泸水、到蜻蛉，迎请回金马碧鸡。

张玉医师站在骆武太守、金叶县令身后看着王褒的脸色，心里也在佩服王褒坚强的意志，只恨自己不是传说中的神医，能药到病除，自己近日已用遍了孙水河两边的药草，钦差外伤虽有好转，可那看不见的内伤只有钦差自己知道是如何的钻心之痛。从医多年，他知道这痛的程度，可钦差一直强装无痛之状，钦差自己心里明白自己的身体，也知道自己的钦差之命，也遵从自己心中的信仰，听不进太守骆武、县令金叶的进言，连医师的药方也成了他前行的阻力。王褒只信任自己的判断，信任司马相如，信任司马迁的钦差之命，自己也是钦差之命，孙水依旧、泸水依旧、蜻蛉依旧。同是钦差，命本相同，同为汉脉，功成一路。张玉身为医师，见过千万人生，历过万千人命，见院中的王褒，知命之贵贱，自己能治钦差之病，是前世之福，人生之幸，泸水之灵。山中之药，大治人命，小治痛苦，不治之症，皆是命中之人。今钦差之病，命承圣旨，又像孙水之水。今钦差之状，唯有天能助之，孙水山川之药，唯我张玉医师敢出忠言也。

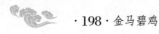

二十五

烈日当空，秋风习习。蜻蛉县尉白晓领着一班人在禺同山上等候金马碧鸡，禺同山南连益州郡弄栋县，东边下到泸水边，偌大的山川，一连十多天除那天见到金马碧鸡外，一切都很平静。

突然有一天麻街亭亭长左云来报，有一个放牧的人走在禺同山梁上面像走在鼓上面一样，嘣嘣地响，地下像空了一样。

县尉白晓一听，感觉这事有些蹊跷。昨天越巂郡来的快马急令，说王褒钦差已来到离郡衙最近的笮秦县，若按行程，不过十日就能到蜻蛉。在这节骨眼上，这地怎么就响了呢，山怎么就空了呢，莫非如流传中的有人在盗挖金马碧鸡，要偷走这金马碧鸡，钦差来了还如何交代？县尉白晓将这一消息报告胡县令，胡县令一听也急了，两人一起商议将县城的兵分为两路，一路由白晓县尉带领去查实禺同山地面突然响了的事，一路由县丞杨进带队在县城各店铺沿户查问近日来往行人。朝廷派钦差王褒来迎请金马碧鸡，谁胆大包天在这个时候来打这偷走金马碧鸡的主意，这事可马虎不得。这久县衙平安无事，县城也很平静，平静得异乎寻常，似乎有点平静得不正常，暗地里像有什么事在发生。

白晓县尉带上十名守城士兵，在陆林、黑山、水芝的带领下来到了禺同山山顶北侧山脊发出响动的地方。

回到大山中，陆林像猴子一样机灵。陆林第一个从山脊走过，地上发出了疼、疼、疼的叫声。县尉白晓带兵这么多年，到过许多地方，走过千条河，跨过万座山，从未听说过山会叫疼，更不用说亲耳听到，他一边听着，一边想着过往的每一个案子，

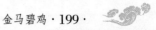

想从中得到点启发，来破解这山叫疼的秘密。陆林继续在上面走，每走一步，山脊就叫一声疼。

陆林走过来向白县尉报告说，自己以前一直在这山脊上放羊，从未听过山叫疼。

水芝面带微笑说，会不会是金马碧鸡这久在地下压得太久发出的叫声。金马碧鸡自那次飞出后，大家都来寻找他们，金马碧鸡被惊吓得不敢出来，大山把他们压得叫疼。

黑山看着水芝美丽的脸，心想在城里不敢言语的她，一回到大山话就多了，看来这大山就是她的家，她在这任性自由惯了，再过几个月她就会成为自己的娇妻。想着想着黑山心里美滋滋的，他拉起水芝的右手说，你今天笑得真好看。水芝冷冷地回道，我没有县官的女儿好看，你拉她的手去。黑山将嘴凑到水芝耳边小声说，那是一起上学堂的学子，再说她没有你好看，你水灵灵的，像晨雾中鲜嫩的一朵山茶花。

水芝嗔道，有人说你喜欢主记官谢笔的女儿谢莹，那天我去找你，我看见她笑盈盈地看着你，我还没有找你问个明白，这一个月你都没有回来看我和母亲了，我母亲说你可能变心了。

黑山听着一下急了起来，拉着水芝想解释一番，转身却看见一群人在笑自己，只有县尉一脸恶狠狠的样子。水芝羞红着脸甩开黑山的手，狠狠地用脚踩着大地，大地又发出疼、疼、疼的声音。黑山赶紧说，这叫疼的大山我第一次见到，会不会是有人把大山弄伤了，只有受伤了才会叫疼。

白县尉被黑山这么一说，思路也被打开了，这山会叫疼一定是有人在偷偷挖山。他将带来的士兵分成三队，陆林带一队向北边泸水方向寻找，黑山和水芝带一队向南边益州弄栋县方向寻找，自己带一队在东面山上寻找。

陆林领着一队人马顺禹同山山脊走势向北方向走去，走了十

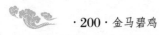

里地来到打卦山山顶祭山包，看到远处有一股烟雾升起，陆林心里大喜，这一定是那偷挖金马碧鸡的盗贼，若自己先一步抓到可以立一大功，在白县尉面前也可风光一时，还能凭此大功进县衙当一名衙差，与那平时看不惯自己的白江、蔡红平起平坐。陆林下马叫一行人将各自马的笼头拴上，不让马发出叫声。将马拴在一棵大树上后，带着人分东南西北方向向山脊悄悄逼近。这打卦山生得十分奇特，禺同山到这里就分为三支梁子，一支向东往美泗村方向延伸而去，一支往东北方向向泸水而去，一支往西北方向向玉龙雪山而去。三支梁子支撑起一个山头，如三足鼎一样立在天地之间。当陆林靠近时，一条猎狗狂叫着向他扑来，几个壮汉也拿着木棍朝这个方向走来。陆林一箭射去，那猎狗应声倒地，几个迎面而来的壮汉见对方有箭，就站住不敢向前，往后退回。陆林见他们穿着不像马帮人员，但身处在山头下方也不敢松懈，继续逼着后退的人后退。当走到祭山包顶一平缓的山头才敢停下站住，手里的箭对着对方问，哪里人？这时从火堆边走过来一位长者说，他们是泸水边的人，半年前看到这山顶飞起一对金马碧鸡，因为今年风调雨顺，丰收了，就专程赶来祭献金马碧鸡之神。说着将左右手拿着的一阴一阳的卦向前，展示在陆林眼前。陆林看着对方友善的眼神，慢慢将箭放下，箭头朝下靠在左腿上，扫视了一下四周，整个山头约一亩大小，生着一堆火，中间一棵树上拴着一只羊，远处拴着十多匹马，都在低头吃草，树脚下放着几把香，还有一只鸡，一堆黄烧纸，整个山头大概有一百多人，有的烧火，有的洗菜，有的在向远处瞭望。一个小孩见有人正气势汹汹冲上来，吓得大哭，场面混乱，但很自然，不像有组织的强盗马帮。这时，其他三个方向的队伍也冲上来，将祭山包上的人围住，只等陆林一声令下，就捉拿他们。

　　陆林听长者解释清楚，心里也放松了一半，可还是不敢完全相信长者的话，自己在村里也常听赶过马帮的人说，马帮路上各种货色的人都有，在马帮道上混，要十二分的小心，见财起意、杀人越货、装憨卖傻、装聋作哑、示弱示软、求爹求爷的无所不有，无所不敢，一旦达到目的，占了上风就会原形毕露。何况在这人生地不熟的山头，陆林又把放下的箭拿起，跟着长者来到祭台前，看着山神树前木头刻的金马碧鸡像才完全放松下来。长者见来者不善，也不相信自己的话，就从一个羊皮包里拿出一份写在白蜀锦上的祭文，挂在山神树的树干上，拿出神铃，撒上松针叶，烧上香，烧上黄纸，跪在金马碧鸡木像前念起祭文。陆林虽看不懂文字，却听得懂长者念的内容，他走到长者的后面，目视着祭台，专注地听着长者的吟唱。

陆林看完祭祀，心中对金马碧鸡的崇敬之情也油然而生，更希望金马碧鸡能再次神现，他走到长者身边放下手中拿着的箭，跪在祭台前拜了三拜，起身对长者说，近日有人到县衙报告，盗贼在偷挖金马碧鸡，我们才分兵三路搜查，刚才不知实情，失礼了。说着让随行的队伍解除围攻之势，原地休整。

关峰、孙云派人继续挖金马碧鸡，两人在树枝搭的帐篷里品着茶。卯时，东方大山边隐隐约约看见丝丝亮光射出，云彩如鲤鱼身上的鳞甲一样，一片片在天边游动。第二班人员也赶在天亮前回到了营帐。领头的抱着一大坨闪闪发亮的东西高兴地快步来到关峰面前报告道，关大哥，今天发财了，挖到宝贝了。一听到宝贝两个字，关峰、孙云就有了精神，快速从火堆边站起来，看着领头手中抱着的银光闪闪的宝贝，啊！真的挖到金马碧鸡啦，这下发大财了。领头的抱着胸前的宝贝说，这宝贝形状像一只抱小鸡的大母鸡，银光闪闪的，像银子一般。

关峰高兴地接过银色的碧鸡说，这是天意，是老天让我们找

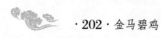

到了银子，我们挖到了一山的银子，每一个万里迢迢来的兄弟都能成为富翁，可以驮一大驮银子回家，我们拥有了这座山，我们挖到了银子，我们的子孙可以继续挖。说着将银子递给了孙云。孙云简直不敢相信这是一坨真实的发着银光的银子，可眼前的这一坨就重重地压在了自己胸前。他抱着银子不想放下，可自己当了富商多年已没有拿过重物。舍不得放下的闪光的银子压得孙云双手酸痛，他小心移着脚步，将银子放在旁边，并顺势坐下，双手不停地摸着银子。孙云一生摸过多少金子、银子，可那是可以数的，是有限的金子、银子，可现在挖到的是一山的银子，是挖不完，数不完，够子子孙孙几代人用的银子，是上到朝廷、下到贫困百姓都想得到的银子。想到离别半年的娇妻纤纤玉手上戴着的银手镯，出门时小儿子脖子上戴着的银锁链，洗脸用的银盆，有了这一座银山，回去后，自己要把所有家具都换成银的，如再挖下去，连府上所有的柱子都包上银子，银光闪闪，富丽堂皇。想着想着走了神，手不小心碰到火苗上，一股刺痛传来才回过神来，才看见关峰在朝着自己笑，忙解释说，大家辛苦了，一连几天想着挖银子的事没睡好，实在太困了。

关峰对领头的说，天亮了，除了放哨的，大家都休息，挖到银子的事记得保密。自己也回到银子边摸着银子，合上眼休息了。

正当关峰美美地进入梦乡，放哨的急急走进来把他叫醒，在此次行程中，睡梦中被人叫醒还是第一次。刚坐起，放哨的就在耳边说，他爬上一棵高大的古树上放哨，发现有几名兵丁和一名女郎在山顶走动，像在搜寻什么，来回走动的次数频繁。关峰一听有人在山顶搜寻，困意全无，一下站了起来，认真想着放哨人的每一句话，行踪是不是被发现了，夜间挖洞是不是被人听到了，他右手向上一抬示意放哨的继续去树上放哨。自己又回去靠

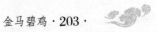

在树上，回忆着在蜻蛉县城的情况，回忆着禹同山的山形走势，想着想着就害怕起来，万一被人发现，如何逃出蜻蛉县回到家里，这天衣无缝的行动，又是在深山密林中，县衙怎么会知道自己的行踪。现在刚有了进展，银子才挖到，下一步要如何行动，望了一眼熟睡的孙云。想到这几天都是孙云带人亲自去挖，不忍心将他叫醒，就自己一个人苦苦思索解决办法。

太阳落下，夜幕降临，一帮人围在关峰、孙云周围。关峰重复了放哨人的话，大家心情都很紧张，一个也不说话，沉默着，想等着地上冒出个解决办法来。孙云扫视了大家一眼道，县衙在关注着禹同大山，刚才关峰我俩商量了个离开办法，趁来人还没找到我们，我们再挖两晚，做上记号，我们分两路离开，一路沿灵关道返回成都，一路沿灵关道向西前行，到叶榆与五尺道汇合的云南县休整，再从五尺道到益州郡，到泸水边僰道县回到蜀地成都汇合，只要有一路人马成功，我们就成功了，成功那路会把财宝分给另一路的家里，成了是兄弟，落难也是好兄弟。

孙云说自己小时也随爷爷读了几年书，略知道益州郡弄栋县的情况，这前行的路由我带队。

孙云派两名精干的马帮兄弟先行到弄栋县城探路，在城关处一马店住下，晚上陪店主天南地北的聊天，获取想要的信息。

弄栋属益州郡，郡治在滇池县，弄栋城北路边有一个大墓，是战死西南夷的楚国小卜将军的。战国时期远在弄栋一千里之外的楚国正值一心变革的楚怀王执政，一位满腹经纶的文人屈原任三闾大夫，执掌内政外交大权，民富国强而法立，造为宪令，修明法度，楚国一时强大起来。清高的屈原却遭到势利、贪图眼前利益的达官贵族陷害排挤，人非圣贤谁能无过，他们抓住楚国与秦国一次战斗失败的机会，说屈原迎敌无能，上官大夫在楚怀王面前进谗言，毁谤屈原，屈原被流放到汉北、沅湘一带。

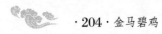

多年后，流放的屈原听到都城被秦军攻破，悲伤万分，想着国破山河碎，就在农历五月的一天投身汨罗江，而达官贵族为了各自利益趁机搜刮民间财富，一时间楚国大地食贵于玉，薪贵于桂。秦昭襄王七年，只穿过草鞋的庄蹻揭竿而起，发动起义，天下农奴和农民纷纷跟随，一两月聚集数万人，横扫天下，攻下楚国都城郢都。逃跑保命的楚顷襄王，向有杀父之仇的秦国讨好，一起镇压庄蹻起义。庄蹻且战且退，寡不敌众，在小卜将军建议下撤出楚境，向南边楚兵较少的地区撤退。经过黔中，渡过沅水，突破龙兰渡，进入夜郎国，历经一年于秦昭襄王二十一年到了滇池边的靡莫之属的晋城，以兵威定，但兵员甚少，便服从其俗，进入靡莫社会，与靡莫友好相处，并因才华出众被推为滇王。

周赧王二十九年，又派小卜将军向西南远征，一路到了蜻蛉河一带蜻蛉蛮地区。蜻蛉蛮部落背靠光禄大山，面对千亩吴海湖泊，湖前就是禹同山余脉大东山，气势雄伟，是一道天然屏障。南边马鞍山，北面大桥山相围，可谓草肥牛壮，湖广鱼肥。长枪飞马威武严峻杀气腾腾的小卜将军一路从楚国过来攻城略地，为庄蹻立下赫赫战功，见湖边小城，便狂妄自大，哪里把这水草坝子放在眼里，骑着高头战马在吴海湖源头马鞍山上摇旗呐喊，快马加鞭，想趁日落之前攻下蜻蛉蛮部落。蜻蛉蛮部落首领杞刚自带兵到马鞍山脚迎战。小卜将军一路杀来，并不见部落一兵一卒，他长驱直入，若入无人之境，来到部落寨北吴海草坝上，小卜将军不知是计，口出狂言道，天助我也，不用一兵一卒也能占领仙境一般的蜻蛉蛮部落。话音刚落，却听一阵大号响起，伏兵四出，马蹄下的草地动了起来，战马站立不稳跌落湖中。原来小卜将军战马站的草坪是用木头铺就再放上草皮，大号为令，草皮下木头被拉走，马蹄下是空坑，几千匹战马就成了落水之马，旱

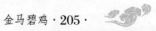

地马不习水性，小卜将军就这样战死。过了几年，庄蹻与蜻蛉蛮言和，蜻蛉蛮归顺了滇池部落，在城北修了小卜将军墓。

庄蹻逃出楚国到滇池后不久，秦昭襄王又吞并了楚国，大臣司马错先占领了蜀、巴、汉中，设了巴郡、蜀郡、汉中郡，切断了庄蹻后退之路。庄蹻见无力回到楚国，便专心致力于滇池一带的治理。

店主道，不知经历了多少年，争雄结束，秦统一了中原，想起了出逃的庄蹻，令蜀郡太守李冰按秦五尺道修通到庄蹻后代居住的滇池。五尺道在高山大峡谷中，更何况还要按书同文、车同轨的标准修建五尺道。孙云的祖父孙之凡从洪州赶马帮到蜀郡，也被抓进李冰修路的民役中，泸水从西南流向了地势低的东方，而五尺道是从北向南修建，要跨千万条江河，翻千万座大山，山高水急，岩陡石硬，有时千人上阵，一日不进三尺。秦始皇一声令下，李冰艰难前行。一谋士献计用火攻岩石，水洒其上，一声巨响后岩山裂开，使用这种古老的方法，修到李冰老死也才修到泸水边的僰道县。

孙之凡从十九岁抛妻别子随李冰修五尺道，到孙云奶奶死去也没能回家。孙云父亲打听了几年也没有打听到自己父亲的一点消息。后来战乱平息，路上又有了马帮，孙云父亲将孙云交给了村里的马帮兄弟，希望孙云能在这白骨铺成的五尺道上找到爷爷，不让自己父亲在荒山野岭当孤魂野鬼，不管怎样，爷爷也是一个有家有室有儿有孙的男人。

马帮店主继续说，这五尺道平均修一尺死一人，在平地上还有填尸骨的地点和时间，在江边沿岸死了就直接投江喂鱼去了，劳役之人死了连名字都没能留下一个，夜深人静时人们晚上都不敢行走。有住店的马帮说，在僰道一带常听到鬼叫魂哭，让人十分胆寒。

孙云长叹一声，爷爷你在哪里啊！一向坚强的人，听着故事眼泪就当着店主的面流了出来。那天在禹同山认路，走五尺道是自己先认，目的是将爷爷的冤魂一路喊着回家。

店主很惊奇，说你我同命，我也是来找我爷爷的，我爷爷是被秦始皇部下常頞带来修李冰没修通的到身毒国的五尺道。从僰道过泸水向叶榆方向修，一心想修到身毒国，秦始皇二十七年，常頞带着兵丁差役一路修到叶榆，我在这一带找了十年也没找到我爷爷。有传说，当时修路的兵丁差役有一部分留下来与南蛮女子成亲，为了打听爷爷的下落我就在这儿开了马店，时时询问过往马帮修路人的下落，都几十年了没有一点消息，不过渺茫的希望也是希望，哪怕知道死在哪里也要找到他的魂。

二十六

秦始皇二十六年，大将常頞从夜郎归来，一队车马来到僰道，前方快马来报，车马不能通行。常頞大怒，道，谁人阻我大秦队伍，一律杀之。来人回，大将军神武，无人敢阻。常頞追问，是何阻挡。快马兵丁再回道，是马蹄下的道路太窄，宽不足一尺，仅单匹马能过，秦车连抬都抬不过去。常頞大声道，天下秦地，车同轨，宽五尺，捉县令来是问。来人回道，县令说，虽有车同轨之令，可从未有秦兵车辆前来，这一路栈道平时只有商人的马帮来往。常頞马鞭一挥，手下让出一条路来，车辆在石路上颠簸着来到悬崖前，只见道路在岩石的中间，道路是岩石上凿出的深深的槽。有一人牵着一匹矮小的马从对面小心地走过，再走四五丈又见一个更深的槽，是两匹相向而行时马帮一方往里靠，让另一匹马前行的地方。

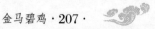

常頰看着岩石路叹道，我手持秦令戎马一生，从未见过这样艰险的道路，我这马车如何前行。县令武云前来领罪道，前几年来的邮差也是让这路阻挡，本官派差夫修了半月，仍不能通行，邮差心急，将车辆拆开让役夫抬了过去，过了这猴子关，又找来工匠组装好车辆继续前行。常頰道，这笨办法只能一时使用，皇帝要来南巡，那可是天子，说一不二，天子的车辆是不能拆的。边说边下令人马在山脚安顿，与县令武云到县衙商议对策。

这僰道县是蜀郡的一个小县，离南安四百里，距蜀郡两百里，秦置，县治在马湖江会，马湖水入泸水，泸水经楚地。有传说楚国江水里的鱼顺泸水而上游到这岩山边，看到这陡峭的岩石映在水里就不敢再向上游，鱼都不能通行，何况车马人流，秦令到此也就传不下去了。

常頰听了县令之言，面带难色，立身按剑威言道，言之无常，鱼且能游至此，何况人乎，本将皇帝之命一路通夜郎，向西南夷而来，秦令之威严，一山岩岂能阻之，你我不能通车五尺道，属不遵秦令，难过律关，这五尺同轨令，在僰道是通也得通，不通也得通，我兵行到此，车马是不能后退到夜郎，只能从贵县过，回归蜀郡，面见皇帝。

僰道县县令武云听了大将军常頰的话，感觉此时如自己平时升堂审案一般，充满了杀气，常頰成了县令，自己成了有罪之人，无言应答，用余光瞄了常頰一眼道，这岩石实在坚硬，又如刀削一般立于水岸，是天生的，大将军息怒，我明日召集各乡三老来商议，民间多有良策。

常頰思谋片刻道，这也是个办法，天子之令，民间应有回应。

第二天各乡三老来到议事厅，大厅里少了往日的会议气氛，县令一一向常頰介绍了各乡三老后，常頰直奔主题说，今召集各

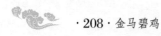

位三老，是向诸位求这僰道江边修五尺道之良策，始皇帝的书同文车同轨圣旨诸位当知，可我大秦车马到了贵县就不能前行，如何凿岩成道，望各位献计献策。

一位白胡须三老回道，民间有火破之法，将木柴架于巨石山，用火烧之，使石通红，又用水浇之，巨石响而裂碎，不知可否借用此法。

常頞皱着的眉头如被一阵风吹过，终于露出一丝笑容。始皇帝太远，县令武云思索，大将常頞就是他见到的始皇帝身边最大的官员，武将在外，他身上的宝剑掌握着别人的生死，遇到文官还可以报告一纸文书，容留三日多到十天半月，可遇到武官要的是结果，不问因果，只知始皇之名，难见始皇之龙颜，也不知常頞这一路走来杀了多少敌人，杀了多少不听令的手下，回到朝廷的路至少还有两月，天下之大，路途之远，关哨之多，岩石之艰，可前行之令永不能停，可这不是北方大草原，一日马行千里。这是千里江山，山高水长，一日四五十里。这僰道县，五尺车马，寸步难行。好在这白须三老献计，解了岩石路之困。

常頞看了一眼县令武云道，明天开始积薪烧石修路，县令负责筹集士兵食用半月粮食，组织五千差役参与士兵修路，何日通路，我们何日离开贵县。

僰道县县令武云一听，笑着的脸又愁苦起来，一万士兵，五千差役，半月的粮食何等难筹。但哪敢有半点迟疑，连连点头答应，等常頞走出县衙回到他的军营，县令武云又召集县丞、县尉商议征粮之策。

僰道县县尉杨光苦笑道，这一万五千人半年粮食将是全县人口半年之粮，大将常頞一来，僰县又有饥荒之灾，唯一办法是赶紧组织差役火速修通五尺道。

僰道县掾记杞春录道，难啊，难啊，崇山峻岭中通五尺道难

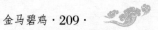

啊，他写了一道公文，令县内十乡每乡出一千差役，每乡修五里岩石车道，以火攻石，望早日完工。

僰道县县令武云道，天大由天只能如此。

孙云寻找祖父魂魄，听到常頞修五尺道，前后历时十年，栈道千里，死伤万人，哪一处是爷爷死去之地？孙云探听好五尺道回益州的路线，趁着夜色又回到了禹同山营地。

孙云一走，关峰没有了同谋，真可谓度日如年，不知孙云能不能回来。虽是一路人，可大难要来，共谋的金马碧鸡能否拴得住两人的心，还有这山林里的熊、蛇，县衙里的士兵，不怕一万就怕万一。孙云不回来，就算挖得金马碧鸡，一个人连商量个办法的人都没有，又如何回到长安。孤独中他才觉得一个知心伙伴的重要。为有时想独吞这金马碧鸡之心而感到羞愧，独树难成林，独人难成事。禹同山中金马碧鸡都是成双成对出现，我关峰真离不开孙云这共同谋事之人，孙云虽沉默少语，除了酒醉后话多一些而外，再也找不出其他缺点。特别是这次去弄栋探路说去就去了，没有一点私心，比自己还没有私心。孙云此时甚至比金马碧鸡重要，比自己的命重要，远在他乡万里之外，没有孙云做伴，孤身一人想回到妻儿身边似乎真是千难万难。在空荡荡的大山，在金马碧鸡神现的地方，关峰的灵魂像被洗涤了一遍似的，原来一直占据着自己大脑第一位的金钱财物，还有日思夜想的已快要到手的金马碧鸡都退到脑后。这几天想着的是朋友孙云快点回来，快一步就是一步，快一里就是一里。孙云去探路，这大山中的危险自己一个人承受，大山中的寂寞也是自己一个人承担，连夜鸟的叫声都是自己一个人听，一天的日子如坐针毡，坐立不安，现在孙云回来心里总算踏实了。关峰激动地站起来迎接孙云，到帐篷里坐下，倒了两碗酒，一碗端给孙云，一碗自己端起。见你神色就知道你一路很顺利。这里这两天也平静，树上放

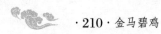

风的说，山顶走动的人少了，但来回的次数多了，还好没发现我们的行踪。挖洞的也进展顺利，越挖越深，里面银子越来越多。碧鸡是挖出一对，那金马还不见现身，按理就在这两天了。

孙云探路回来，心里对回去的路线有了希望，找不到爷爷的下落，但知道爷爷的魂一定在五尺道上的某一个地方，回去一路上肯定会遇到爷爷的魂，心里再无挂念，知道了人在那个年代，死在修路的路上是每一个人的归宿，每一个人都是死在自己的人生路上，能死在五尺道上也算是爷爷的福分，至少爷孙俩能在五尺道上的某一个点上相遇，自己就将爷爷的魂一起带回家。孙云听了关峰的话，也对关峰敬重起来。出门在外，荒山野岭，又还有兵在后面追赶的时候，有个生死相依、患难与共的一起寻找金马碧鸡的朋友是天下最幸运的事。

两人的酒碗在空中碰了一下，各自将酒喝了一半，放在地上，对视了一眼，走出帐篷，抬头看着透过树叶看到的天空，看得见摸得着的阳光从树叶间一丝丝射向大地。第一次看见阳光的形状，也看到了希望。

县令胡平接到骆武太守的加急快马邮差信，打开一看，着实吓了一跳，王褒已到离邛都不远的筶秦，按钦差行程，十日之内将到蜻蛉。钦命如皇命，务必做好禺同山金马碧鸡之神的守护，千万不能有半点差错，如有闪失，罢官免职，如钦差动怒，自己必死无疑。

胡县令自幼读书，略知历史，在战场上杀个人那是再小不过的事了。宣帝文治武功，马放南山，休养生息。可钦差大臣手持尚方宝剑，喜怒哀乐人之常情。钦差动怒轻则下狱，重则砍头。唯有遵骆太守之命，尽全力看守这禺同山，恨不能拥有千军万马，将这禺同山团团围住，鸟不能飞，风不能进。他一人端坐堂

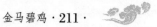

上，闭目静静思谋良策。

杨县丞来到县衙堂上，见胡县令一人端坐堂上，还有些奇怪，正想着胡县令怎么了，一个人来大堂，是有什么事？他不敢惊动，但又有事要报，就故意将堂边的令牌弄掉。胡县令听到响动，忙睁开双眼，见是杨县丞，就递过去骆太守的信，示意杨县丞上来看信。

杨县丞快步走到胡县令身边，接过信一看，表情也变得严肃起来。胡县令对杨县丞道，杨县丞要尽快想办法拿出个方案来。

杨县丞小心翼翼回答道，近日在县城——挨户排查，城东马店店主说，半月前是有两人带着一队马帮来住店，是北方口音，在本月十八左右，月朗星稀时人就不见了。店主还见他俩手头有一份地图，推测这伙人可能去了禹同山，但我很奇怪，这份地图是他们从哪弄来的？

一听到地图，胡县令如被蜂儿蜇了一样警觉起来，心想，不会是议事厅的地图被人偷了吧，但衙门值守严格，应该不至于，他说着转身向议事厅走去，杨县丞赶紧跟上。一路上两人心里都是七上八下的，大脑中翻江倒海，想着要是地图被偷了，那可真是要命了，但谁有本事进到这里来？小跑着到议事厅，推开门，一眼看到正面的墙上那张绘有县城地标的白蜀锦虽陈旧但仍好好地挂在墙上。胡县令道，还好，还好，这地图还在，你我的命保住了。两人来到地图前，胡县令拿起笔架上的笔，在地图上找着禹同山。地图一直挂在这儿，但这是胡县令自任县令以来第一次来看，地图上有的地方已被书虫啃出了一个个细小的洞。禹同山在地图中央偏东的山梁上，这伙马帮就藏在这深山老林里，一定是冲着金马碧鸡来的。白县尉要能捉到他们就好了，可三天过去了，还不见有人回来报告。

杨县丞道，这禹同山连宣帝都知道了，说着也用右手食指在地图上连点了三下，口中念念有词，金马碧鸡啊好好休息，钦差已在路上了，来迎你去见宣帝了，全大汉上下都知道你的美好形象，你万年千年不飞，那日一飞，神形辉于天地，美名容于江河，千古的江山，万年的山川，祥瑞的金马碧鸡藏于我县禺同山，你给劳苦的民众带来幸福，给朝廷带来祥瑞，现在祈求你稳稳当当、平平安安，提防那些追你而来的马帮。钦差已在路上，你到了长安，我们也会享受你的荣光。你所到之处，一路繁华昌盛。

胡县令听杨县丞这么说，道，杨县丞你真是才子，上一次到越巂郡我已向太守推荐了你，任县丞实在是委屈了你的才能，但眼下之急是你我将这地图之事查清，能画出地图的现在只有县衙里的这几位，还有那学堂里的学子。县衙的杨县尉、张县掾，你我不会冒杀头之罪做这等不值得做的事。重点在学堂里，你立即就去找蜻蛉学堂的刘先生，查出画地图之人，如金马碧鸡真被挖走，你我对骆太守才有个交代。此事只能秘密去办，必要时就封闭蜻蛉学堂。白县尉还在禺同山上，这事就全靠你了。

杨县丞整理长袍，面对胡县令庄重行礼道，领令，本职现就前往学堂。只是那刘先生只认死理，全县就只服你一人。胡县令听出杨县丞言外之意，提笔写了一手令道，急事急办，你就把我这手令交给刘先生。

学堂里碧草清香，秋意正浓，杨县丞一进大门直奔书声传出的学堂走去。刘先生见学子们的目光朝窗外移去，拿起戒尺在教桌上连敲了三下，余光都不瞟窗外一眼，继续讲课。杨县丞绕到刘先生书房外，推开虚掩着的门，坐下，抽出一个竹卷自己看了起来。

沙漏漏完了最后一粒沙，刘先生才宣布下课。白江上前躬身向刘先生报告，杨县丞刚才来找你。刘先生不紧不慢地来到书房，与杨县丞拱手施礼。杨县丞还礼后，将胡县令手令递给了刘先生。刘先生看完，一脸严肃，将手令放在书桌上，端起茶慢慢品了一口说，这茶是县令送的，装久了就味淡了。杨县丞也端起茶品了一口回道，味虽苦，少了春茶的鲜香，但还算可口。刘先生道，这茶装久了都会变，何况人呢。杨县丞顺着刘先生的话道，这学堂传承了司马相如在蜻蛉讲经的传统，刘先生言传身教，治学严谨，送去的几位学子画的金马碧鸡太守也十分满意，如钦差到来，骆太守已在行程上安排了钦差来蜻蛉学堂讲经，你的弟子也将会成为钦差的弟子，这些学子中一定会有钦差相中的，会被带到白玉堂待诏，无论哪个学子待诏，整个蜻蛉都会敬仰刘先生，到时我帮刘先生做个马夫也可到长安长长见识。说完端起茶杯向刘先生施了茶礼，顺势看了下刘先生的反应。

刘志先生端茶回礼道，某不才，教学无方，让学子偷画了县衙里的地图给那盗贼，让杨县丞蒙羞，金马碧鸡可是神瑞之物，出我蜻蛉，实是杨县丞治县有方，感天动地，飞出了金马碧鸡。诗云，金马腾飞，碧鸡起舞，霞光满天，彩云流光，民间欢乐，朝廷感动，天映神光，地出瑞像。神乎蜻蛉，今出禺同，莽介一夫，戒尺三寸，诗书如海，学子如玉，雕刻之功，玉成之才，唯望学子。吟罢品了一口茶，取来戒尺，递给杨县丞道，子不教，父之过，玉不成，吾之责。戒尺交与你，堂中弟子，任由杨县丞发落。

杨县丞接过刘先生递来的戒尺，轻轻在自己的左手心里拍了一下，无奈地摇着头看着刘先生说，为这事胡县令昨夜在堂上坐了一夜，根本不敢相信那伙人会从学堂弄到地图，可事实就是那伙人拿着地图躲进了禺同山，有了地图，大山就成了他们的家，白县尉去了三天也没找到他们的半点影子，而钦差一天比一天离蜻蛉近，我也只能暂借戒尺一用。国有国法，学堂里这些学子只

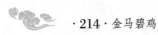

认刘先生的戒尺，戒尺就是学子们的法律。

说话间，一名随来的士兵前来报告，学堂已按胡县令的要求封门了。

刘先生一听学堂大门被封了，愤怒地站起来，狠狠地将茶杯摔在地上，冲着杨县丞说，这里是学习诗书礼仪的学堂，你们却把它当作审案的衙门大堂。你们把这些学子像关犯人一样关在这里，画那地图的也就只是其中一人，你们却关了学堂大门，连累了那么多无辜的人。他们的世界，他们的人生，他们的前途就会因县令的一个手令而改变。学堂虽然是胡县令管的地盘，可这里是读书的净地，学子是我的学子，我会处理，门被你们封了，难道你们还要一个个抓来审不成？说着又将杨县丞放在桌上的戒尺拿回，这是我的戒尺，不是你们大堂的刑具。人之初性本善，天何大，爱为大，没有爱心教不好弟子，没有爱心治不好一个县。

杨县丞道，我这也是没办法的办法，是依令行事，望刘先生理解。

刘先生听到理解两个字，心中的气才慢慢消下来。杨县丞也知理解的重要，你们也要理解这些学子，他们涉世不深，这是学堂，就是画了地图给那伙人也只是做错事，并不是违法，何须动用兵差来封门搜查，坏我蜻蛉学堂的名声，杨县丞想必当年也进过学堂吧。

刘先生这一问，杨县丞惭愧地回道，先生之言极是，先生爱弟子之心，胡县令和我也很佩服，门已封就封一晚吧，开了门，万一走漏了风声，做那事的人跑了，你我都难堪，也都交不了差。

刘先生回道，事到如今只能这样，地图之事明早又与学子们说，今晚就让他们安静休息。

二十七

先生刘志回到住处，深情地看了妻子一眼，妻子还在油灯下缝补着儿女的衣服等着夫君的归来。刘志平时都是按时回来的，今晚却迟迟不归。书房到住处也只是十来丈的距离，妻子几次倚门望着书房的灯亮着，一直在等。见夫君回来忙放下针线，迎上前。刘志独自坐下，吩咐妻子去泡了一壶茶，他拿起一本书，一边品茶一边看书，让妻子先去休息。妻子知道夫君肯定又遇到什么困难了，记忆中夫君的这种行为就只有两次，一次是离家前来学堂那晚，那时夫君也是一夜的品茶看书。

幽静的夜里，妻子一觉醒来，床上空荡荡的，面容憔悴的夫君还在看书。问夫君遇到什么事，夫君道，学子们将要完成学业离去，心中不舍，故无睡意。妻子叹道，这一群学子在你心中就比我重要，比命重要么。刘志道，你不懂，他们是蜻蛉的希望。说着他给妻子盖上被子，自己继续看书品茶。

天刚亮，刘志来到学堂，好学的学子已早早来到学堂，看着陆陆续续走来的充满生机活力的学子，刘志轻轻摇头，不敢相信其中一人将被杨县丞带走，过堂下狱。脑海中闪过二十九名学子的一张张笑脸。随着最后一名学子落座，学堂静了下来，可刘先生的情绪却平静不下来。刘先生右手拿着戒尺走到教桌前，戒尺和手死死按在桌子上，让桌子代自己受这莫名产生的一股气，他的牙齿也使劲咬着，控制着一腔怒火，控制着将要冲出口的言语。讲台下的学子也感受到了刘先生的反常，平时早就口若悬河，滔滔不绝领着学子们读诗念经了。今天怎么了，有些反常，超常的反常。刘先生还是不想开口讲课，几年来在学子心中一点点树立起的文人形象，不能在这一刻毁于一旦，不能平时教学子们做谦谦君子，自己此时却做一个暴君式的人物。学堂里不但静，而且还有一个巨人用一块看不见的大木板在教室中使劲往下压，压在在场的每一个人头上，考验着在场的每一个人。刘先生拿起教桌上的竹卷走到前排第一名学子身边，将竹卷交给他，默默地看了那学子一眼，学子心领神会，拿着竹卷站起来，朗诵起诗经里的诗句。其他学子也一起朗诵起来。这一下，学堂才真正成了学子们的世界。看着学子们一张一合的嘴，刘先生也张开了口，跟着学子们背诵诗句。这一刻刘先生感觉自己是学子，学子是先生，他们教会了自己如何面对人生。是的，天天与学子谈人生，自昨天杨县丞来到学堂，到这一刻，刘先生思索了人生，一个读书人的人生。这人生还将在下一刻发生变化，至少在学堂里的某一个人身上发生变化。刘先生的思绪从学子们的朗读声中走出，不停地说着，人生、人生、人生，这声音很小但真实存在，却淹没在了学子们充满生机活力的朗诵声中。

刘先生的余光看到杨县丞带着两名兵丁朝学堂走来，他扫视了正念着诗经的学子们一眼，走出门去迎接。

杨县丞要带士兵进学堂，刘先生不同意，只允许杨县丞一个人进去。杨县丞说，整个县胡县令不在就是我说了算，事情重大，不能有丝毫失误。刘先生回道，这是学堂，不是县衙，只有学子能进去，士兵不能进，我不允许有人玷污了知识的圣堂。

查不出画地图的人，谁也承担不了责任，杨县丞坚持道。

我在学堂，我担保我的学子是有担当精神的，刘先生说出这话时，感觉压了自己一天一夜的千斤重担一下子消失了，变得轻松了。

面对刘先生，杨县丞存有一份从骨子里出来的尊重，因为自

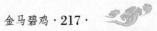

己面对的是蜻蛉最有学识的先生。自己也是一个读书人，要是在学堂外，他会令士兵冲上前去把人推开，可这是刘先生的地盘，整个县除了县令就是自己在发号施令，但在他心里还是容得下这小小学堂由刘先生与学子们说了算。

时间停了一下，杨县丞点着头说，好，有刘先生的担保，士兵就不进学堂。他示意两名士兵退到几丈外一棵松树下，自己和刘先生一前一后进了学堂。刘先生拿起戒尺上下挥了两下，朗诵声戛然而止。

刘先生右手拿着戒尺一脸严肃地说，学子们，今天学堂里将有不寻常的事发生，金马碧鸡的事已全城皆知，十多天前来了几个马帮人在县城找人画了蜻蛉地图，据杨县丞带人全城侦察，这画地图给商人的人就在这学堂里，希望大家认真思量，作为一名读书人，要敢做敢当，不要连累学堂，连累他人，人非圣贤，孰能无过，改过自新乃真君子也。如自己主动承认跟杨县丞去过堂，说清事情原委，重新做人也是一条好汉。如若带害他人，经杨县丞一一核查，找出真相，那可就变成是过街老鼠，千古罪人。刚才我用人格担保，那两名兵丁才没有进入我们知识的圣堂。我们的学子是奔着长安白玉堂去的，可不是朝着牢房奔的。如在杨县丞面前主动承认，我也会向杨县丞、胡县令担保他不受重刑，以犯错论处。如若杨县丞审出，将以犯罪论处，学堂规定，在学堂说了算，犯了国法，只有以犯国法罪处之。

学堂里有一半学子杨县丞是认识的，只是不见了在禺同山与白县尉一同守护金马碧鸡的黑脸学子黑山。听着刘先生的训话，杨县丞也俨然在大堂审案一样，目光紧盯着整个学堂，在他眼里，此时个个都是要抓的罪犯。他接过刘先生的话说，这画画的事，只有胡县令和今早在学堂的人知道，画一幅画本也不是什么大事，只是画的是蜻蛉的地图，又是卖给了两名来挖金马碧鸡

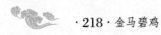

的商人。现在商人还没抓到，主动投案，啊，不，是在学堂里主动认错的，将从轻处罚。学堂毕竟不是县衙的大堂，这学堂的名声，学子的名声还是重于五铢钱的，雁过留声，人过留名。

学堂里静得听得见微风吹进窗子呼呼的声音，每一名学子都低着头。白江回想起那晚与两名商人见面的情景，想着当时发生的事情，想着先生的话，想着学堂里无忧无虑的同窗们，他慢慢抬起头，看着刘先生和杨县丞，左右扫视了低着头的同窗们，对杨县丞说，地图是我画的，我只知道那两人说要到泸水边，并不知道那两人是利用地图去偷挖金马碧鸡。

满学堂的目光都集中在白江身上，白江的话犹如一把重锤砸在沙地上，沉闷而没有回响。学堂沉闷得人人都在回想着白江的这一句话，杨县丞更是惊呆了，白江可是白县尉的公子，要是别人还好办，只希望这学子中还有一人站出来说是自己。满学堂静默。

刘先生情绪一时失控，拿着戒尺走到白江身旁，高高举起，又突然在半空中停下，连连摇着头，戒尺在空中停了一下，指向了门外。全学堂的人望着白江走出学堂，被大松树下的两名兵丁带走。学堂里静得只听得到白江脚落在道路上时轻时重的声音，脚步声越来越远，直到消失。

刘先生平生第一次狠狠地把戒尺摔在地上。

王褒在筜秦养病三日，在医师张玉治理下，身体慢慢好了起来。自长安辞别宣帝已南行一月多，两千里路程，两次生病，护卫长黎红也因水土不服拉起肚子，四肢无力，无法前行。太守骆武带来三十名兵丁，四十匹马，护卫们又有了前行的勇气。休整到第四日，王褒恢复元气，有了精神，可护卫长黎红还是有气无力。这让太守骆武十分为难，护卫长黎红不走，钦差一路谁来护卫，还有王褒视之如命的圣旨由谁保护，而接不到金马碧鸡，又有何颜面见宣帝。王褒来到护卫长黎红床前，见护卫长黎红面色苍白，两颊下凹，在长安选派的身强力壮的护卫长黎红都被长途跋涉折磨得不成样子。护卫长黎红说，我不放心钦差你一人前行，护卫钦差大人是我的职责，我哪怕死也要守护在钦差你身边。一句话触痛了王褒的心，他拉着黎红的手，两行泪流了出来。想起在长安辞别宣帝的情景。离京前，宣帝在丞相黄霸的陪同下召见了王褒，受宠若惊的王褒来到未央宫，宣帝将迎请金马碧鸡的圣旨和尚方宝剑交给了王褒，道，南方现金马碧鸡，此乃大汉之祥瑞，昭示汉室之兴盛，朕思文武百官，唯爱卿文采第一，能言善辩，足智多谋，医好太子之病，又德高望重，此去蜻蛉，务必迎金马碧鸡归来，望爱卿不负朕和朝廷重托。

王褒忙俯首跪道，王褒不才，受圣上器重乃褒之万幸，我从一介草民沐浴皇恩拜为侍郎，三生之福，感恩不尽，益州乃我家乡，圣上英明，感天动地，禺同山神现金马碧鸡，领此圣旨，决不辜负圣上所托，不迎回金马碧鸡誓不还朝。宣帝见王褒如此忠心，扶起王褒道，爱卿此去益州南荒之地，朕将猎园护卫派与你一路南行，护卫黎红身强力壮，脑子灵活，伴朕多年，忠心不二，丞相明日就去调派黎红，另选一人接替，护卫猎园。

听完宣帝之言，王褒再次行礼跪拜道，圣上之爱，褒受之有愧，蜻蛉虽远，我定排除千难万险，亲自到蜻蛉禺同山代圣上宣读圣旨，迎请回金马碧鸡到长安未央宫。

丞相黄霸看着宣帝和王褒道，圣上雄才大略，大汉祥瑞频现，王褒才高八斗，文采无双，定能迎请回金马碧鸡，待王褒凯旋，霸当出城备美酒迎接。

回想着当时宣帝、丞相黄霸的送别，看着当年为宣帝看守猎园的黎红奄奄一息，王褒沉默无言。骆武太守进来见状，也感动

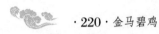

得流泪。黎红拉着骆武的手道，受宣帝之命护送钦差前来迎请金马碧鸡，我命薄无福面见金马碧鸡，这护送钦差的责任就先交给骆太守，又叫一名护卫将出行大旗拿来交给骆太守。

三人无言，钦差和太守默默退了出去。太阳当空，阳光直射，空中没有一丝风，天地此时也寂静了。

骆太守叫来县令金叶道，速速另请医师来，用最好的药医治护卫长黎红，好等王钦差迎请金马碧鸡归来。

安排好护卫长黎红治病之事，王褒望了笮秦县城一眼，上马在骆太守护卫下向邛都而来。一路上骆太守小心翼翼护卫在王褒左右，道路崎岖，一直向禺同山靠近，每前进一程，离金马碧鸡就近了一程。下午太阳刚要西沉，一行人就进了邛都郡衙。王褒被迎进一个小院，没有护卫长黎红，太守骆武令都尉付生领一批士兵护卫，张玉医师又忙着配药煨药。骆太守又手书一道令，快马将王褒到邛都的消息秘密传到沿途各县。王褒的到来，可是越巂郡的一件大喜事，前两任司马钦差所到之处，回京后郡守、县令都一一得到提升。王钦差这一次是来迎请宣帝钟爱的金马碧鸡，如顺利的话自己提升一级没问题，骆太守又忙着清点送与钦差的礼物及钦差用于慰问蜻蛉县的贡帛，礼物有贡锦、邛竹杖、金器、玉器、铜器，一切清点就绪，派人把张玉医师叫来书房询问王褒病情。

张医师心情沉重地说，我行医几十年见过上千个病人，钦差的病情已属重病，时冷时热，冷时如躺在雪地一般，周身发抖，十床蚕丝被、屋内烧火也无济于事。热时则如火烧，大汗淋漓。如此几回，身体越发虚弱。在笮秦几日，全靠那些蕴含大自然精华的药材养着。近日又见钦差双脚肿胀，只比护卫长黎红的病情况稍好一些。今晚把钦差的脉，时旺时弱，只能休养，不能再长途前行了。可钦差天性乐观，又祈求圣主保佑，前行的意志坚

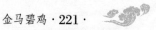

定，才挺过了这几日。王钦差医过太子的病，也知精神意志在治疗中的作用。钦差真是个奇人，连身强体壮的护卫长黎红都坚持不了，他还能坚持到邛都。但此去蜻蛉还有千里，十天的车马行程，如能挺过泸水这一关，见到金马碧鸡，钦差的病也就会彻底好转，元气也能恢复。

骆太守一脸忧愁，沉思看着墙上的地图，一千里，十天的行程，钦差已离开长安一个多月了，再坚持十天。对，十天，太守脱口而出。

是的，十天，张医师道，这病十天是一个命关，能过十天又能长寿十年，你明天见了钦差劝他停下休整几天，过了这命关再去泸水。

王褒在医师的调理下美美睡了一觉。第二天一早起床感觉精神了许多。见钦差起来，都尉付生前来问安。王褒道，原在益州时就听说邛都秋冬如春，早就想前来，可一直忙于前程，这一回总算完成了心愿，这是个好地方。

早盼钦差前来，邛海学堂学子们还等着你去给他们讲经授课，也等着能像钦差一样，以文名天下。都尉付生看着双脚行动不便的王褒回答道。

天下能称都的除长安外就只有邛都，朝里的人都爱邛都贡布，都托我帮他们捎带，万里迢迢，只能留个念头。我这双脚一路跋山涉水，时冷时热，一个南方人也得了北方人到南方来才会得的瘴气病，再后来又从马上摔下，双腿感觉有些不便，行动迟缓，人之渐老，恨天地无情。钦差看着小院上空的天，感叹道，南方的天空真美。

这几日，时和气清，王褒心情颇佳，脸上也容光焕发。

都尉付生附和道，钦差来了，邛都的天空都飘彩云了，医师刚才说，请钦差今天吃药休养，他去帮你弄一个邛竹杖。

一听到邛竹，王褒喜则气清，如吃了提神的猛药，身心愉悦，神清气爽，疾病都被赶跑了一半。王褒对都尉付生说道，当年武帝只知道一马平川的西域地区，建元二年张骞奉旨，由甘父做向导，率领一百多人出使西域，经陇西进入匈奴地区，被与大汉作战的匈奴扣押，等战乱平息已是十年后的事。文人张骞在匈奴期间委曲求全，却志向不减，娶了匈奴女人为妻，生育了子女。看到张骞随遇而安，有了妻儿，匈奴放松了对张骞的羁押看管。张骞儿子四岁那年，在一个月朗星稀的夜晚，张骞带着随从、妻儿机智逃脱匈奴，带着圣旨、使节令牌走进大宛，经过康居，历时半年奉旨出使了大月氏。了解到大月氏并非武帝想象的最西边，又艰难前行到了大夏。想继续前往身毒，又无身毒的使节文书，准备返回时，在大夏意外发现从身毒运去的邛竹杖和蜀布。身毒商人从蜀地商人处购得的邛竹杖、蜀布运到大夏，深受当地人喜爱。元朔三年，张骞带着仅剩的出发前的一名随从和妻儿回到了京城长安。武帝看到张骞带回的邛竹杖爱不释手，张骞被封为太中大夫，后又被封博望侯。

都尉付生说，这邛竹在邛都山山箐箐都有，山里人靠制作邛竹杖为生。钦差来得正好，这久正是邛竹出竹笋的季节，在邛海下游安宁河流经的会无县有一条箐，箐里有村寨名邛竹哨，村里家家户户都会制作邛竹杖，通往蜻蛉县的灵关道经过那里，设了一个哨，名邛竹哨，哨所周围有一个邛竹商市，也有多家马店。

王褒叹道，邛竹杖产自西南夷，就在大汉境内，武帝元朔三年张骞出使十年，受尽羁押之苦，死了一百多名随从，才从大夏身毒国带回邛竹杖。我持圣旨来越巂迎请金马碧鸡，亲临邛竹杖地，一路水阻岸隔，受病痛之苦，月余行程又怎能与张骞十年苦行并论。张骞得邛竹杖悦武帝，张骞卒后，武帝赏赐邛竹杖与张骞同葬。张骞人品与邛竹品质同也。

都尉付生心想，钦差看着每到一处都风风光光，却是好不容易从病魔那里死里逃生，也算九死一生。就说道，张骞是一位苦命人，是与我们邛都毫无关联的人，却把我们的邛竹杖带到了皇宫，成了贡品。

张骞命如邛竹，为了大汉，忍辱负重，为了身上出使西域的使命，经历了常人没有经受过的经历，享受过荣华，又被俘，入狱羁押，他乡娶妻生子，逃跑，忍受所有一切都是为了身上的使命，命虽轻，但使命重于千金之石。

都尉付生起身拜道，钦差之命，以文待诏飞马门，天子又追崇之，也命贵如金玉。今见钦差，真是三生有幸，钦差一路而来，一人之下，万人之上。山川为君让路，万民为君开道。愿钦差之身早日健康。

我乃命薄之人，受钦差之命，身负迎请金马碧鸡之责，一路却遇山雪之险，遇洪水之灾，今又病魔附身，幸有邛都神医相助，来到邛都后神清气爽，又有邛竹提神，邛都真乃我福地也，佑我前往蜻蛉，这是我的使命。

说话间，医师张玉进来道，又有新良方了，我今早遇到师叔，寻得一个医治此病的良方，用千年邛竹之根与血藤同煨，此方清热解毒，可治钦差之病，但是药三分毒，这药方我没开过，师叔也劝我慎用。

都尉付生道，治病救人要紧，煨好后我先服用，无事后再给钦差大人喝。

这千年邛竹根还在前面三百五十里外的会无县邛竹哨，医师张玉话还未说完，都尉付生打断他，这还不简单，衙里养了几个快马邮差，立即通知他们去挖来治钦差之病。说着就急急起身要走。

王褒虽想立即康复，但还是态度坚定道，这邛竹哨在我前行路上，不用劳累快马邮差折腾往返，通知骆太守，我们继续前往会无县邛竹哨。

医师张玉看了都尉付生一眼回道，太守令我陪你养病三日，康复后再出发，现在已到邛都，蜻蛉就在泸水边上，钦差身体虚弱，不能再受劳累。

强忍着病痛，刚毅的王褒起身在小院中走动道，我今天好多了，我有使命在身，张骞可受扣押十年之苦，我这小病，圣上会保佑我的，不见金马碧鸡，决不能倒下，邛竹能保佑张骞，也能保佑我。

王褒执意前行，势不可当，钦差之势，气贯长虹，直达金马碧鸡所在地。

二十八

曾身经百战、驰骋疆场的太守骆武，面对重病坚持前行的王褒也无可奈何。再前行一千里就到蜻蛉县境了，金马碧鸡神跃，跃来钦差面前，自古钦差所到之处都盛世太平，物阜民丰，沿路官员加官晋爵。可千辛万苦走来的王褒，却得了瘴气之病。平时称霸一方的太守，现在也只能听医师的建议。太守骆武招来医师张玉再次密商，就两人，多一人难以保密，要商议钦差病中的万种可能。说到钦差的病，说的都是良言苦口之言，万一三人中有一人有利己之心，密告了王褒，那尚方宝剑容不得你申冤保命，先斩后奏，甚至万里之遥可以不奏。连都尉付生都不可参与共商，都尉付生此时护卫钦差也脱不了身。天下之人唯医师最善，面对病人，万万不可作假，不能将好好一个人说成是病人，也不能将一个病入膏肓的人说成是没病的一个人。病在自身，医师说的人耳、入心、入身，千言万语，说在痛处，越痛越好，越准越好，如针之痛，如钻之痛，那是一生好运。遇着神医，再苦的药，再难的药方，宁愿受苦口之罪，也不愿随死神乐行。良将可遇，神医难求。

骆武太守一向行事谨慎，此时大脑也有些乱了。他关了院门，先进了书房，只觉不对，又来到兵器库房，此处是都尉付生之地，平时除了骆太守和都尉付生外无人能进，地图武器全都在此。他俩进了库房，骆太守小心翼翼将门关上。骆太守看着冰冷、闪着寒光的刀、枪、矛、盾，犹如进阎王殿一般。阎王殿是传说中的，张玉医师一生行医几十年从未见过。今天在兵库，只要一伸手，就能摸到真枪、真刀。每一刀每一枪都可能带有血迹。阴森森的库房就只有两人，骆太守是沙场猛将，心静如水，见刀枪杀人如见农民砍柴割草一般。医师手无缚鸡之力，胸无观星之策，行医世家，切脉问病，察言观色，问病下药，救人无数，找了万种药材，挖了千棵草药，救过无数人之命。

两人都是阅人无数，在此秘密商议钦差病情。张医师心有忌讳，所思之言不敢轻易出口。

两人都心中有数，可这王褒是前行还是后退，总得由一个人说出，像人行走时的两脚，无论是由右脚先迈，还是由左脚先迈，总得先出一只脚。先迈的可能会勾到石头，也可能碰到铁钉，痛心的总是先迈出的那一只脚，无论是左脚还是右脚。

两人面对面站着，兵库也确实无可坐之处。骆太守还是先开了口，张玉医师，这里无第三人，你知我知，天知地知，你救人无数，凭良心告诉我王褒病的实情。他可是钦差大臣，在越巂郡就代表圣上了，还有那圣旨，而这圣旨也不是什么秘密，大汉天下人人皆知，前来越巂迎请金马碧鸡。我怕钦差前行若有不测，张医师也许无事，我这太守却是保护钦差不力，这罪可不轻啊。

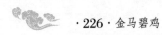

张玉医师来到这杀气腾腾、阴森森的兵器重地，就已经知道太守是要问自己钦差的病情了，他看了骆太守一眼低头道，钦差之病可不轻，这南方瘴气病在这南方几千年了，没有什么特别好的方子，得病时冷时热，病在外表，可伤的是五脏六腑，身体一天比一天虚弱，这两天钦差突然精神起来，这可能是民间常说的回光返照，钦差最好安心休养，万万不可劳累前行。你劝劝钦差，养命要紧，得了金马碧鸡丢了命，也不行啊。

骆太守要听的话张医师终于说出来了，骆太守近两天也曾想过医师之言，可是话到嘴边又回到了肚里，不敢说出口，一直藏在心里。此时医师这么一说，自己反倒轻松了。钦差和金马碧鸡的命是连在一起的，甚至和越巂的命运也是连在一起的。金马碧鸡还远在千里之外，有蜻蛉胡县令守护，可钦差之命现就在郡衙里，在这医师的药里，还都不在钦差自己的手里。钦差是万万不能长留在这里的。脑海中尽是王褒消瘦刚毅的身影。这几天王褒就像影子一样紧紧跟着，连自己梦中都是他那双充满寄托和希望的双眼。骆太守又道，还有什么良方。

张医师愣了一下小声道，民间有一种治病之法，就是让病人看到自己最喜欢的事，有了精气神就能赶走病魔，就如换了一个人般又生龙活虎起来。

最喜欢的事，现在王褒最喜欢的事就是迎请回金马碧鸡，骆太守脱口说道，在他心中现在除了那迎请金马碧鸡的圣旨，什么也打动不了他，包括他的生死，金马碧鸡是他的使命，也是他的命。

是啊，我也遇到过战时武将重伤了说退下就退下，说养伤就养伤，有的说是武将不讲道理，但还是有迂回曲折，能进能退。可有时遇到文人，就只会一心向前，认准的事千难万险就是不回头，总想着天理就在身边。就像孔子，背着书卷，周游列国，一

打，二押，三赶出国门，甚至差点饿死，也还要朝前走，相信自己的竹卷能救天下。孔子尚且如此，何况有圣旨的王褒。他心里只有金马碧鸡，没有治病的药，他相信金马碧鸡能保佑他。

走出兵器库房，骆太守心里有数了，千万不能让钦差留在越巂郡，他径直来到王褒住的小院。都尉付生见骆太守到来，起身快步迎了上来，在小院门外叫住太守小声道，钦差身体实在虚弱，可说到邛竹哨又来了精神，执意前往。

骆太守也小声说，张医师在开药方，煨了药休整一日明天出发。

听了骆太守的话，都尉付生更急，心想太守怎么糊涂了，钦差重病不但不劝，还要安排前行，万一有个不测，我这都尉如何处理，可又被钦差、太守安排为护卫，这不是为难人吗？急着说，昨晚张医师都说不能前行，望太守三思。

骆太守看着都尉付生道，孙水河都阻挡不了钦差，何况泸水，听钦差的，天有太阳，夜有星光，兵有将领，草木有风。付都尉你小心护卫好钦差，一刻也不能离开。带上张医师，这里沿邛海到邛竹哨三百五十里，道路马车能行，你选最好的车，四匹驯得最好的马，最好的马夫，令沿途各乡三老组织修路、哨丁值守，整个队伍慢车前行。

都尉付生无奈地答应，心想钦差只想着向前，可他病重啊，愿苍天保佑钦差。

王褒翻山越岭，一路劳累，又生重病，看起来像老了十岁。

二十九

付都尉在前，骆太守在后，一行人沿邛海向会无县城而来。

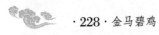

说来也怪，钦差一坐上向南行的马车精气神都好起来。一阵秋风从车外吹进马车内，钦差王褒这才想起自己是走在颠簸的灵关道上，自己身负钦差之命，现在充满了勇往直前、强大的生命活力。

行了一程，一行人停下，付都尉将钦差扶下车，坐在邛海边一根横着的木头上。钦差看着邛海风光，平生第一次见到如此大的高原内湖。

深秋的邛海多雾，云雾弥漫，缭绕水间，变化无常，幻若仙境。

都尉付生介绍道，邛海三面环山，从西北面流入泸水，东入大海。

是皇恩浩大，让越嶲有这样奇特的山湖一体景观，邛海一年四季青山绿水，花果飘香。

钦差道，一水西注，山水相拥，青山绿水、蓝天白云、空气清新、土地肥沃，这是一块宝地，这是西南夷美景，真是人间仙境。

邛海岸边，是一片丰收在望的田野，田野里稻花飘香。色泽金黄的稻谷，吸引着众多的鸟儿来拜访，成群结队的麻雀落在其中，叽叽喳喳忙忙碌碌地啄食稻谷。偶有一只翠鸟笔直插向水面，又拍着翅膀朝远处绿林飞去。一圈圈的波纹，层层叠叠散开，荡漾在幽绿的湖面。众多的水鸟，像朝拜一样纷纷飞上小道，来到王褒车马前，一起享受大自然的恩赐。

雾散，空气清新，钦差起身站到湖边，远眺腾空而起的金色太阳，映在水中的太阳如年轻的太子，青春、伟岸，充满了力量。

钦差转身抓来一把祭祀的五谷抛撒在地上，一群水鸟纷纷飞来啄食，它们用优美的舞姿，悠扬的歌声，高亢的嗓音，不倦的激情，在钦差面前舞动。这是钦差对生命的尊重，对自然的崇拜，对命运的祈祷，祈祷山川大地，百兽千鸟保佑自己一路平安南行，顺利到达金马碧鸡神现的禺同山。

一行车马即将走出邛海，都尉又让停下马车，说钦差不能过度劳累，请王褒到湖边休息。望着眼前的美景，远处群山碧绿，雄伟壮观，灿烂的阳光照在水面，波光粼粼，熠熠生辉。对面西山太阳渐沉，一片云彩向着夕阳飘去，一时间霞光万丈，一束束射向邛海。此时一阵小雨落在湖面，天水一色，分不清哪是天，哪是湖。雨后初晴，彩虹飞架，景色绚丽，形成了天水相连的美景奇观。此时的王褒已把病痛全抛到身后，心静如空谷。群山与自然流淌的湖水交相辉映，湖水、丘陵、高山、村庄在风景中展现，水动山静相映成趣。王褒感叹：如此美景，难怪西南夷会飞出金马碧鸡！这是人与自然和谐共生美美与共的天道。

山水一体，水天一色，直抵蓝天。极目之处，绿树成荫，伏地似锦的花草，追逐的水鸟，升腾的炊烟，这一切都是经岁月沉淀过后的精华，充满灵性，令人迷恋。这是邛海曼妙风景与王褒人文灵性的交汇。只是水有情，道无期，四天幕碧，愁寄前路。

炊烟袅袅，人欢马叫，辛勤耕耘的农夫在收割秋天的硕果。

王褒见此情景，感受到远在万里外的天子皇恩浩大。从长安出发至今一个多月，不是高山就是大江，一路翻山越岭，从未见过如此祥瑞现象。心想是不是宣帝正在察看自己南行，他连忙拿出圣旨，让护卫扛来出行大旗，自己对着天水相连的奇景，躬身施礼道，褒乃一介书生，沐浴皇恩，上入朝堂，光宗耀祖，此生有幸，今受圣上厚爱，百里选一封为钦差，别时重托，南行万里，代圣上迎请金马碧鸡。但褒不才，德行不高，既遇山阻，又受病痛，行至邛海，见大汉江山神现祥光，面朝长安，立言示意，前途渐近。虽道路艰难，但前有前辈修灵关道，又有汉朝边臣相佑，今霞光万丈，我将尽心竭力，誓必迎回金马碧鸡，以命相保，万死不辞，效司马相如之行。未央宫献宝，褒立此言，以示忠心，以示天地。太守、都尉在此，青山、邛海做证，褒决不辜负圣上之意，望万里之外圣上听到。说完面朝北方，望着一束束连接天地的祥光行了三礼。礼毕，一行人走出邛海，顺安宁河行了十里，来到河边哨休整半个时辰，见王褒钦差心情愉快，骆太守走近钦差说道，会无县和蜻蛉县是泸水边一北一南两个在灵关道上的边陲要地，沫水、安宁河都流入泸水，前面还有十八个驿、哨，很快就到蜻蛉县了。

胡县令一气之下将白江抓来，投入牢狱。万万想不到这伙马帮用的地图来自县尉公子之手。白江说出了关峰、孙云那两人的长相，又根据回忆把他们画了出来。白江还真是个人才，在议事厅里杨县丞的监督下，两个时辰就画出了关峰、孙云的像。白江仍被押回监狱。杨县丞带着四名兵丁和画像到各马店一一搜查。在城东一个名叫岭水的马店店主认出了这画中两人，说他们叫关峰、孙云，十天前已朝禺同山而去。杨县丞回到县衙又将白江带到议事厅，让白江连夜画了十张两人的画像。

第二天一早杨县丞带着画像找到禺同山三老赵理，三老赵理将画像带到各亭、族，并下令道，发现二人者奖五十万五铢钱，抓到二人者奖一百万五铢钱。第二天，有一个村民在三老带领下来到县衙，告诉杨县丞他在妙山营看到过两个人像画中的人。杨县丞又将狱中的白江带来，村民说的那两人与白江看到的两人一模一样，神态举止也非常吻合。杨县丞领三老、白江和村民来到县令书房，胡县令按告示奖了村民五十万五铢钱。胡县令又拿恨铁不成钢的口气对白江说，你才华横溢，却被蝇头小利毁了一生，若抓不到那两名盗贼，你即使才华横溢也要在牢中度过一

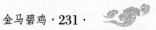

生，叫我如何面对朝夕相处的你父亲，可法不容情。今天算你立了一功，我先记录在案，等钦差来过后，再与你秋后算账。刘先生在学堂上担保你的清白，说你是一时糊涂，可学堂是学堂，公堂是公堂。你做糊涂事，本县令可不能再糊涂，训罢话，令杨县丞押白江回狱里。

胡县令收到骆太守的快马加急信，打开一看，平静的心一阵狂跳。信中说，王褒钦差已出邛都，按行程七日后将到蜻蛉。这快马送了两日，五日后钦差就会到达蜻蛉，左盼右盼的钦差就要到了。白县尉一行在禺同山还没搜到金马碧鸡，两名商人也都忙在钦差之前。胡县令想到蜻蛉县来过两名司马钦差，可自己一个也没赶上，这回因金马碧鸡，圣上知道了蜻蛉县，又派了钦差前来。迎接钦差和寻找金马碧鸡之事都不能有半点失误。胡县令叫来县掾张龙，按太守的要求，一一查看准备迎接钦差的官衙，车马安顿的马店及贡品，更重要的是安排好蜻蛉河边迎请金马碧鸡的祭台。

写了手令让两名兵丁送给在禺同山守卫金马碧鸡的白县尉速回，让白县尉回来护卫钦差，杨县丞接替他去搜捕两名商人。

关峰和孙云挖了十天，挖了一堆银子出来，却不见金马碧鸡的影子。这银子没有金马碧鸡值钱，那可是无价的名扬天下的祥瑞宝物。二人正商议下一步对策，树上放哨的跑来报告，一队人马正从禺同山顶向妙山营赶来，行走还比较急切，不像前几日走走停停。关峰沉思片刻对孙云说，如果是这样的走法，说明我们的行踪暴露了。孙云想了想也说，是暴露了，赶紧按原计划分两路离开，一路抄灵关道走，一路朝蜀身毒道。大家带上少量银子，其余的掩埋好做好记号，等以后过了风头再来取。叫放哨之人按事先定下的一日一暗语的方法学鸟叫。关峰说，撤走的暗号是学三声鸟叫。孙云掐着指头算道，撤走是学三声乌鸦叫。放哨人上树三声乌鸦叫，一个哨传一个哨，传到最后一哨，挖金马碧鸡的人自言自语道，金马碧鸡很快要挖到就要撤了，真是可惜啊，心里有些不甘心，可听到暗号又不得不撤。

仅仅一个时辰，听到三声乌鸦叫，全部人马集中于妙山营，孙云带一队人马向弄栋方向撤去，关峰带一队人马向泸水方向撤走。当杨县丞领着黑山水芝赶到时，只有一堆矿石摆在那。侦察的兵丁回来向杨县丞报告，这伙人撤出妙山营后又分两路，一路向泸水，一路沿灵关道向弄栋方向而去。杨县丞说，泸水方向有陆林在前方哨卡追踪，还有太守的护卫领着钦差赶来，胡县令会谋划。说罢，在黑山带领下向弄栋方向追去。杨县丞追了三十里路，来到蜻蛉县与弄栋县交界的马庄房哨，递上通卡文碟。哨兵说三个时辰前有一队马帮从这里经过。杨县丞掐指一算说，三个时辰已到弄栋县城，弄栋县属益州郡地。杨县丞收回文碟，带兵过了黑坝、海闸口、光禄、城西关继续往弄栋县城追去。到了县城北关，杨县丞递上通关文碟。守关士兵回道，益州郡有法令，通关文碟只许马帮和武职官员通过。杨县丞从未带过兵，此时白县尉又被召回城，急得杨县丞在弄栋县北城关前来回打转。黑山催道，杨县丞快做决断，时间不等人。杨县丞道，无兵怎么去追盗贼。黑山道，我现虽是学子，但之前也是猎人，你把画像交给我，我和水芝去追，追不到盗贼誓不回来。杨县丞道，事到如今也只能如此。说着将通关文碟和关峰、孙云的画像交给黑山和水芝，看着他俩向弄栋城方向追去。自己则领着兵回到了县衙。

黑山、水芝从弄栋追了二十里来到一个设在两山之间地势险要重兵把守的昆仑关哨卡，递上文碟，哨丁左看右看，最终还是放行。黑山将画递给哨兵，哨兵说，只见过其中一人，黑山一看哨兵指的是孙云。黑山、水芝饿着肚子，来不及休息，快马经马游坪、麻姑地、稗子沟、岔河、石门，又前行了九十里至弄栋进

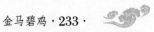

云南县的第一道关哨先锋营，哨兵依旧盘查。黑山拿出画像指着孙云问哨兵，他们凭什么过哨。哨兵回道，他们是马帮商人，有京城来的通商文牒，他们要到叶榆羊苴咩城。

一路追过钱章关哨、老虎关哨、普淜哨。

黑山叹道，这帮盗贼是早有预谋，他们是真狡诈。水芝这时说道，黑山哥我实在太饿了，从早上到现在都没吃饭，出来时也没说走这么长的路。黑山忙问哨兵哪里有饭吃，哨兵道，再往前走七十里到云南城就有马店。水芝望着黑山道，还有七十里，马儿都跑不动了。哨兵看着水芝说，前面十里有个石门哨，有个小马店，可以食宿，我们这里是哨卡，不留女郎。黑山望着水芝深情地说道，不是我不求情，是哨卡不留人，十里路不用半个时辰就到了。于是水芝抽鞭打马就朝云南县城方向飞奔而去。

黑山两人一路狂奔来到马店，付了三十个五铢钱给店主，让他给两匹马安排喂料，又付了六十个五铢钱煮了两个人的饭菜。一个时辰后两人解决了肚子问题，登鞍上马又一路跑到了云南城，此时已是深夜，凭着文牒在城里找了一家马店住下。

天一亮，两人分两路，到城东、西、南、北四个地方马店以找货为由寻找孙云行迹。

云南县县城比蜻蛉城大了一倍，从僰道、过泸水、到益州郡，到威楚的五尺道，与邛都到蜻蛉的灵关道在这里汇合，过叶榆城、不韦、比苏、邪龙，入掸国、身毒的博南道、永昌道，形成一条马帮互通的蜀身毒道，是各马帮交接、货物中转的集散地。

水芝来到北城关外马店，店主看着画上的人说，昨天白天这帮人是在这休整，但晚上已连夜赶往叶榆方向了。水芝赶回约定地点，与黑山汇合后，两人快马加鞭前往叶榆。行到弥渡哨，哨兵看到孙云的画像说，这队马帮来到哨卡后又掉头回云南城方

向了。

水芝骂道，这帮盗贼真是太狡猾了，白天睡觉晚上出行，走了一半又掉头，如果我们昨晚连夜追来，说不定能碰上他们，抓住这帮人送到县衙领赏钱。

黑山看着水芝说，领到赏钱就有嫁妆钱，到时将你打扮成最美新娘。说着掉转马头朝云南城而去。来到东关，哨兵看过画像回道，没有此人过关。来到南关，哨兵一看画像说，此人领着一帮人沿五尺道秦藏县方向而去，已走了五个时辰。

两人从云南城追到灵关道与五尺道交汇的普溯驿站，黑山还想去追，水芝掐指一算说，五个时辰，一个时辰二十里路，五个时辰已走出一百里，都是骑马，马追马，山路永远追不上。从五尺道追孙云，越追离蜻蛉县城越远，五尺道与灵关道是两条同方向的官道商道，要追到蜀郡才能返回蜻蛉县。

一名守关兵丁说，女郎说得有理，还有这五尺道在益州郡治内，道路不熟，你们很难追上。你们追到秦藏县，他们已到滇池县，你们追到滇池县，他们到朱提，你们追到朱提，他们到僰道，你们到僰道，他们跑到蜀郡，搞不好追到长安都追不到这孙云，他们是马帮出身，善走夜路。

黑山心想，杨县丞走时倒没下令一定要捉到那孙云，若是换了白县尉一定会下令我们往死里追，按这一百里路程，我们就是追到死也追不到。

黑山第一次受杨县丞之命追拿孙云，就遇上了狡猾的敌人，他看着水芝，不知如何决断。

此时，只见水芝已打转马头向东朝弄栋城方向奔去。一个守关兵丁说，你是男人，快去追，追不到坏人追个媳妇也好。黑山心里想着杨县丞那里要如何去报告，两个守关兵丁都叫黑山去追水芝。黑山沉思半刻就朝孙云的方向追去，边追边骂，狡猾的狐狸害得我好苦。

黑山一个人，单枪匹马，飞身若雁，马也知人性，奋力向前奔跑，紧追六个时辰，终于见到了孙云一行身影。孙云见后面有人追来，使劲抽马，朝秦藏县方向跑去，黑山也抽着马背，奋力前行，眼看要追上，孙云回头射出一箭，黑山快速俯下马背，躲过飞箭，黑山低头一刹那，孙云跃马越过同行兄弟，黑山一抬头，眼看孙云即将跑掉，遂抽出背上的标枪，用尽全身力量，投向孙云，孙云随即倒地，黑山上前割下孙云首级，取走孙云马背上的银石，返回蜻蛉县衙。

三十

都尉付生扛着大旗，王褒随后，一行人艰难地走过俄准岭关驿、箐口驿、芘驿、目集驿、摩挲营、前马寨、大湾营、沙坝，来到了会无县城，队伍在此休整一日。第二天一大早，一轮红日升起，晨雾终于散去，会无大地风和日丽。

王褒一行人离开会无县城过了糍巴店、箐山营、凤山营、松坪关，朝泸水而来。

泸水发源于晶莹剔透的唐古拉山雪山之巅，上游由北而南，经过九曲十八湾到石鼓后突然转东北向，到丽江奉科后又折头南下，穿越了万重山，汇入了万条河，三折九曲，复转东去，就一直在不停地奔涌着向前。

泸水汹涌澎湃，蜿蜒流淌，造福着一方水土，一方人。

王褒远远地就听见泸水在咆哮，远远地就看见泸水在翻腾。当走近泸水时，只见波涛汹涌，水流湍急。王褒心潮澎湃，心底不知为何突然有了一种莫名的情绪，想象当中的泸水就这样出现

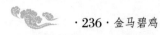

在了眼前，王褒感到泸水神奇而博大，奔腾不止，流过了岁月，流过了年华。眼前的泸水是峡谷江水，两岸高山险峻，泸水正以一种浩瀚的气势从天边混茫之中流淌过来，白色的水花会让人平静，但这里的却沉雄而有力，仿佛大汉乐府中的神曲。

王褒一行离河流越来越近，只见水面更加开阔，水流也越加沉着，泸水就像一条蓝色的宝石带子，坚定地、安详地、缓缓地、义无反顾地奔流向远方，奔流出了天地间一幅壮丽的大美场面，呈现在王褒面前。

河流对岸自近而远是一重又一重的山峦，色彩朦胧而淡紫、而灰蓝、而灰绿、而郁郁苍苍、而五色斑斓。山脚下的江面上浮着一层光芒，越远越浓，渐至淹没了苍苍的山色，与云霞融为一体。天空中，鲜亮的太阳被云絮染成了金色，秋风应和着远山峡谷间飘来的一点云彩，山峦远处的蜻蛉就隐在苍茫的暮色深处。

深秋时节，看着汹涌澎湃的江水一路劈波斩浪向前奔流，王褒心想，大自然究竟是用什么样的魅力和方法，让这样一条宽广的大河穿越了崇山峻岭。站在泸水边，高远的天空是蔚蓝的，流动的江水是白色的，天空中云卷云舒，江面上的波光点点。泸水的秋天，阳光比预想中的还要明亮，暮色黄昏，形成了一条绚丽的彩带。秋风轻拂，吹乱了王褒的千丝万发，万千思念，舞动着一江秋水，安抚了王褒这颗一路疲惫不堪的灵魂。金马碧鸡就在泸水那边。

虽是深秋，南方还是一派风和山清的景象，绿意浓浓，生机一片，满山长着翡翠般的箫竹，大地上长着一林林金子般的黄竹，把山川打扮得更加妖娆。

来到泸水边的邛竹哨，哨所建在深箐边，箐两边全是邛竹，在出邛都前，太守已令快马通知邛竹乡三老组织人力用邛竹建了茅草盖顶的临时住所。王褒住进竹林中，神清气爽，加上张医师的精心调理，王褒身体状况有了好转，准备第二天继续前往蜻蛉。不想到了晚上，电闪雷鸣，突然下起暴雨，到天明时雨还是不停。王褒执意前行，说惜别天子南下已一月有余，途中多次收到丞相黄霸的急令，圣上在等我回京，圣令如山。

大雨如瀑，冷风如刀。

望着茅屋外越下越大的雨，骆太守劝道，南方的山十里不同天，到了秋雨时节，阴雨绵绵，灵关道修建在岩石江边，暴雨路滑，骑马前行更加不易，等雨过天晴，阳光晒干路面再行。

坐在窗边的王褒望着窗外，大雨像箭一样从天上突然俯射下来，一阵风一阵雨，邛竹在风雨中绿浪一波接又一波，偶有几粒细小的雨星飞到手背上，如一颗颗白色的珍珠在滑动。此情此景，让王褒坚定起来，一双坚毅智慧的眼睛看着邛竹林道，见到竹林，金马碧鸡一定不远了。

邛竹是种风格独特的竹子，邛竹在大汉大地上极为珍稀，因生长在邛都会无一带而得名邛竹，长在高山峻岭深箐的邛竹，竿细、光滑、心实、节粗、节距短、韧性好。修长金黄色的竹竿，如燕尾般的竹叶，历经风雨不变笔直向上，指向太阳生长的姿势，这是邛竹内在的美。它和王褒不辞艰险、跋山涉水、行千万里路寻金马碧鸡，清高俊雅的风度相符。王褒用《洞箫赋》治好了太子怪病，现在又来到了泸水边邛竹哨，来到了寻找金马碧鸡的泸水岸边。江水悠悠，竹林翠碧。

秋雨一天连一天下个不停，王褒一天比一天焦急。有一天夜里，大雨突降，秋风萧瑟，寒潮来袭，整个邛竹哨温度都急遽下降，王褒刚治好没几日的瘴病又发作起来，他冷得全身发抖。张医师给钦差把脉，脉跳得厉害，又给钦差送来一床被子，屋里烧了一盆火，王褒还是觉得冷。钦差病情一天比一天重，这可急坏了骆太守、付都尉，连连劝钦差返回邛都治病，病愈后再前行至蜻蛉。

天色阴沉，风大雨急，病痛加剧，王褒强撑起身体坐在床沿，手持钦差宝剑坚定道，圣上待我恩重如山，我领命前来，想西南夷诸山也会佑我，再住几天，想必能熬得过这一关。诸位休再劝回，再有言回者，本钦差将用此剑……王褒话音刚落，外面的雨也随之停止，阳光透过窗子照了进来。

骆太守、付都尉见王褒钦差不愿返回治病，但也不敢再劝。

过了五日，钦差病情还不见一点好转，张医师和付都尉一直守在床边，熬到第六日晚上，王褒再度昏过去。骆太守赶来，三人将王褒抱起，一直叫着钦差，钦差。王褒慢慢苏醒过来，说道，我见到金马碧鸡了，我见到金马碧鸡了。我刚刚做了一个梦，梦见自己轻飘飘地飞了起来，飞到了蜻蛉禺同山，也看到金马碧鸡飞了起来。突然间一阵山摇地动，我被惊醒，如果没有山摇地动，我会领着金马碧鸡飞回长安。

骆太守安慰道，钦差你刚才做了梦，这梦好，这梦好。说着将医师煨的药递给钦差，钦差喝了一口说，这药好清香，和前几次喝的一样。

这邛竹根与血藤同煎是一剂药，钦差近日连连发汗，体内缺水，医师专为你熬制的，消毒解渴。王褒道，你们也喝上一碗，家乡的好药，好香。说着医师为每个人倒了一碗，四个人边喝边笑，家乡味道，香！香！香！

看着众人在笑，王褒嘴角不由得往两边延伸，脸上也露出了发自内心的微笑。

骆太守看了张医师一眼，两人会意走出门外，来到骆太守住处。骆太守道，看来钦差病得不轻，张医师还有什么良方。

张医师道，钦差内心焦急，加上风寒、瘴病复发，近两个月行程，导致钦差疲劳体虚，高烧不退，又三次昏迷，再好的药也无济于事了。

骆太守闪过一丝不快道，王褒是钦差，文人又清高，不愿向世俗和命运低头，难以劝钦差返回治病。

张医师道，骆太守是地方大员，钦差是圣上派来的，我是管治人病的，我也医过无数病人，但从未遇到过这样的情况。

人生中遇到过一次这样的贵人，足矣。大汉以来，越巂郡也只来过四个钦差，我奔波半生，就只遇到这一次。

张医师耳语道，钦差病重，气弱血亏，恐难渡泸水南去，在这十万火急的时刻，是进是退，望太守快快决断。

骆太守、张医师回到王褒房间，只见钦差躺在床上，付都尉在叫着钦差，两人赶紧走过去，医师拿起左手把脉道，脉很乱。骆太守、付都尉直摇头。

骆太守徘徊良久，不敢贸然决断，也理不出一个救王褒的办法。

夜很静，静夜有灵。约一个时辰后王褒醒来，今天已两次昏迷，王褒自知病重，虚弱之体恐再难渡过泸水。望着窗外邛竹，怅然伤怀，恨志不成，仰天叹道，王褒才浅，空有凌云之志，不胜圣上金马碧鸡之命，今回邛都休养，择日再前来。

深秋的太阳没有一点热度，山峦、泸水一片苍茫。清寒是竹林的秋意，竹叶上的露珠在阳光下一滴一滴落在地上，阳光远远洒下一层金辉。

骆太守见钦差同意回邛都，便来安慰钦差，说返回乃是天意，来日方长，我已下令蜻蛉护守好禺同山，过了雨季，再择一个良辰吉日再次前往。

天地愁，草木凄，泸水咆哮，一行人也难以接受眼前的现实。

一切都收拾好，正准备上马车返回，令王褒始料不及的是，北方的马也适应不了南方的气候，吃了草后就有拉稀情况，体力渐弱，不能前行。王褒望着南方，心有不甘道，请天地助我王褒，再住两日，后日是属马日，择一吉时，在此祭拜金马碧鸡，令蜻蛉连夜画一幅金马碧鸡图快马送来供在祭台，我将在此祭请金马碧鸡。

骆太守道，如此也好，蜻蛉有牧马的水芝，善养马，离泸水也不远。

王褒道，好，速让画师与牧马人来见我。

骆太守让都尉选最好的马，手令一封送到蜻蛉，令胡县令、白江带蜻蛉马驹火速前来，按钦差之意画画。

骆太守又让人叫来邛竹乡三老李安，派一百二十名差役在泸水边邛竹哨背后山顶修建祭台，准备五牲、五谷、五名童男、五名童女，于属马日午时祭拜金马碧鸡。

王褒之情之意撼天动地，荡气回肠，千愁百转，让人悲伤，在场一行人看着王褒模样落下了泪。

黑山带着孙云的首级归来，急急来到县丞处请功，刚好胡县令、杨县丞、白县尉、张掾史四人都在。

黑山在议事厅跪下道，黑山不才，尽力只抓到孙云一人，请治罪。

四人相互对视，杨县丞道，你何罪之有，你将盗贼赶出禺同山属有功之举，等王褒钦差来后定论功行赏邀请，请起，回学堂等候。

黑山刚走，陆林也在麻街亭亭长左云陪同下来请罪，说自己一路追赶到泸水边，不见关峰、孙云人影，只遇打卦山民众集体祭拜金马碧鸡，请治罪。

白县尉看了胡县令、杨县丞一眼道，免罪，关峰一伙已逃出蜻蛉，陆林报案、追贼有功，等迎请钦差后再按功行赏。麻街亭亭长左云也回村将参与护卫金马碧鸡人员造册在案，等迎请钦差

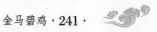

事毕再论功行赏，你二人回村继续护卫禺同山，一有风吹草动立即来报。

胡县令四人刚要各自离去，衙门外传来急报，说有骆太守加急手令。一红衣快马手持令牌和手令直奔议事厅而来。杨县丞走过去验过令牌，接过红色手令，把急件赶紧递给胡县令。

胡县令急忙打开手令，看完内容，他的脸色一下沉了下来，小声对在座的人道，钦差在距蜻蛉两百里的邛竹哨遇着风寒，不能前来本县，令我和学子白江红衣快马到邛竹哨面见钦差。

闻听此言，大厅一时寂静，大家面见钦差的希望被打破了。

杨县丞小声在白县尉耳边道，贵公子因无知将县衙里的蜻蛉地图画给了偷挖金马碧鸡的马帮贼，现正被胡县令关在牢里。胡县令此时也对白县尉小声道，白江关在牢里。白县尉一听，气得站起身来，走到案桌边，按剑击柱，骂道，逆子！逆子！

杨县丞安慰道，我正要发一告示，说白江画金马碧鸡，提供关峰、孙云画像协助追查有功，将功补过，将无罪释放。

胡县令对红衣快马道，你稍坐品茶，白江在衙内体验生活，已通知人去领来。生气归生气，白县尉去监狱领白江，张县掾去拿白江平时的衣服。

白县尉超出了胡县令想象的冷静。

一泡茶功夫，县尉将白江领到了红衣快马身边道，这就是白江。

白县尉没有说一句话，恶狠狠地盯着儿子，恨不得用眼神杀了他。

胡县令看着共事多年的白县尉道，选全城最好的马十匹交给我与杨县丞、白江，三天后我们准时赶到邛竹哨。

白县尉回道，禺同山水芝马群中有匹千里驹，但那马只听水芝的命令。胡县令急道，速派人去让水芝把千里驹赶来，这是当

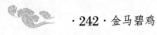

前天大的事。

光阴似箭，日月如梭，王褒出京城已近两月。

两日来，王褒身体又逐渐好转，在等待中白江一行骑马来到。慧眼识才的王褒一眼就确认了白江，道，在骆太守处见过你画的金马碧鸡，活灵活现，今要敬拜金马碧鸡，你就现场作画一幅挂于祭台中央。付都尉、张医师陪同护卫钦差，骆太守领着白江来到住处，在白蜀锦上画金马碧鸡。

祭台上，万事俱备，就等白江画的金马碧鸡画像。当骆太守双手托着金马碧鸡画像挂在祭台中央时，在场的人都惊呆了。哪来的仙笔妙手？入目只见灵动的金马碧鸡在微风的吹动中，展翅欲飞。

王褒站在祭台上，望着泸水南岸，面对禺同山方向，看着灵动飞升的金马碧鸡画像躬身三拜。他触景生情，文思泉涌，金马碧鸡赋脱口而出。

持节使王褒，谨拜南崖，敬移金精神马，缥碧之鸡。处南之荒，深溪回谷，非士之乡，归来归来，汉德无疆，广乎唐虞，泽配三皇，黄龙见兮白虎仁。归来归来，可以为伦，归兮翔兮，何事南荒也。

王褒此文，惊天地，泣鬼神。

骆太守看着站在祭台上的王褒，如天神下凡，虽为病体却气韵生动，一悲一喜中，举重若轻，似有神助，气势逼人。

天空飘过几朵白云，太阳洒下金灿灿的光芒，把竹海照得黄里有绿，绿里有黄，箫竹更加金黄。碧绿的竹叶更加碧绿，绿如泸水之流长，秋风竹浪含着王褒的金马碧鸡之情，在山中传唱，一路传到了蜻蛉禺同山，层峦叠嶂的竹海秋意正浓。玉带般的泸水静静向东流去。色如黄金的箫竹是俗世留给王褒这个文弱书生朝廷命官的一个胎记。身为钦差、朝廷命官，内心深处有着萧竹般的清高真诚和仗义执言、替民立言的文人秉性。忧身病不能前往，金石之志，恨天命于此，天地义气，一阵烈烈之风吹来，出行大旗迎风招展。

祭拜金马碧鸡结束，王褒只能听从命运的安排，面朝金马碧鸡出现的蜻蛉县长叹一声，褒才不俱，难见金马碧鸡。随后，王褒一行返回邛都养病。

脚下的大地一直在颤抖，王褒心里就像被毒虫叮咬似的难受，徘徊踌躇，不忍离去，一心寄希望于金马碧鸡。

在一个昏暗的夜晚，笮秦快马来报，护卫长黎红病重，医治无效身亡。王褒得知后悲痛万分，想着护卫长一路尽心护送自己，却客死他乡，坚强的钦差双眼垂泪，再次昏迷过去。骆太守、付都尉忙赶来床前守候，过了好一会，钦差才又在众人呼叫中苏醒过来。三次昏迷，王褒自知自己已病入膏肓，非仙药不可治，喝下药后，钦差闭目静养两个时辰，在张医师搀扶下起身下床，一时悲痛，叹钦差之命未定，哀夫妻伉俪之生离死别，痛父子永隔。钦差望着泸水方向道，请金马碧鸡随我一起回京，他又慢慢走到书案前，拿起笔墨向宣帝写了请罪书，另又给妻儿留下一封遗书，叫来白江为自己画了幅像，道，你本栋梁之材，容颜举止文气十足，我本想带你到白玉堂待诏，但病体之身恐难回朝，我已令骆太守力荐，你与胡县令一起随行到越巂。黑山杀匪有功，封为蜻蛉副县尉，镇守金马碧鸡。水芝与陆林回去镇守蜻蛉禺同山。望蜻蛉人才辈出，世代守护金马碧鸡，说罢又昏过去，从此再没醒来。

骆太守将王褒抬上轿，准备回邛都。

青山不老，壮志未酬，钦差的一杆大旗飘在眼前，金马碧鸡

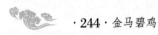

远在远方。

王褒韶华年纪，恨志不成，精移神骇，飘匆飞升，于甘露三年深秋病逝于灵关道上越嶲郡邛海边，时年四十一岁。

病魔无情，夺走了王褒的命，把金马碧鸡也一起带走了。王褒人品甚高，他胸怀天下，志存高远，命如金马碧鸡，性如邛竹月雾。

泸水东流，残竹斑驳，壮丽的江水，壮丽的人生。王褒的生命，是山一程水一程，一段苦行的旅程。千里奔来到泸水，也如金马碧鸡神灵再现，《金马碧鸡赋》写出了大汉的繁华，写尽了王褒的一世才华。

邛海湖汹涌澎湃，气吞山河，海天一色，四周山峰耸立，邛海岸的青山愈发苍翠、雄伟壮观，天边留有夕阳晚霞。那被晚霞烧红的云朵，灿烂地、热烈地烤红了半个天空，烧红了大地上的一切物什，留下了一个凄美壮丽的金马碧鸡故事。这一切的见证者是夕阳，是夕阳在云的背后挥舞着魔杖，也是夕阳送给王褒最后的美丽。

王褒追寻金马碧鸡的行程永远地覆盖在了巍峨、险峻的崇山峻岭之中。秋风挽唱也没能够把王褒留住，但邛海的上空依旧是一片明朗蔚蓝的高天。大地无声无息，湖水无始无终，王褒寻找金马碧鸡动人美丽的故事，凭借着一路的顽强和执着，一路前来，一座座山峰在为王褒流血流泪。即使是沧海桑田的泪水也不能够呈现出如此悲壮。时间的断层，金马碧鸡动人的银色碎片，依然纷纷扬扬飘洒在灵关道的上空。

连绵的群山目送着王褒冷峻威严的面容。昔日单调呆滞的清风前来为王褒送行。才高八斗、学富五车的王褒泣鬼神惊天地，成就世间绝唱。

山林寂然，湖水不兴，天宇苍穹，星光黯淡。

时间和空间似乎在灵关道上定格。

骆太守在悲痛欲绝中，写书一封详述王褒赴越巂迎请金马碧鸡病重之原因，连同王褒写给宣帝的遗言，快马上报至益州刺史王襄及京都丞相黄霸，另又选了上好棺椁，护送王褒灵柩往益州王褒老家资阳昆仑乡墨池坝而去。

秋去冬至，收到王褒的信，曾莲的心碎了，一心盼着灵关道上去迎金马碧鸡的夫君，去时英姿勃发，现却天各一方，只剩一个冰冷的名字和一封薄薄的书信，悲得一身之病，泪光无色，悲伤过度，伤了身体，不思饮食，乏力倦怠，以至一天天枯瘦如柴，渐渐弱柳扶风。曾莲在悲伤之中等来了王褒的棺椁，她不愿相信夫君真的就这样离去，不肯下葬，将棺椁停在王褒书房后面的小院，日日绕棺椁烧香敬酒、敬茶敬书，如此就是三年。曾莲身体一日不如一日，三年后的一天，坐在平日王褒坐的书房的木椅上，看着王褒的棺椁就再没有醒来。

丞相黄霸收到了王褒的《金马碧鸡赋》，一月后他于甘露三年冬去世。

王褒死后，蜻蛉县县令胡平在原准备迎接王褒钦差的小院建了金马碧鸡祠，祭拜金马碧鸡。将禺同乡改名为金碧乡。在南城门建金马坊，在西城门建碧鸡坊。一年后又收到骆武太守快马急信，道付郡尉到了益州，郡尉一职空缺，让胡平县令到越巂郡任郡尉。

宣帝在长安未央宫里读着王褒的《金马碧鸡赋》，盼着金马碧鸡能早日归朝，想着自神爵元年以来，天下大旱给百姓带来了无粮之苦，自己下旨在十三州设太平仓，储存谷物救济天下百姓，让天下百姓渡过困难。西域各国听闻大汉南方出现金马碧鸡胜境，皆道大汉盛世，纷纷来朝。宣帝下旨在西域设西域都护

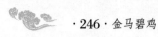

府，命史官将王褒寻金马碧鸡一事记于汉书，下旨在未央宫的南方城门外建了一个金马门，将举贤任能的白玉堂命名为碧玉堂。大赦天下。定每年秋季在大汉十三州进行举贤推才。金马门建成这天，阳光灿烂，金碧辉煌，金马门熠熠生辉，气宇非凡，华丽无比，名扬天下。

王褒死后第三年，宣帝又想起那王褒没作的白鹤馆的对联，想着王褒描写的汉德无疆，广乎唐虞，泽配三皇，黄龙见兮白虎仁的大汉盛世，想着王褒才子早早离世，不禁悲从中来。黄龙元年十二月甲戌日因病崩于未央宫，年仅四十三岁。

白江在越巂郡任史撰，记录着金马碧鸡的神奇，记录着山川大地里发生的事件。

黑山在蜻蛉任副县尉，在禺同山继续寻找着金马碧鸡的行踪，巡逻着灵关古道上大大小小六十多个驿哨。

陆林任金碧乡三老，带领妻女率民众在打卦山三家村后祭山包年年祭献金马碧鸡。

自金马碧鸡飞跃后，大汉政事文学法理之士咸精其能，官吏称其职，民安其业，信威北夷，四方来朝，功光祖宗，业垂后嗣。史官记之为中兴之治。

后 记

　　金马碧鸡是一个梦幻而响亮的词语，它的故事就发生在我的家乡蜻蛉河畔。

　　武帝元鼎六年开设越巂郡的同时置蜻蛉县，县境有禹同山，系横断山脉中云岭余脉和川西大雪山余脉，被金沙江切割后以百草岭为主峰的山系，其走向为青藏高原最高峰珠穆朗玛峰，到三江并流地区梅里雪山，下金沙江到玉龙雪山再到百草岭，向东南延伸到昙华山，昙华山向东到姚安盘山、东山，到妙峰山，入大姚境，到禹同山。

　　汉宣帝时期，蜻蛉河畔的禹同山出现了金马碧鸡的祥瑞之兆，惊动了万里之外长安的宣帝，下旨令谏大夫王褒为钦差到越巂郡蜻蛉县把金马碧鸡请回长安，《汉书》记载了王褒的《移金马碧鸡颂》。

　　金马碧鸡是蜻蛉河畔、七彩云南、神州大地各民族人民追求美好生活的梦想，这一梦想也滋养着蛉河畔、七彩云南、神州大地上的各族人民向前发展。金马碧鸡出现后，蜻蛉县的人跑去禹同山顶寻找金马碧鸡，在飞出金马碧鸡的地方挖山，希望挖出金马碧鸡。金马碧鸡没有挖出，却神奇地挖出了银矿。禹同山上有银矿，从古至今一直有人在禹同山上寻找银子，挖银子，至今在禹同山的一支山梁上还有一个过去挖银子留下的老银洞。《太平寰宇记》卷七九《姚州》记载，《九州记》云：蜻蛉县有禹穴。

蜻蛉即云南郡废邑，有禹穴，穴内有金马碧鸡，其光倏忽，人皆见之。

后金马碧鸡的故事也传到了滇池昆明地区，滇池昆明地区与蜻蛉都有金马碧鸡传说、金马坊、碧鸡坊、金碧路、金碧广场等相同的文化现象。

金马碧鸡是历朝历代文坛挥之不去的一个文学情结，汉、唐、宋、元、明、清都有金马碧鸡的记载。北魏地理学家郦道元在《水经注·淹水》载：东南至蜻岭县，其有禹同山，其山神有金马、碧鸡，光景倏忽，民多见之。汉宣帝遣王褒祭之，欲致其鸡马，褒道病而卒，是不果焉。清翰林修撰杨慎刻王褒《移金马碧鸡颂》于西山三清阁下千步崖石壁，民国年间袁丕佑又在其旁增刻《碧鸡颂考》。影视界也设了金鸡奖、金马奖，金马碧鸡文化闪耀中华。

身为金马碧鸡故里的蜻蛉人，很早以前就有写一部《金马碧鸡》文学作品的梦想。

为解开金马碧鸡之谜，2007年、2019年、2020年我先后邀请了汪宁生、黄懿陆、朱零、杨海涛、昂自明、赵翼荣、曹晓宏、杨甫旺等一批史志、民俗、文化、文学专家学者先后多次到蜻蛉进行了实地考察。

2020年9月我到西安未央宫遗址公园，了解当年未央宫前金马门、碧玉堂的情况。

几年来，我先后到了长安、成都、凉山（西汉时为邛都县）、宜宾（西汉时为僰道县）、会理（西汉时为会元县）实地考察西汉时期开设的灵关道、五尺道。认真查阅了《史记》《汉书》《后汉书》《云南各族古代史略》《云南简史》《圣茶祖师王褒传》等资料。

我在充分准备的基础上进行了小说创作，历经三年，《金马

碧鸡》就如泸水、蜻蛉河之水一样，顺理成章，水到渠成。小说围绕金马碧鸡展现了一个个精彩的故事，用文学艺术形式再现了当年金马碧鸡出现时的历史、地点、事件、人物。

小说创作过程中得到了大姚县人民政府、金碧镇人民政府、金碧建业有限公司、大姚金沙林牧产业发展有限公司的大力支持，在此一并表示感谢！

愿蜻蛉河畔、七彩云南、神州大地如金马碧鸡一样相映生辉、飞黄腾达、金碧生辉、金碧辉煌！